滄海叢刊

橫看成嶺側成峯

文曉村 著

1988

東大圖書公司印行

© 橫看成嶺側成峯

作　者　文曉村
發行人　劉仲文
出版者　東大圖書股份有限公司
總經銷　三民書局股份有限公司
印刷所　東大圖書股份有限公司
地址／臺北市重慶南路一段六十一號二樓
郵撥／〇一〇七一七五一〇號
初　版　中華民國七十七年五月
編　號　E 82050
基本定價　肆元捌角玖分
行政院新聞局登記證局版臺業字第〇一九七號

自序

讀過一點文學史的人，差不多都會知道，齊梁時代劉勰的「文心雕龍」，和鍾嶸的「詩品」，是中國文學批評史開風氣之先的巨著。「文心雕龍」體大慮周，「詩品」溯源流別，成爲後代文學批評的濫觴。但劉著在「才略篇」中評論晉代作家不下二十餘人，卻沒有一語道及陶潛；鍾著則將淵明列於中品，均不免爲後世所詬病。爲中國人尊爲詩聖的杜甫，在唐代的幾部詩選（如芮挺章編選的「國秀集」，殷璠編選的「河岳英靈集」，高仲武編選的「中興閒氣集」，和蜀韋穀編選的「才調集」等）中均付闕如。又如善於諷諭的社會派大詩人白居易，他的「長恨歌」曾被宋代的批評家，批評得體無完膚，不是指其「太露淺近」，就是斥其「氣韻近俗」。但清代趙翼在「甌北詩話」中，卻認爲白香山之得名，就「在長恨歌一篇。」所謂：「以易傳之事，爲絕妙之詞，有聲有情，可歌可泣」。再如天才詩人蘇東坡，趙翼讚其：「以文爲詩，自昌黎始，至東坡益大放厥辭，別開生面。天生一枝健筆，爽如哀梨，快如并剪，有必達之隱，無難顯之情，此所以繼李、杜爲一大家也。」而袁枚在「隨園詩話」中的看法，卻大不以爲然地說：「東坡近體詩，少醞釀烹煉之功；故言盡而意亦止，絕無絃外之音，味外之味。」人言言殊，有如此者！

造成這些文學批評的歧異，或由於時代思潮的變遷，美學觀點的不同；或由於批評者學養識見的不足；等而下之者，甚至黨同伐異，私心作祟，原因很多，不盡相同，但至少可以說明一點，那就是絕對客觀的批評，的確，不是一件易事。

正因爲文學批評的不易，文學批評家要想完成批評的使命，就必須更嚴肅，更認眞，付出更多的努力。歷來的文學作家從事這樣努力的固不乏人，今天在這方面辛勞耕耘的也大有人在；而詩壇上的各種批評，更是熱鬧。只是我們的新詩歷史尙短，不論創作或理論，都還沒有到達完全成熟的階段；尤其近三十年來，詩派林立，各是其是，各非其非，紛歧更多。但也正由於詩壇內外，各種正反批評的激盪，使多數詩人不能不有所反省，而覺悟到一味模仿移植西洋的某些詩派固爲不智之舉；卽使將西洋各詩派予以綜合吸收，亦不能完全適合中國的土壤。因爲，任何民族的文學，都有其自己民族的傳統；任何喪失民族傳統的作品，都難免造成貧血的病態。只有將文學的根，深植於中國民族的泥土中，同時吸取外來文學的營養，才能長出中國現代文學的大樹，收穫豐富甜美的果實。作爲文學藝術尖端的新詩，亦復如此。

雖然我們承認，過去三十多年來，臺灣詩壇由於批評的激盪，互相取長補短，吸取經驗教訓，在創作上已經由過分西化，而逐漸回歸中國，重視傳統和現實生活的結合，有了很大的轉變和進步。但仍然不必諱言，我們的詩壇，由於詩派林立，造成黨同伐異，壁壘鴻溝的局面，至今並沒有獲得多大的改善，這從某些報刊和詩選上，常常只出現某些相同的面孔，可以得到證明。因此，對於某些批評，尤其是詩評，往往在讀者的心目中，便不免造成同仁好友的瞎捧，或是對於異己的攻訐，諸如此類的壞印象。至於嚴肅認眞而又權威的批評，實在還是很少、很少。

又因爲嚴肅純正的批評，重在學術性的研究，相對的，可讀性就較低，往往也不易爲懶於思考的讀者所接納。在這種情況下，比較感性兼有幾分知性，卽是透過比較和分析的方法所寫的，可讀性也比較高些的書評和詩評，對讀者的選擇好書好詩來說，便有其必要了。同樣，好的書評和詩評，因能指出作品的優點和缺失，對於作者也有其鼓勵和鞭策的作用。

爲了新詩的前途，希望新詩走一條更寬闊更健康的道路，也爲了向讀者推介好書和好詩，二十多年來，我陸陸續續寫了大約五十多萬字評論性的作品，除了專門爲青少年和初習新詩的朋友所寫的「新詩評析一百首」，大約二十幾萬字，已經出版專書（黎明版，上下册，已增訂爲一一九首）之外，今將部份詩評和詩序作品三十篇，輯成一册，由東大圖書公司出版，希望它是一份微薄的奉獻。

因爲我知道自己學識淺薄，難免井蛙之見，謹借坡翁「題西林壁」詩：「橫看成嶺側成峯，遠近高低各不同；不識廬山眞面目，只緣身在此山中。」的首句，爲一得之愚的書名，還請讀者朋友和詩壇方家，給予批評指教。

文曉村

一九八七年十二月五日於中和半山居

目次

◉詩序·書序

詩評・書評

評古丁「獻給祖國的詩」

由葡萄園詩社推出的第一本詩集「收穫季」，是該社詩人古丁四十六年以來作品的選集，包括「獻給祖國的詩」、「收穫季」、「設攤者」三輯，共有作品六十首。筆者所以特別提出其中第一輯「獻給祖國的詩」來加以評介，乃是因爲這一輯是緊緊扣響着這個時代之脈搏的詩篇，曾經給予我太深的感動，甚至直到今天，他那鏗鏗然如同金屬之交響的詩聲，仍然在我的心靈中迴響不已。同時，在這一篇短評中，要想全部探討「收穫季」的價值、技巧、及其得失，也是不可能的。

「獻給祖國的詩」是一篇充滿着愛國思想的長篇巨構，擁有四十首不可分割的作品。在現代詩中，它是完全迥異於某些超現實主義的明朗之作。據說，其中有二十幾首曾在四十九年的海洋詩刊上連載過，但當時我無緣讀到它。我第一次拜讀它是在五十一年六月葡萄園詩刊創刊的前夕。記得，那是一天下午，我從臺北拿到「獻給祖國的詩」原稿，等不及回到家，便在開往新店的火車上拿出來趕緊讀。一開始我就被「召喚我，我就脫下累贅的長衫／帶着出鞘的鋒利的寶劍／來到你面前，聽候使喚」這樣響亮、鮮明、而又十分親切的詩句所吸引。因爲在我們這個苦難，但卻偉大的時代中，任何一個熱愛祖國的青年，不都是曾經或即將要脫下長衫，而着上戎裝的戰士嗎？

當我讀到第二首——

雖然給我以最薄的軍衣和最少的口糧
我仍充滿歡愉，感到驕傲
因為這是你從最少的裏面分給我最多的

不要憂煩着薄待了你的戰士，我的祖國啊
貧困不會使我們的愛情枯萎
我奉獻我的血，我的肉軀來充實它

而又想及古丁本人實實在在就是這樣一位階級低，待遇薄，肩頭還扛着一個八口之家的重擔，這種流露着眞摯感情的詩句，突然，我的心房之堤，好像受到一股不可抗拒的浪潮衝擊一般，淚水竟然湧向眼眶。我不得不掏出手帕；如果不是那班車上擠着太多的女學生的話，我眞想放開情感的閘門，讓眼淚痛痛快快地流出來！

就這樣，隨着詩中的情感，激動不已地，我一口氣讀完了它。

此後，當「獻給祖國的詩」在葡萄園創刊號及第二期中以最多的篇幅刊出時，又立卽獲得許多詩人和讀者的讚賞和歡迎，詩人王祿松給筆者的信中，曾經稱譽「它是一篇武裝心靈的宣言！」實在不是過譽之詞。

筆者因當時擔任葡萄園詩刊編輯，所以有幸對「獻給祖國的詩」多讀過幾遍。但我每讀一次，都有一次新的感動。也許有人會說，那是你的偏愛，那麼，試問：當你讀到這樣的詩句——

若授我以高的官階和勳章
我心底負擔便更沉重了（第三首）
熔我於你隊伍的烘爐裏
我的生命便因不斷鎚煉而成熟（第四首）

如果你需要
就讓戰神來採摘我
折我的頭，流我的鮮血
然後編入你勝利的花環（第五首）

如果我是戰車的履帶
或是呼嘯的彈丸
我就會爬山越嶺去輾破敵人的膽
越空去洞穿仇人的胸膛（第二十四首）

我倒下時，我會笑
會擁溝壑而吻，而想像你勝利之旗的昇起（第二十三首）

你的感想如何？你的一顆愛國心，會不會被這種洋溢着愛國犧牲的英雄主義的歌聲，而激動？而震顫？我想：你會有自己的答案。

如果承認文學的價值，也在於它對社會的批判，那麼，「獻給祖國的詩」就是這樣。它不僅是單純地反映這個時代的呼聲，用詩的生命武裝了我們的心靈，使我們同仇敵愾的意志更為堅定；而更重要的，還在於它對我們當今的社會提出了積極的，嚴肅的批評。換句話說，它是通過詩的藝術，完美地執行並完成了其對社會的批判。在這裏，必須特別指出的，是作者並不像那些別具用心之徒，對社會的黑暗面只是一味攻訐與謾罵，而是出之以厚誠委婉的語氣，說出發人深省的話語。例如——

當那些聰明人唱着頌歌走向你時
在老遠的地方你便看到了他們
我走向你時，祇帶着靜默的祝福
並留心不觸碰路上的東西，我怕引起你注意（第六首）

那些叫我們停留在舊世界的提議者
他們醉心於舊時文化的光榮
他們祇曉得享受祖先的遺產
免除自己再創造的勞苦（第十一首）

讓那些走不動路的人，讓開路來吧
他們在你艱苦的里程上已經走了很長（第十二首）

「獻給祖國的詩」在葡萄園詩刊連載時，原有四十二首，每首前面有一編號而無標題。現在收在「收穫季」中的共四十首，其中有二首被作者删掉了。標題也是出版前臨時加上的。但筆者以爲這是一個很大的失策。因爲嚴格地說，「獻給祖國的詩」實在是一篇完整的長篇抒情詩，它可以分開來讀，卻不可被斷然分開。因爲加上標題之後，雖然可以收易於被瞭解之效果，但讀起來比之不加標題就無形中減輕了耐人尋味的份量。這也許就是一切藝術作品都有不可分割的完整性之故吧。

就創作技巧來看，本詩似乎深受曾獲諾貝爾文學獎的印度詩哲泰戈爾（R. Tagore）的影響。這有兩點跡象可尋：一、就筆者所讀到的泰翁的七部詩集中，除了一本描寫兒童世界的「新月集」冠有標題外，其餘都是只有編號而無標題。「獻給祖國的詩」最初也是如此。二、又如「獻給祖國的詩」第一首第一行「命令我，我就脫下累贅的長衫」和泰翁「採果集」中領銜詩開頭的「命令我，我就採集我的果子……」其格調、句法幾乎完全相同。這一點，不知是出於模仿，還是偶然的巧合？就創作的觀點而論，詩貴創造，模仿原不足取。但是，「獻給祖國的詩」是出之於一位熱愛祖國的青年，向其祖國的呼喚，如果不用「命令我，我就脫下累贅的長衫」這樣堅定有力的語言，實不足以表現其對祖國赤誠效忠的決心。這是創作上的必要。所以即令本詩開頭有一點模仿的印痕，也不足爲疵。

最後，筆者還想一提的是，本詩結尾之精彩，也是値得稱道的大手筆。作者不用通常那種勝利後解甲還鄉來作結，而是激昂地呼喚：「祖國啊！我們要衝過北風橫掃的冬／去叩開春天的銅門」。這種象徵的一語雙關的句法，實有其更深的意義。

五十三年八月《文壇月刊》第五十期

評陳敏華「水晶集」

·兼談新詩的中國風格

四年前，當女詩人陳敏華的第一本詩集「雛菊」出版問世的時候，中國詩壇並沒有對她給予太多的關注。直到兩年半之後，當她隨中國詩人代表團出席在馬尼拉所舉行的國際詩人大會，榮獲大會「女詩神」獎，尤其稍後，又因其詩集「雛菊」中所展示的，中國女性所特有的那種「謙虛與矜持」的氣質，而獲得英國國際學院頒贈「名譽文學碩士」榮銜之後，由於這雙重國際榮譽的逼人與刺激，女詩人陳敏華和她的詩，才突然地，一下子變成詩壇紛紛談論的對象了。

在文學領域內，任何榮譽的獲得，都是作者心血的結晶，決非僥倖可以獲致，陳敏華之所以能夠得到這些殊榮，自然是她多年來，努力潛心創作的結果，我們應該爲她高興，給她鼓勵才對。但是，由於我們的詩壇派別門戶之見太深，有些人不但心地狹窄，不能容納他人的見解與成就，甚至還藉詞予以攻訐，極盡冷諷熱嘲之能事，好像吃了酸葡萄似的。我們的詩壇爲什麼不能在百花齊放、萬紫千紅，或者大同小異、異中求同的原則下，共同為拓展中國詩運而努力呢？我思之，再思之，除了「文人相輕」之外，實在找不出更好的答案。

然而，作為一個詩人，陳敏華並沒有為這些譭隨譽來的打擊所困擾；相反地，她除了繼續在教育廣播電臺主持「文藝櫥窗」，和在臺灣電視公司主持「藝文沙龍」節目外，她仍埋頭讀書，潛心創作，為詩神貢獻其心智。最近，更把她的第二本詩集「水晶集」，呈獻給我們的詩壇和讀者。

・　・　・

這是一本中英文對照，並附有藍蔭鼎、王藍、劉其偉、馬白水、席德進、馬電飛、張杰、胡茄、徐樂芹等九位當代名畫家的水彩佳作，詩畫媲美，相得益彰，是獨創一格的「詩情畫意」集。共收詩作五十七首，是她最近數年來在「建築與藝術」雜誌上，連續發表的「詩情畫意」詩作的選集。其卷首有詩人劇作家鍾雷先生的長序。英文部份，係由師範大學外籍教授美國哈佛大學文學碩士馬莊穆（John M. Mclellan）所翻譯。設計、印刷、裝潢，均極考究，如果以富麗堂皇四字來形容這本詩集，相信決非過譽。

從「雛菊」到「水晶集」，陳敏華的詩已經向前邁進了一大步。在「雛菊」中，除了「宇宙之光」等少數幾首頌歌之類的作品之外，其多數作品都是像：

撥開你眉頭層層的愁吧
那怕晴朗只是一瞬
我仍會滿足於頃刻的溫馨（期待）

有什麼可悲哀的呢
陽光如此博愛　潤泥情深
雖然沒結下纍纍果實
但你卻有擴展宇宙的根（雛菊）

這一類抒情意味極濃的抒情之作。其中，雖然不乏非常優美的佳作，如「期待」、「日月潭」、「珊瑚」、「珍珠」、「雲」等等；但是，嚴格地說，「雛菊」的表現並不能令人滿足。我們毋寧說，「雛菊」只是作者處女作品的紀念集，就像一叢含苞的花蕾，讓花蕾綻放爲多彩多姿的花朵，自然還需要一段期待的時日。

果然，陳敏華沒有辜負大眾的期待。當我拿到她的這本中英文對照，並附有五十多幅畫作的「水晶集」時，一陣突然的驚喜，湧入我的心坎。而其詩作進步之速，及其輻射的光采之絢麗，更給人超乎預期的驚異。

就畫題詩，是我國文學和繪畫史上習見的傳統特色，惟多爲五、七言的古詩絕句。在現代的詩壇上，近年來，我們也多次看到過「現代詩畫展」，可惜，都是曇花一現的展覽。而眞正自覺地，大量地，以當代繪畫爲詩的素材，以數年的恆久與毅力，從事「詩情畫意」的新詩創作，並將其詩與（畫家的）畫結合在一起，以整册的詩畫專集出版問世的，恐怕陳敏華還是第一人。這對新詩和她個人的創作生命來說，都是一種大膽的嘗試與創擧。尤其像藍蔭鼎、馬白水、王藍、劉其偉、席德進等飲譽國際藝壇的畫家，他們的畫，或以氣魄雄健渾厚著稱，或以色彩瑰麗脫俗揚名，或以嶄新的現代繪畫技巧，表現現代生活情趣而飲譽一時；要之，均已爲人所讚賞。爲這些畫題詩，如果達不到相當的水準，就難免相形見絀，而失卻詩的光采。就這一意義來說，「水晶集」的大部份作品，都是足以媲美那些名畫而毫無遜色的。

試讀下面的作品：

橋在古代
是不墜的虹
人類仿虹的模型造橋
延伸了沒有路的路程（高橋流水）

把橋與虹聯起來，構成虹橋。這意象用的人已經很多，本不足取；但作者把一座普普通通的山澗小橋，一下子推延到「古代」，讓它成為「不墜的虹」，同時又賦予它以「延伸了沒有路的路程」的使命，不僅意象突出，而且也能給人以美感的滿足。

再看「塔下」中的這些詩句：

並非塔尖太高
而是眾生太渺小
任鐘的鳴聲再響徹
也喚不醒迷者的幻夢

作者已經擺脫單純景象的描寫，而到達一種創寫意境的境界，給人以深思不已的意義。而在「半屏山」中，作者拋開半屏山的貌象不寫，一開始就抓到那個世界的內涵，說出：

有誰曾窺見你的全貌
我問出岫的雲　和流浪的風
他們都搖搖頭

冷漠地走了……

這一歎、一問、一答，雖然不曾具體地說出什麼，而詩人的情懷深意，已經涵融於其內了。這就是所謂意在言外和弦外之音。這種詩情，畫家當初在繪這些畫的時候，也許其意不在此，但詩人卻以其敏慧的心眼，替畫家看到了這一層，從而擴展了繪畫視野。同樣地，畫配於詩，讀者也可透過畫面的景象，而體察詩作的涵意。詩與畫互爲表彰，趣味橫生者在此。

・　　・　　・

從上面梗概性的介紹，和抽樣性的評析中，雖然多少可以幫助讀者對於「水晶集」的作者及其作品的瞭解；但是，對於抱着更深一層希望的讀者，就不免顯得太簡單太片段了。這裏，讓我們來讀一首完整的短詩，然後再加以品評。

寶　劍

古代的劍
燃着火的熱情
斑斕的金甲
是龍的蛻化

劍花在月夜盛放
若梅 橫過纖瘦的斜枝
朵朵寒葩 冷冷然
在雪地上鬥艷
——（水晶集三十三頁）

這首詩很短，只有兩節八行，作者在第一節中，用「古代」一語，把「劍」、「火」、「金甲」、「龍」等四種不同的形象，貫穿在一起，予以凝化，使之形成劍乃「龍的蛻化」這樣一個完美的意象，讀這節詩，透過字面的意義，我們便不能不隨着作者筆下的「劍」，回到幾千年前的「古代」，且從「燃着火的熱情」，去想像劍在煉火中所曾忍受的痛苦；從「斑爛的金甲」和「龍的蛻化」，去感受劍在英雄豪傑手中，那種榮耀威風，龍騰虎躍的氣概。而在第二節中，作者又以另一種視覺，來展示劍的形貌與內涵：她先把劍女性化爲「在月夜盛放」的「劍花」，因有「月夜」作襯托，表現得自然而貼切；又從「劍花」，發展爲「若梅／橫過纖瘦的斜枝」，這「橫過」的「橫」字，和「纖瘦的斜枝」，用得甚生動；最後，以「朵朵寒葩／冷冷然／在雪地上鬥艷」，使古代的劍，一變而爲雪地上的寒梅，表現了劍的另一面的生命的內涵。單就這一點而論，「寶劍」已能給讀者直接的美感和間接想像的滿足了。

其實，「寶劍」所表現的尙不止此，應該還有更深一層的含意。爲此，我們對劍的歷史，似有稍加說明的必要。

劍爲我國古代的兵器，至少已有二千多年的歷史，據「吳越春秋」記載：越人歐冶子善鑄劍，曾爲越王鑄寶劍五，名：湛盧、巨闕、勝邪、魚腸、純鈎。後又與干將爲楚王鑄龍淵、泰阿、工布三劍。又據「吳地記」載：干將鑄劍，鐵汁不下，其妻莫邪曰：鐵汁不下，有何計？干將曰：先師歐冶鑄劍，不銷，以女人聘爐神當得之。莫邪躍入爐中，鐵汁出，成二劍，雄號干將，雌號莫邪。另據「晉書張華傳」記載，雷煥於豐城，掘獄得龍泉、太阿（卽龍淵、泰阿）二劍，送龍泉與華，太阿自佩。煥卒，子華持劍過延平津，劍躍入水，使人入水取之，但見二龍游去。韓愈詩：「鳳飛終不返，劍化會相從」，卽詠此事。

由以上史料獲知，我國古代的名劍，多有雄雌之分；而龍不僅爲劍名，亦曾化而爲龍。同時，龍爲我國遠古時代黃帝軒轅氏的圖騰，是我民族道統文化的象徵；而梅則爲我國的國花，是我民族文化的另一種標記。這龍與梅合起來，應是我中華民族崇尙武德與愛好和平精神的暗示。明白了這一層，回頭再來讀「寶劍」，我想，聰明的讀者，對這首詩，必能有更深一層的感受吧？

對於這首詩，文字的洗鍊，意象的典麗，境界的深遠，筆者不想再費筆墨。但是，我願特別強調的一點，乃是由於這首詩中的意象（龍與梅）極富民族色彩，洋溢着十分濃厚的中國風格，使人感到格外親切與喜愛。這是十分值得稱道的。和這首詩同樣傑出的，還有「龍山寺」、「故鄉之冬」、「山水畫」等多首，因篇幅關係，不再列舉。「水晶集」值得推薦者也在此。

讀「寶劍」等幾首極富中國風格的作品，給我的感受，使我再次想到如何自覺地，建立新詩的中國風格的重要。

談到新詩的風格，便不能不涉及到早年的一些爭論，就是中國新詩究竟是西洋詩的移植呢？還是中國詩的自然發展？有人說，中國在「五四」以前，根本沒有新詩，「五四」新文學革命後，胡適之寫「嘗試集」的白話詩，以及後來新月派、象徵派和現代派的興起，多數具有代表性的詩人，都是在歐美留學期間，接受了西洋詩的薰陶，回國後把西洋詩的形式，移植到中國來，中國才有了新詩。和這種看法相反，有人認爲「五四」新文學革命，實質上是一種新文化運動，單就詩的領域來說，胡適之寫白話詩，其目的在於打破中國舊詩格律平仄的束縛，使中國詩從舊的形式中解脫出來，用活的語言（白話）從事詩的創作，使中國詩獲得新的生命，同時，文學是文化的一部份。詩與文學是一個整體，中國詩是中國文化體系中的一部份，它可以吸收外來文化的影響，但決不可能和中國文化一刀兩斷。「五四」以來的中國新詩，雖然受西洋詩影響很大，但比之唐代文學受印度佛教文化的影響之深，並未爲過；而唐代的文學仍是中國文化的結果。中國新詩的發展亦復如此。我比較贊同後一種說法。只是覺得在新詩的發展過程中，由於徐志摩、李金發、戴望舒等三十年代的詩人，過分重視西洋詩的形式，影響所及，使在臺灣後起的某些詩人，更是亦步亦趨，尤其是爲了追求所謂「現代化」，一味模仿抄襲西洋詩的形式和技巧，忽視了中國傳統文化的特質和時代的精神。結果，寫出來的作品，不是晦澀難懂，就是徒具形式，而內容貧乏；充其量只是人造的花朵，沒有眞實的生命。新詩所以不受人重視，甚至遭到社會責難，讀者不滿，根本原因，實在於此。

這種現象，仍是當前新詩危機的所在，任何眞正忠於新詩，對新詩的前途有使命感的詩人，都應該有勇氣面對這一問題而加以檢討。

如何克服此一危機，爲新詩開闢光明的遠景，有賴於中國詩人殫精竭慮的努力。爲此，筆者以爲在創作中，如何自覺地，儘量擺脫西洋詩的影響，倘非絕對的必要，儘量少用外國的人名、地名，避免過分歐化的句法和述語。在題材的選擇和意象的塑造上，應該儘量發掘運用那些富有中國色彩和民族精神的材料，以構成中國的風格，使我們的新詩，既是現代的，更是中國的。以這樣中國風格的新詩，反映時代精神和羣眾生活，必然能夠贏得社會的重視和讀者的愛護，從而善盡詩人的使命。未知高明以爲然否？

讀完陳敏華的「水晶集」，深感其詩才高，潛力深，像一座豐富的礦源，現在只是在掘發階段，繼續掘發下去，定有其更光華燦爛的一天。

但是，任何一部作品，都難免有疏忽的部份。「水晶集」有五十七篇作品，要求篇篇完美，自非易事。因此，我願誠懇地指出：這本詩集尚存在有幾點值得商榷的問題：

一、有少數作品，因採用了直接敘述或白描的手法，以致詩質很淡，缺乏趣味，如「夏日仕女」的這種句子：

穿着修長的旗袍
微微聳起的鬢髮
在東方仕女的身上
何其純樸而高雅

與此類似的，還有「醫務船」、「補傘老人」等。

二、一首詩必須是一個完美的整體，像任何山水、風景、建築等等。如果每一行每一節都很美，都能構成一個獨立的存在；但是，如果合起來，彼此缺乏必然的關聯，這種作品，仍是失敗之作。「海濱」正是這樣一首值得惋惜的詩。這種缺陷的存在，多半都是作者在作品完成時，沒有認眞修改；或者在修改時，對於某些美則美矣，但與整體無關的句子，捨不得予以刪改的緣故。

三、詩中有畫，或詩畫聯璧，本屬雅事；在新詩集中附錄畫作，尤爲詩壇的創舉。但是，在這本「詩情畫意」的「水晶集」中，畫幅之下，沒有畫家的名字，使讀者看了那些名畫，猶不知畫家是誰，誠屬遺憾。倘若不是鍾雷先生在序文中，詳細介紹了九位畫家的大名，讀者就更茫然了。這一點，希望將來再版時，能夠有所補救。

六十年四月《智慧月刊》第三卷第四期

「天涯詩草」品

・讀鍾雷先生新著

詩人劇作家鍾雷先生，最近以其新著「天涯詩草」詩集寄贈，這是我駐防金門以來，由臺灣詩人寄贈的第一本詩集。也許以此之故，在品讀吟誦之際，頗多啟發。在此，謹藉「正副」一角之地，以爲飲者品嘗佳釀之清談，而就教於金門戰地的詩友與讀者。

有些詩評家們，每多喜歡以自己特定的尺碼，去衡量所有的詩人與作品。如此，遇到尺碼相同的，自然穿起來是天衣無縫，風流瀟灑；如果高矮肥瘦不同，就難免不變成醜態百出的怪物了。我希望避免這種自定尺碼的窩臼，而尊重詩人自我的表現。這是我在落筆以前要特別說明的。

詩人鍾雷先生，河南人，早年負笈北平，攻讀於中國大學，因地理人文的薰陶，遂養成其燕趙男兒慷慨悲歌的壯志豪情。民國二十六年蘆溝橋事變後，詩人即投筆從戎，參加八年浴血抗戰，由二等兵幹到掛將軍銜的上校，直至三十八年隨軍抵臺，始脫掉戎裝，而轉入文藝界，爲拓展文學藝術而繼續貢獻其心血與智慧。

在文藝界，許多詩人和作家，雖終其一生，只向一個方向發展，仍不能登堂奧而成大家者，比比皆是。鍾雷先生卻不同，他不但寫詩，而且也寫小說和劇本，都有豐碩的收穫。二十幾年來，先後出版的詩集有「生命的火花」、「偉大的舵手」、「在青天白日旗幟下」等；小說集有「榴火紅」、「江湖戀」、「青年神」、「小鎮春曉」等；劇本則包括話劇、廣播劇、電影及電視劇等，多達一百數十部，其中電影劇本「梨園子弟」，並曾獲得五十六年度中山文藝獎的殊榮，足見其學識才華之深厚。

鍾雷先生現任中央月刊社副社長兼總編輯，並爲中國文藝協會、中國影劇協會和中國新詩學會等三大文藝社團的常務理事。五十九年六月曾以中華民國筆會代表的身份，出席在韓國漢城召開的國際筆會三十七屆大會，會後又便道訪遊日本東京及大阪萬國博覽會。六十年夏季，復應邀前往菲律賓，擔任菲華暑期青年文教研習會文藝創作班主講教授。「天涯詩草」內所收集的，便是詩人這一時期的作品，最近由華實出版社出版發行。

「天涯詩草」共分三個部份：第一部份爲新詩，包括第一輯「韓國紀行」十首；第二輯「扶桑之旅」十二首；第三輯「菲島去來」十五首。第二部份爲舊詩，詩人以「別輯」命篇，含有並非其正宗作品之意，包括「和岷灣雜詠」五律六首，「碧瑤記遊」七絕八首，另外「題片羽集外集」菩薩蠻詞一首。第三部份爲「附錄」。包括「韓日之行拾記」，和「非行散記」等兩篇遊記文字，讀者如能先讀「附錄」的遊記，再讀詩作，當能對其作品有較深的瞭解。

也許在金門戰地，讀過「天涯詩草」的讀者，還不一定太多，那麼，就讓我們先來讀一首詩吧：

風雨一杯酒

——贈別韓國作家權熙哲及詩人許世旭

雨，仍在漢城落着；
油紙傘如朶朶蕈狀之花盛開，
在明洞的街巷裏，浮旋流盪，
恍若泛起一湖水鄉景色。

小樓一角，同飲風雨一杯酒，
而江山萬里，心底愁緒萬種；
朋友啊！此時在詩與鄉思之外，
欲起舞而無劍，憑欄亦且無處。

然則，有詩興豈無豪情在？
為了我們有着相同的命運與使命，
乾杯吧！五花馬兮千金裘，
都不及這份手足情誼之值得珍重。

明日隔山岳，但並非參商之別；
相約他年在凱歌聲中再謀一醉，
且毋忘此時的風雨一杯酒，
以及油紙傘花盛開的明洞。

——（五十九年七月四日）

這首詩在「天涯詩草」裏，並不是最好的作品，而是一首非常普通的應酬之作。但對研究作者的思想、性格、寫作技巧和詩風，卻有相當的代表性。讓我們試作如下的分析：

第一節是一幅雨景素描。尤其把油紙傘比為「朶朶蕈狀之花」在街巷裏「浮旋流盪，恍若泛起一湖水鄉景色。」輕描淡寫兩筆，一幅完美的水鄉雨景，已經浮現在讀者的面前。

但詩人並不是為風景而風景，一如第二節「小樓一角，同飲風雨一杯酒，」也不是為應酬而應酬，而是要表現那「而江山萬里，心底愁緒萬種；」「欲起舞而無劍，憑欄亦且無處。」的鄉思與國恨。

如果詩人的心底只有鄉思愁緒的悲傷，便難免不流入李後主那種「問君能有幾多愁，恰似一江春水向東流」徒然悲傷的窩臼。鍾雷先生一點也不悲觀，他的胸襟寬闊得很。因此，他不僅在第三節裏鏗然有聲地吟唱着：「然則，有詩興豈無豪情在？」「乾杯吧！」「珍重。」而且在第四節裏更與異國朋友：「相約他年在凱歌聲中再謀一醉」。這是何等的胸懷與豪情！

從以上的分析，我們已不難看出作者思想性格的一斑。其實，「天涯詩草」的大部份作品，都流露着一種濃烈的思念故鄉家國的情懷。像「隔水青山似故鄉的漢城啊！你將告訴我一些什麼……？」（漢城初訪），「仁川啊！潮聲裏你在悵望着什麼？」（仁川拾貝），「走在明洞，聽滿街有親切的鄉音」（明洞・明洞）等。這類詩句之多，不勝枚舉。

在「別輯」的律絕詩中，所表現的思國懷鄉之情更爲強烈。「碧瑤記遊」八首中，除第五首外，其餘七首都是前兩句寫當地之景，後二句詠思懷之情，不是「平明路轉峯廻處，疑在合歡半山腰。」便爲「路邊景色非蕪甚，不及臺灣稻正肥。」而在「和岷灣雜詠」六首的「中國公園」裏所吟詠的：「景增他國美，花是故園嬌。海外歸心發，陽明路未遙。」不僅是身在異國，心懷故土的詩人，在這本詩集裏所表現的思想歸結，也是一切海外遊子落葉歸根的心聲。

以上所談的，多是「詩言志」的思想或詩情。下面再談談形成詩人風格的詩風吧！

從前面新舊並舉的詩章中，我們已能明確地知道，鍾雷先生不僅能寫新詩；而且對舊詩的吟詠唱和，也有倚馬可待的才情。從這一點也可看出作者對中國傳統文學素養的深厚。明乎此，作者在新詩創作中，時常有意或不經意地吸收運用一些舊的詩詞或句法，也就是一種自然而不足爲奇的事了。除了本文前面列舉的「風雨一杯酒」中，那「五花馬兮千金裘」，和「明日隔山岳，但並非參商之別」，前者係出自李白「將進酒」，「五花馬，千金裘，呼兒將出換美酒」；後者乃是杜甫「贈衛八處士」的前兩句：「人生不相見，動如參與商；」和最末二句：「明日隔山岳，世事兩茫茫！」的變調之外，其他如「驪歌之什」第一句的「這裏雖無渭城朝雨浥輕塵」和第二節三四兩行的「此時只應勸君更進一杯酒，不須感嘆西出陽關無故人」，幾乎就是「渭城朝雨浥輕塵，客舍青青柳色新。勸君更進一杯酒，西出陽關無故人。」王維「渭城曲」的大遷徙。巧妙的是，作者因在最後一節中道出：「在你我之間，卻需相期努力，去迎接未來那瀟瀟雨歇的時候！」由此出自岳飛「滿江紅」的「怒髮衝冠，憑欄處，瀟瀟雨歇。」四字一典所造成的意境，遂將王維原詩那種送別時黯然神傷的氣氛，一變而爲十分曠達豪邁的氣概，頗有羚羊掛角，不露痕跡的妙趣。

在四十年代初期，鍾雷先生因一連出版了「生命的火花」、「偉大的舵手」、「在青天白日旗幟下」等幾部擁有甚多讀者的詩集，樹立了他的詩人的令譽。後來也許由於把更多的時間投入小說和劇本的創作，而相對地削減了新詩的產量。也因此，在四十六年以後的現代詩運動中，鍾雷先生也不曾受到現代主義和超現實主義的衝擊，而保持了他那以愛國情操爲內涵的、自然、豪邁、健朗的詩風。甚而直到今天，都沒有多大改變。

如果允許作一結論的話，我以爲：不論就其早期在臺灣詩壇的表現，及其一貫的詩風來說，鍾雷先生不僅是一位從傳統走向現代的新詩園地的開拓者，也是一位具有多方面貢獻的大作家。不知詩評家和讀者朋友以爲如何？

六十一年八月《金門日報》正氣副刊

「覃子豪全集」介評

經由以鍾鼎文先生爲首的覃子豪全集出版委員會各位先生十二年來鍥而不捨的努力，詩壇期待多年的「覃子豪全集」，終於先後出版了。這在中國現代詩壇上，尙是一件沒有先例的創舉。此一包括三大册一五二〇頁巨著的出版，固然是活着的詩人對已故的詩人在感情上有了個交代；若就詩人覃子豪對於中國現代詩運動的貢獻，及其詩風詩論對於整個詩壇的巨大影響來說，則此一全集的出版，尤其具有歷史的意義。而詩評家們，更可以此全面的資料，給詩人覃子豪一個「蓋棺論定」的評價。

但是，「覃子豪全集」最後一册出版已經將近一年了，除了在「笠」詩刊上連載的「中國新詩論史」第四章「新詩論第三期」中，曾經提及覃子豪與紀弦先生的一段論戰之外，（也許是筆者孤陋寡聞吧？）至今還沒有讀到過任何一篇評論「覃子豪全集」的文章。難道我們對於播種者覃子豪先生已經淡忘了嗎？

記得覃子豪先生在世的時候，對於提携後進，培養青年詩人，是多麼的熱誠而不遺餘力！經他一手栽培而成名的詩人，絕非少數。他們之中，竟也沒有誰肯花點時間，費點心血，爲這位大師的傳世之作，寫篇評論，廣爲推薦，寧不令人感歎？

基於此，筆者不揣淺陋，敢爲文對「覃子豪全集」試作介評。所謂介評，是以介紹爲主，評論副之。以下謹按「覃子豪全集」之梗概、詩人覃子豪之生平、探討覃子豪的詩、詩論、翻譯及其他等五個單元，作一綜合性介評，以就教於讀者朋友。至若「蓋棺論定」之評，尚祈高明者爲之。

壹、「覃子豪全集」之梗概

「覃子豪全集」共三册，第一册是創作部分，五十四年詩人節出版，四五八頁，計收錄有自民國二十二年至五十二年三十年的詩作，包括詩集「生命的絃」、「永安刼後」、「海洋詩抄」、「向日葵」、「畫廊」、「集外集」等六部，作品二五四首。另有「斷片」集，收錄未完成之詩作四首。全部合計詩集七部，作品二五八首。但這並不是詩人詩作的全部，如民國二十八年抗戰初期的詩集「自由的旗」，因爲臺灣搜羅不到而未列入。

第二册是詩論部分，五十七年詩人節出版，六五〇頁，計收錄有「詩創作論」、「詩的解剖」、「論現代詩」、「未名集」等詩論四部，包括詩論、詩評、詩序等各種有關詩的論文一二七篇，七十餘萬言。以上全部爲詩人來臺之後，至五十二年去世之前的作品。

第三册是譯詩及其他，六十三年十月十日出版（但實際出書的時間則係六十四年十月），四一二頁，計收錄有「法蘭西詩選」第一集、第二集，「譯詩集」等三集，包括法國詩人二十七位，比利時詩人二位，其他匈牙利、愛爾蘭、英、美、俄、波等各國詩人十位，共譯詩一二九首。另有「東京回憶散記」、「遊記及其他」、「書簡」等三集，共四十九篇，約四十三萬五千言。此外，並附有詩人年表，簡介詩人之生平。

貳、詩人覃子豪之生平

詩人覃子豪生於民國元年一月十二日，原籍四川廣漢縣。北平中法大學畢業。二十四年赴日留學，東京中央大學肄業。二十六年七月抗戰前夕返國。抗戰期間，在新聞界服務，歷任少校主任，「八六」簡報社社長，主編前線日報「詩時代」週刊，福建漳州閩南新報主筆，兼編「海防」副刊，並創辦南風文藝社。先後出版有詩集「自由的旗」、「永安刼後」，譯詩集「匈牙利裴多菲詩抄」，散文「東京回憶散記」等多種。

臺灣光復後，於民國三十六年來臺，先後在臺灣省物資調節委員會及糧食局服務，歷任專員、課員、督導員等。自四十年主編「新詩週刊」，四十二年出任李辰冬博士創辦之中華文藝函授學校詩歌班主任，四十三年春與詩人鍾鼎文、鄧禹平、夏菁、余光中等人，發起創設藍星詩社，並於六月在公論報創辦「藍星」新詩週刊，四十六年八月創辦「藍星詩選」叢刊後，積極從事新詩的播種推廣工作。之後，又多次受聘爲中國文藝協會理事兼詩歌創作委員會副主任委員、青年寫作協會理事兼詩歌研究委員會主任委員、國防部總政治部文藝獎金評選委員、救國團暑期文藝研習隊指導委員、文壇及中國文藝函授學校教授等。並先後出版詩集「海洋詩抄」、「向日葵」、「畫廊」，詩論集「詩的解剖」、「論現代詩」，譯詩集「法蘭西詩選」等，對中國新詩（現代詩）運動貢獻至巨。

叁、探討覃子豪的詩

讀過「覃子豪全集」第一册之後，筆者發覺詩人三十年來的創作，各個時期的作品，內容、風格、特色均有顯著的不同。約略分之，似可分爲六個時期：

一、「生命的絃」：「戀情和懷鄉病」時期。

二、「永安刼後」：「接近民眾」時期。

三、「海洋詩抄」：「海的歌者」時期。
四、「向日葵」：「苦悶的投影」時期。
五、「畫廊」：「探求與實驗」時期。
六、「集外集」、「斷片」：回顧與前瞻。

現在就按這六個時期，試作如下之探討：

(一)「生命的絃」：「戀情和懷鄉病」時期

「生命的絃」是詩人早期的作品集，創作於民國二十二年三月至二十五年七月的大學生活中，共收詩二十九首，及散文一篇。但不曾出版。此次在全集中正式問世。

詩人覃子豪在「海的歌者談詩創作」（全集第二册四七二頁）一文中，追憶他少年時期開始新詩創作的經過時說，他在初中時卽對新詩發生了「狂熱」的愛好，讀過「女神」、「星空」、「志摩的詩」等詩集，對王獨清的「威尼斯」尤其喜歡。對外國詩人，則「特別喜歡拜倫、雪萊、濟慈、歌德和海涅。」並且「也學寫了許多詩，可是一直沒有發表過。」直到民國二十年到北平進入「環境優美，文學藝術的氣氛特別濃厚的中法大學社會科學院」，由於「在校刊上發表了兩首詩，被全校教授和同學」譽爲「校中最優秀的詩人」時，才眞正開始走上新詩創作的道路。

四年的大學生活，對年輕的詩人來說，是非常羅曼蒂克的。但他並不快活。詩人說：「在那時期，我卻很孤獨，一種戀情和懷鄉病所混合的情感，縈繞在我心中，迫着我抒寫成詩。」尤其詩人「一向受着浪漫文學的薰陶」，所以在那個時期，他的詩便充滿着「戀情和懷鄉病」的浪漫情調。詩人不曾出版的處女詩集「生命的絃」中，大部分作品都可以歸入這一範疇。例如：

我願我的心兒
化成了一朶鮮花
江水呀！我囑託你
請你將它送到我愛的家

——「古意」

當我醒來的時候
我卻追念我過去的夢
夢裏的甜蜜呀
卻是醒來時候的哀痛

——「追念」

但是，由於學校裏，詩人和他的同好者「組織了一個五人詩社，規定每週寫兩首詩，週末晚上就集中在一個小屋裏圍爐談詩，互相批評寫作的得失。其後，就談波特萊爾（Boude laire）的表現技巧，或是拉馬丁（Lamartine）的戀愛故事。」雖然「一向受着浪漫文學的薰陶」的詩人，「對於象徵派並不感興趣。」但是，「經過幾次激辯之後，」詩人終於「發現象徵主義的眞正價値。」並且當他「逐漸對象徵派詩人有深切的認識之後，才覺悟以前對於詩的認識是太膚淺。」這種從浪漫派逐漸轉向象徵派的認識，也開始反映在「生命的絃」的後期作品中。例如：

沙漠的風吹老了少年的心
在日光下我追逐着自己的夢影
夢影在遙遠的天邊散了
希望便長埋在枯瘠的荒郊
荒郊裏聽不着一絲兒鳥聲
只留下一個靜靜淡淡的黃昏

夜半，我被囚在瘋人院裏
描繪着人生一切的甘蜜
——「沙漠的風」

這首「沙漠的風」，並不是沙漠的風的寫實，而是人生爲「追逐」、「希望」、「夢影」所受到的打擊、挫折的象徵。他本來在「追逐」、「夢影」時滿懷「希望」，但所得到的卻只是「枯瘠的荒郊」，「一個靜靜淡淡的黃昏」，「聽不到一絲兒鳥聲」，甚至，夜半「被囚在瘋人院裏」，只能用幻想去「描繪人生一切的甘蜜」。這「夢影」、「荒郊」、「黃昏」、「鳥聲」、「瘋人院」等均非存在的實景，而是內在的心象，內心所看到的事象而已。再如：

我將淚和血灌溉一種美麗的薔薇
為愛那迷人的芳香，有刺的花蕾
然而，一切詩的理想都被摧毀了
惡魔將我們的靈魂投入鐵的監牢
——「寄寧速」

這「美麗的薔薇」，「迷人的芳香」，「有刺的花蕾」等，也不是眞實景物的再現，而應是詩人用來作爲愛與「詩的理想」的暗喻象徵。當現實的「惡魔」把理想摧毀之後，詩人的靈魂便不得不在「鐵的監牢」中忍受被囚的痛苦了。應該指出的是：這類極富象徵手法的作品中，仍然充溢着浪漫派的傷感情緒。如果把這類作品看作由浪漫主義走向象徵主義的過渡表現，也許比較貼切吧。

（二）「永安刼後」：「接近民眾」時期

「自由的旗」是詩人民國二十八年在浙江金華出版的一本詩集，也是詩人的第二部詩集，因在臺灣沒有版本，未能收入全集之中。詩人在「詩接近民眾的新途徑」（詩集「永安刼後」附載之論文）中曾說：「抗戰給中國的藝術一種新的刺激，這刺激給予詩很大的變化，……詩人們用許多方法，使詩去接近民眾，於是產生了朗誦詩和街頭詩。」「自由的旗」相信也是一部以歌頌抗戰爲主題，風格淺顯，甚爲「接近民眾」的作品。可惜，我們今天已經讀不到了。而這類作品，今天我們能夠讀到的，是詩人的第三部詩集「永安刼後」。

永安是閩南的一個縣城。民國三十二年十一月四日，「敵機慘炸永安，全市精華，盡付一炬。死傷難胞數百人，造成永安空前的浩刼。」（姚隼「論『永安刼後』詩畫展（代序）」）畫家薩一佛先生目睹此一慘狀，曾畫了四十多幅素描畫，準備展覽於民眾之前，以爲對日本侵略者的控訴。詩人覃子豪看了這些素描之後，大爲感動，因而便爲這些素描創作了四十五首詩作。這些詩作曾經與薩一佛的畫，在永安、漳州、晉江地區聯合展出，在廣大民眾的心目中留下深刻的印象。

現在，讓我們先來讀讀這些詩吧：

好多的受傷者
好多的擔架隊
一列列從長街上走過

他們來自災區
血滴在長長的路上
在路上他們用血寫着控狀
路是走不完的
有限的血，寫不盡
無限的仇恨

——「血滴在路上」

這裏是毒煙
那裏是火
我們呀
今夜宿誰家

烏鴉已歸巢了
天已晚了
我們呀
今夜宿誰家

母親要倒了
孩子太倦了
我們呀
今夜宿誰家

——「今夜宿誰家」

從火裏鍛鍊過的煙囱
屹立在廢墟上
它目擊着毀滅與死亡
連嘆息也沒有
它屹立着，表示堅強

——「仍然屹立的煙囱」

這是我們今天所能讀到，描寫八年艱苦抗戰的歷史性作品，也是具有代表性的佳作。沒有親炙過抗戰時期文學作品的青年朋友們，「永安刼後」提供了一個範例。這些作品所表現的，一方面是對敵人野蠻暴行作強烈的控訴，一方面也是對艱苦抗戰的軍民同胞作衷心的安慰和鼓舞。無疑的，「永安刼後」是具有時代性與社會性的作品。但在藝術表現上，它的地位價值又是如何呢？這裏，不妨讀讀姚隼「論『永安刼後』詩畫展（代序）」的論文。他說：

「覃子豪兄的詩，其優點是樸質、易解，不矯揉造作，不堆砌詞藻；而用着平易的語言，掀起人們的眞情實感。」又說：「正因爲樸質易解，容易接受，其在藝術上的效果是有更大收穫的。

有人害怕通俗會傷害了藝術的價值，但我願強調指出：任何一種藝術部門，凡是能夠以最通俗的手法，最正確而具體的加以表達，而收到最大的藝術效果的，他在藝術的造就上就是最深的。」

詩人在「詩接近民眾的新途徑」中，認爲抗戰時期的朗誦詩和街頭詩，「固然使詩與民眾縮短了不少的距離，可是，它所得到的羣眾，仍是限於知識青年與學生；它尙未與羣眾有極密切的結合。這是什麼原因呢？一方面是詩本身的問題，一方面是和羣眾接觸的方法問題。我深深覺得詩得失的關鍵是在普及與提高之間。」又說：「我想要詩普遍地接近民眾，詩畫合展是一個最有效的方法。」可見詩人對詩應盡量接近民眾是極爲重視的。因此，筆者把「永安刼後」歸入「接近民眾」時期，該是一種合理的區分吧。

(三)「海洋詩抄」：「海的歌者」時期

「海洋詩抄」是詩人的第四部詩集，也是來臺之後的第一本詩集，四十二年二月出版，共收作品四十七首，並有題記一篇，及自畫之插畫十幅。這本詩集發行之後，甚受讀者歡迎，四十四年青年寫作協會所舉辦之青年愛好讀物的測驗中，「海洋詩抄」爲青年愛好的讀物之一，而且在詩集中高居首位。

詩人在「海洋詩抄」的「題記」中有一段話，談到過這一本詩集的寫作動機。他說：「森林，草原，河流，山嶽，各自有其特性和美；但在我心中沒有佔着很重要的地位。我祇有對海的印象特別深刻。豪放，深沉，美麗，溫柔的海，比人類的情感和個性更爲複雜，不能歸入靜的或是動的一種類型。它是複雜而又單純，暴燥而又平和，它是人類所有一切情感和個性底總合，它的外貌和內在含蓄有無盡的美。是上帝創造自然的唯一傑作。它摹仿人類的情感，而對人類的心靈卻又是創造的啟示。它充滿着不可思議的魅力；比森林神秘，比草原曠達，比河流狂放，比山嶽沉靜。是自然界中最原始的祖先，也是給人類帶來近代文化的驕子。」這種帶有形而上的自我思想的剖白，對探討「海洋詩抄」的內涵，自是有力的根據。

詩人在「海的歌者談詩創作」的另一段話，對「海洋詩抄」的寫作技巧，也有明確的提示。他說：「自離開四川、北平，去到日本以後，我從山地之子一變而爲海洋之子。煙臺、青島孕育了我對海的意念。而極富島國情調的日本，令我對海有更深的體驗。我愛海，從未厭棄過。猶之我對戀愛永未滿足一樣。我對海有寫不盡的情感，要歸功於象徵派詩人給予我在表現技巧上的訓練，我從象徵派詩人中學到比喻，聯想，象徵，暗示的手法。我運用這些手法，把平凡化爲不凡，把貧乏化爲豐富，把單調化爲生動。」

從這兩段文字中，我們可以知道，「海洋詩抄」在藝術表現上，與以前的兩個時期是截然不同的，除了少數幾首抒情之作中，仍有浪漫主義的情調外，多數作品都表現着象徵主義的特色。例如：

岩石，像一個哲人
在低頭沉思
他的筋骨峋嶙
胸膛豐滿
眼光凝定
體魄是雄偉而堅強

默默地坐着
用手撐着下顎
披着滿身陽光
俯視着魚鱗般的海波

——「岩石」

我的別墅
像一隻黑貓

蹲在臨海的崖上
是樓上兩個圓圓的小窗
貓的眼睛
風雨如晦之晨
它閉目凝思
無所希求
像在打盹

——「臨海的別墅」

或將岩石比作「低頭沉思」的「哲人」，或將別墅喻爲「蹲在臨海的崖上」的「黑貓」，不但比喻貼切，神秘，表現深刻，生動；而且極富人生哲理和情趣。

他如以「獨立於山頭上的兀鷹」與「困守在濱海的蒼龍」，比喻極富阿美族色彩的花蓮港；以「伸長喉嚨，張着口」，「唱着雨的哀歌」，比喻有雨港之稱的基隆；以「一個待產的少女」比喻海蚌；以「一個自命不凡的作家」比喻烏賊等，也無一不是象徵派的手法。

而「當潮來的時候」，則是以擬人化的手法，將岩石和海潮象徵爲一對熱情的戀人，明寫海潮的各種動態；實際則是詩人藉岩石之口，道盡其對戀人誠摯的渴慕和熱烈的戀情。這是一首謳歌海洋的代表作，也是一首偉大的情詩。

其實，在「海洋詩抄」中，有好幾首都是明顯的情詩。例如：

假如：你的默契
是安全的信號燈
我就滑動着雙槳
向你心靈的港灣航進

——「默契」

灼熱的城市消逝了
港口已隱沒在陽光的霧中了
你帶着熱淚的臉兒
在我心上，不曾逝去

——「驪歌」

我想寄你一個珊瑚
它不能除去你的憂愁
我想寄你一個海螺殼
它不能安慰你的寂寞
只有我回來的消息
能使你流出歡樂的淚

——「書簡」

「默契」、「驪歌」、「書簡」等，不但是明顯的情詩，而且帶着濃重的浪漫情味。其他如「夢的海港」，「你的家鄉」，「不逝的春」，「晚潮」，「獨語」，「霧港」等，也無不含有濃厚的情詩意味。

實際上，這也沒有什麼稀奇。詩人在「題記」中，就曾頗爲含蓄地說過：「海洋詩抄的寫就，完全出自一個極其眞摯的人底感情力量所促成，我心中無時無刻不充滿着感謝。」詩人用「完全」一詞來形容那個「極其眞摯的人底感情力量」，可見那分「感情力量」是多麼的眞摯和強烈了。如果我們把詩人筆下的那種「感情力量」，解釋爲「愛情的魅力」，不是更覺自然合理嗎？

另外，有一首題爲「夢話」的短詩，只有六行：

每天早晨
海姑娘要叫我醒來
不住地在我窗前呼喚
她要我同她一起玩
她要把她在昨夜說過的
向我再重說一遍

這是一首描寫海浪拍擊海岸的作品，不但生動活潑，而且極富童話意味。這在「海洋詩抄」中是頗爲罕見的。

（四）「向日葵」：「苦悶的投影」時期

「向日葵」是詩人的第四部詩集，也是來臺之後的第二本詩集，四十四年九月出版，共收詩二十三首，另有題記一篇。

詩人在「題記」中說：「我寫『向日葵』的意念、情緒、表現方法，和寫『海洋詩抄』不同。我在尋求一個超越。」又說：「我認爲一首詩，應有其完整的獨立的生命。我不希望我的詩千篇一律，固定一個形式。更不願留下任何殘缺。它是一個新的完美的整體，有着獨立的創造性。不是支離破碎的片斷，不是陳舊內容的重複。我企圖使我的每一首詩鮮活，意味充盈，有渾然一體之感。」這種對詩藝術嚴肅的要求，的確使「向日葵」的作品臻於極爲完美的境界；在表現技巧上，幾乎每一首作品都是「鮮活」「充盈」，而無懈可擊。

關於「向日葵」表現的內容，「題記」中有一段話，可資說明。他說：「我寫詩，是爲抖落心靈的煩憂，和我理想追求的表現。也許讀者可以從這些各自有獨立內容的詩中，感覺到我寫『向日葵』時期的情緒，是多麼的不平衡。這正足以表現我複雜的心緒與動盪不寧的心境。就是：我的生命之力該向那裏衝擊？我的理想，該在那兒生根？這是我的苦悶。『向日葵』是我苦悶的投影，這投影就是我尋覓的方向。」這種「苦悶的投影」，不正是日本著名批評家所說的「文學是苦悶的象徵」嗎？

然則，是什麼原因使詩人的情緒不平衡呢？從「向日葵」的作品中，不難探索出可能的答案。

你是太陽

我是向日葵
每天每天迎接你
向鋪滿紅氈的天上迎你
在露水消失的園中望你
傍微風初起的黃昏送你

——「向日葵之一」

我夢想着：在伊甸園裏
我像天使般的圍繞着你
而你每次每次無情的灼傷我
我愛你的真，你不信
我愛你的美，你不信
如果死能顯示我的真誠
我將撲進你的火燄

自焚而死，為你殉身

——「蛾」

時光如能倒退
我要選擇一個起點，重新生活
重新把握由你給我的每一個幸運
使你生活愉悅，心靈輕盈
讓我們的單車並馳於林蔭道上
感覺世界上的一切都很美好

而你的冷漠，你的沉默
使我感到困惑
即使我有智慧如聖者
又怎能在冰雪封鎖的谷中
勘察出地層下熔岩的強度？

——「有贈」

從以上所引三首詩的片斷章節中，我們似可判斷：如果愛情的苦悶不是詩人情緒不平衡的全部原因的話，至少也是最主要的因素吧。實在，「向日葵」詩集中，類似上列的詩，如「小鹿」，「協奏曲」，「樹與星」，「贈一歌者」，「距離」等，雖然多數都是採用象徵的手法，把眞實感情掩藏在吟詠的對象中，似隱若現，非常含蓄；但仔細咀嚼，個中情意，均不難體味。

愛情固然能使人快樂，同樣的，也能給人帶來莫大的痛苦。愛情之與詩人藝術家也不例外。但詩人藝術家之所與常人不同者，只是他們有能力不爲愛情所困，善於將愛情加於心靈的苦樂使之昇華，轉化爲一種藝術創作的力量。中國古代文人多有納妾狎妓之習，激發創作情緒，也是原因之一。已故著名畫家畢加索，和我國繪畫大師張大千，八、九十歲高齡，猶能維持創作活力於不輟，都是愛情力量之所賜。臺灣許多曾經活躍一時的詩人作家所以忽然停筆而消聲匿跡者，原因雖多，失去愛情刺激，怕也是最重要的一項因素吧。

詩人覃子豪所以令人敬佩者，也正在此。愛情的苦悶非但不能使他因苦悶而沮喪，反而轉化爲無限創作的力量，創作出許多眞情洋溢，感人至深的作品。「向日葵之一」和「蛾」，是筆者讀過的現代詩中，描寫愛情最爲深刻感人的傑作。

「向日葵」詩集更爲可貴的是，它所呈現的面貌是多彩多姿的，可以滿足各種不同讀者的需要。例如：

花崗山上沒有釋迦牟尼的菩提樹
不羈的海洋，是我思想的道路
我是海岸一棵椰子樹的同夥
孤獨的旅人，並不寂寞
沒有人會驚訝的發現我的存在
我有不被發現的快樂

——「花崗山掇拾」

山，你的身軀蒼莽，傲岸
冰雪的頭額在高空閃耀銀輝
有王者的豐采，懾人的威儀
凜然不可侵犯的嚴肅的顏面
你是所羅門王、凱撒、成吉斯汗、亞歷山大
你的體魄是堅實、魁梧、雄奇

你的超拔絶俗，象徵你具有無上的威權
無人能與你抗衡，亦無人能與你比擬
——「山」

天空有誘惑的藍，雙手向上
想接觸藍天的邊緣
而你的足扎根於深深的泥土和岩隙
你真實地在熱戀着土地
風暴來臨，每一株小草，每一棵樹木
都受到無以抵禦的搖撼和瘋狂的撫摩
樹梢低頭，小草伏地，讓風暴過去
而你只有稀疏的葉
像老人零落的髮在空際飄曳
那碩壯的撐天的枝柯
是永不搖撼，永不折落
——「神木」

以上所引的三首詩，雖然只是片斷，但詩人以人格化的手法，刻畫出各種不同生命、意志、性格和形貌，意趣兼備，發人深思。他如「孤獨樹」之抒情，「第一個醒者」之詠物，「蘇花道上」之寫景，「池塘」之回憶，「阿美族少女」之描繪風土人情，「飛向太空」勾勒幻想等，無一不是值得一讀再讀之作品。

「向日葵」雖然是在詩人情緒極度不平衡的狀態之下所完成的作品，它所表現的雖然也是「複雜的心緒與動盪不寧的心境」，而且數量不多，只有二十三首。但在內容與風格上所表現的，卻是飽滿豐盈，多采多姿。而結構之嚴密，語言節奏之達雅自然，形象意境之把握塑造，幾已達到出神入化的地步。如果說「海洋詩抄」以前的作品嚴格挑剔，仍難免有瑕瑜之見；那麼，「向日葵」詩集在藝術上的表現，若說是已臻爐火純靑之境，該不是阿諛溢美之詞吧。

(五)「畫廊」：「探求與實驗」時期

「畫廊」是詩人的第六部詩集，也是其生前所出版的最後一本詩集，五十一年四月出版，共收詩三十一首，分爲「畫廊」、「金色面具」、「瓶之存在」等三輯。另有自序一篇。

詩人在「自序」中說：「自『向日葵』出版後的六七年間，我對於詩：思索多於創作，創作多於發表；恒在探求與實驗中。」又說：「『畫廊』裏有一部份詩，便是探求的結果。」

「畫廊」詩集分爲三輯，是表示詩人創作探求的三個階段。依照詩人自已的說法是：「第一個階段：我頗爲強調詩的建築性和繪畫性，有古典主義的嚴密和巴拿斯派（parnasse）刻畫具像的傾向。……第二個階段：我所探求的是人們不易察覺的事物的奧秘，『金色面具』是其開端。面具背後的虛無，不定是虛無，只是肉眼不能察覺虛無中所存在的東西。它是神秘。面具的空虛的兩眼，較之一個雕像的盲睛，更能令人產生幻覺。而這幻覺不是情感，不是字句，是情感和字句以外的假設。『金色面具』啟發我去證實一個夢的世界。……在第三個階段中，我由神秘、奧義中發現事物的抽象性。『瓶之存在』和『域外』，便是抽象表現的實驗。……表現這種抽象的形象，是由外形的抽象性到內形的具像性，復由內在的具像還原於外在的抽象。從無物之中去發現（無）之存在，然後將其發現物化於無。『瓶之存在』便是用這種法則表現的。而『域外』則是由抽象到抽象，沒有觀念，沒有情感，沒有感覺的無中之無。無中的無，乃有之極致。」又說：「我的詩風在變，而我不失去原來的性格與原來的面貌。」

是否眞的如此呢？讓我們作個抽樣看看：

不見眸子，目光依然深沉
　神采依然煥發
看哪！你那眼皮微闔的冷淡森然的神情
　是沉默的吸引？

是無情的挑戰？

永遠凝視廊外青青的海
聽海的迷魂曲，讚美玄秘的世界
海睜開一隻大眼睛
投七色迴光於畫廊
照亮了你臉上逃避困擾的憤懣
——「金色面具」

淨化官能的熱情，昇華為美，而靈於感應
吸納萬有的呼吸與音籟在體中，化為律動
自在自如的
挺圓圓的腹
挺圓圓的腹
似坐着，又似立着
禪之寂然的靜坐，佛之莊嚴的肅立

似背着，又是面着
背深淵而面虛無
背虛無而臨深淵
無所不背，君臨於無視
無所不面，面面的靜觀
不是平面，是一立體
不是四方，而是圓，照應萬方
圓通的感覺，圓通的能見度
是一軸心，具有引力與光的輻射
——「瓶之存在」

域外的人是款步者
他來自域內
卻常款步於地平線上
雖然那裏無一株樹，一匹草
而他總愛欣賞域外的風景

——「域外」

池中的石像，劃地為牢
在時間的冷面中
困守種滿玫瑰的方城
而盲睛向上
聆聽候鳥飛向青空的一串旋律
太陽如獅，以晶晶之睛溶化時間死灰的冷面
以芒刺的舌頭犂開他的胸膛
禁錮的火燄在胸前猛烈的焚燃
焚燃如一叢紫色的玫瑰

——「分裂的石像」

讀完上列幾個抽樣性的章節之後，讀者朋友，你有什麼批評呢？

當我們正式評析這些作品之前，對於產生這些作品的歷史背景，不能不稍作回顧。「畫廊」出版於五十一年四月，那時，如火如荼的「現代詩」運動已經燃燒了五年之久，正是所謂現代主義、存在主義、超現實主義等各種西洋文學思潮，像澎湃汹湧的浪潮，沖擊中國詩壇的時候，主知、抽象、純粹之說，大行其道，晦澀虛無幾已成爲現代詩的標誌。作爲中國詩壇巨擘之一的覃子豪先生，自然極欲爲中國現代詩探求一條新的道路。「金色面具」、「瓶之存在」等作品，便是在這種客觀情況與主觀意圖之下，試驗探求的結果。就其作品表現來看，大體上，他的試驗探求是相當成功的。「金色面具」、「瓶之存在」、「分裂的石像」三詩，完全打破了中國傳統詠物寫實的方法，一變而爲藉物象表現哲學思想的手段，或展示一個抽象神秘的世界，或辯證爲一抽象哲學之存在，或塑造爲一堅實存在之意志。「域外」則是一個純然虛無的造境。値得一提的是，這些詩雖然意象繁複，含義深奧，而頗爲晦澀，但因語言表達十分精確，意象之推展井然有序，細心的讀者，仍能找到路徑，拿到鎖匙，自不難進入詩人創造的世界，窺探其堂奧的究竟。

「畫廊」與以前各個時期的詩風，全然不同，歸納言之，約有三點：一是抽象虛無思想之普遍存在；二是冷澈的思維代替了熱烈的感情；三是表現方法上不限於象徵主義，而有集古典、象徵、立體、超現實與抽象，各派技巧兼容並包之趨勢。這在前引之詩中可以得到確切的證明。

某些現代詩所以受人指責爲怪誕難懂，多半是主題不明，或根本沒有主題。而「畫廊」裏的詩，卽使像「金色面具」和「瓶之存在」這樣抽象的作品，也有明確的主題，只是詩人往往把它藏在詩的最後一段，如同戲劇的結局，形成高潮。例如：

夢的嚮導者啊
飄然如你，神秘如你，卓絕如你
令我膜拜
邱必特以一朵玫瑰賄賂靜寂之神
我以玫瑰的馨香奉獻你
請引我走向未來之夢鄉
——「金色面具」

一澈悟之後的靜止
一大覺之後的存在
自在自如
挺圓圓的腹
宇宙包容你
你腹中卻孕育着一個宇宙
宇宙因你而存在
——「瓶之存在」

這「我以玫瑰的馨香奉獻你／請引我走向未來之夢鄉」和「宇宙因你而存在」，不是非常明確的宣示嗎？

「畫廊」的詩風雖然有着絕然的改變，但仍有不少作品，就其創作內涵和風格表現來看，仍然是沿着「海洋詩抄」和「向日葵」的路向發展而成的。例如「午夜的時鐘」、「秋之管絃樂」、「奧義」、「海上的飲者」、「序曲第二十一章」、「黑水仙」、「隱花植物」、「音樂鳥」等，都是藉詠物爲手段，達到抒情的目的，和「向日葵」詩集的風格大體相似。

在結束本章之前，筆者有一點淺見，順便一提：詩之創作，應該順着各人個性之自然，實無勉強之必要。詩固然可以表現哲學思想於無形之中，但卻不必純然爲表現哲學思想而創作。因爲哲學家與詩人各有其自己的使命和範圍。詩人畢竟是詩人，詩人如果侵佔哲學家的位置，豈不是越俎代庖的違規行爲嗎？

（六）「集外集」、「斷片」：回顧與前瞻

「集外集」是詩人未曾收入已出版各集的作品，爲全集出版委員會所命名。此集共收詩七十二首，除「老萬到游擊隊去」、「生活在錘鍊」等少數幾首是抗戰時期的作品；「短歌」一詩與「生命的絃」內「我的歌」完全相同，顯爲編者所重列之外，其餘六十六首全爲來臺之後的作品。

這一集作品數量頗巨，爲其「海洋詩抄」和「向日葵」兩本詩集的總和。就其內容和風格表現而言，其中大多數作品都和「海洋詩抄」、「向日葵」、「畫廊」諸詩集所表現的極爲相似。例如「遠行的船」、「出航」、「列島行」、「愛海的盲人」等，與「海洋詩抄」，全屬同類作品；「午寐」、「攀山者」、「百合和蝴蝶」、「黃昏」等，與「向日葵」如出一轍；「音樂」、「有嬰兒在我腹中」，和「致薇金妮亞」等三詩，與「畫廊」中的「牧羊神的早晨」、「瓶之存在」、「金色面具」三詩極爲近似。讀者如有興趣，可以對照參閱，此處容不舉例。

抒情，強烈的抒情，是「集外集」作品的另一特色。卽使上述之「音樂」、「有嬰兒在我腹中」和「致薇金妮亞」諸作，也不例外。如「音樂」的最後一節：

不與草木同其腐朽
不與冥頑的山石永在
聽牧神在大地胸上敲響着節奏
我，永眠於忘懷之河，隨神奇之波
化為繽紛的旋律，逝去，永恒的逝去

此外，在「集外集」中，也有好幾篇意識強烈的戰鬥詩，如「悼歌」、「爲海軍忠烈將士紀念塔獻詩」、「金門禮讚」、「烈嶼一少女」、「年青飛行員」等，都是其他詩集中不易多見的作品。如果把這一類作品列爲一個專輯，也許對讀者更爲便利。

以上是對「集外集」簡單的回顧。下面再談談「斷片」。

「斷片」是詩人未完成的遺作，一共是四首。其中最長的一首是六十行的「山海經」。據說，此詩只是一首長詩的開始。就其創作思想方向來看，這首未完成的作品，實有其不可忽視的意義。現在，讓我們來讀幾節詩：

你無（所）不在
在漫長而靜默的旅程
在一部翻不完的山海經裏
　　　　搜尋原始

我是唯一的讀者
車廂中的喧囂趕不走
你的青春的意象
我的落寞

一頁一頁翻過
過千橋，千樹，看千鳥飛翔
層層的山，層層的浪
你和我行走在
藍色的篇頁中

天藍有雲，海藍有浪
浪花是你的微笑
而雲是你奇妙的幻想
在沉默裏
雲無聲，而浪濤響着
一個回憶，擊着一個回憶
那海的步聲叩開了貝殼的門

以下便展開山海一般的廣闊天空，任詩人和他謳歌的對象，在其中盡情游遊了。

再從以下「由北到東／你的形象在每一篇章／你引渡我，過山，過海／過千橋，令我回返／

你的眼睛指示我一行題跋／不是卽興，而是愛」這些詩句來看，我們可以肯定，「山海經」是一首情詩。所謂「山海經」，便喻有山盟海誓，此情永恒不渝之意。

「山海經」這種熱烈的抒情意味，明確的形象，和接近口語化語言所形成的明朗風格，與「畫廊」中某些作品的極力表現存在哲學虛無思想的抽象觀念，及其因此而形成的晦澀難懂，大異其趣。這是否預示詩人在「畫廊」出版之後，其創作思想方向的重大改變呢？就今天大多數作品都已放棄晦澀，而趨向明朗來看，答案是相當明白的。

肆、覃子豪的詩論

第一、詩論總集概述

厚達六五〇頁的「覃子豪全集」第二册，是詩人覃子豪的詩論總集，包括「詩創作論」、「詩的解剖」、「論現代詩」、「未名集」等四個集子，約七十餘萬言。爲使讀者對其詩論有一基本的概念，玆先作一簡要槪述，然後再就其理論的發展、體系、重要論點等，作較深一層的探討。

(一)「詩創作論」

「詩創作論」共兩篇，即「抒情詩及其創作方法」和「詩的表現方法」。這兩篇都是詩人四十二、三年間擔任中華文藝函授學校詩歌班主任時的講義，前者包括抒情詩的認識，詩人的修養，生活的體驗，學習的方法，怎樣培養詩的產生，寫詩的幾個重要原則等六章，是創作的基本原則，是初學者未下筆之前，應有的修養和認識；後者包括表現的基本方法，形象和意境的創造，各派表現方法之研究等三章，可說是「抒情詩及其創作方法」的續篇，是純粹寫作技巧方法的研究，其中特別強調形象和意境的表現。這兩篇具有完整體系的論文，是詩人早期詩論的結晶，也是其後來一切詩論的根本，是研究覃子豪詩論者所不可忽視的。同時，這兩篇論文也是自由中國早期詩壇的種籽，流傳之廣，影響之深，使許多後期成名的詩人，都曾直接間接或多或少地承受其恩澤。其中重要的論點，留待後文討論，先從略。

(二)「詩的解剖」

「詩的解剖」是詩人四十三年擔任中華文藝函授學校詩歌班主任期間，對學生習作批改的示範，曾在該校校刊「中華文藝」月刊上連載發表，四十六年選輯成書，由藍星詩社出版。初版發行二千册，未及半年，全部售完。民國五十年曾由詩人再版發行。五十二年十月詩人去世後，市面上又有別家出版社的翻版流行，可見這本書仍爲許多讀者所歡迎。

「詩的解剖」除「自序」、「再版序」外，共收論文二十一篇，每篇都是針對作品的長處和缺失，就立意、內容、結構、句法、節奏、形象和意境等六個項目，提出修改的意見，使原有許多缺點的習作，脫胎換骨，變成完美的作品。其觀察之深入，發人所未發，筆力之犀利，起詩病之沉痾，對初學者具有極大的幫助。如果說「詩創作論」是自由中國詩壇的種籽，則「詩的解剖」，應是詩人栽培灌溉詩壇幼苗所流出的血汗。

至於詩人究竟如何栽培灌溉其幼苗？是根據什麼原則來批改那些面目互異的習作呢？詩人在「自序」中有明確的交代：

「現代詩的派別繁多，理論亦眾說紛紜，……既不能標榜過時的浪漫派直接的表現手法；也不能完全的提倡象徵派神秘朦朧的傾向。立體主義，超現實主義，這些雖然比後期象徵派的方法還要新，但非初學者的正道。而立體主義已趨式微，超現實主義則早已沒落。所以我只能在這些詩派中找尋幾個新的原則，爲我批改的立場，這也是我自己創作的立場。」

「自象徵主義後，詩的確到達了一個新的境界。詩的表現手法，變化多端，複雜而微妙。象徵主義所慣用的手法，爲象徵、比喩、暗示、聯想。二十世紀之初，產生了許多新興的詩派，有不少詩派不過是本着象徵、比喩、暗示、聯想這四個原則，而加以新的變化。所以，我的批改，只要本着這四個原則，加以靈活的運用，學生就可以獲得新的啟示。」

詩人又說：「這只是屬於表現的技術。其次還有運用文字的技術。」在這一方面，詩人「不厭其詳的闡明每一個字的意義與用法。要學生學習辨別字彙，選擇語言的方法，直到能夠純熟而準確的運用。其次才談到如何衡量音節，創造形象和意境。務使每一篇習作能夠具備詩的條件，是詩，不是散文。」

(三)「論現代詩」

「論現代詩」是詩人的第三部詩論集。也是詩人繼「詩的解剖」之後，於民國四十九年十一月所出版的第二本詩論集。「論現代詩」出版之時，正是新詩「現代化」運動如火如荼，掀起詩壇極大混亂的時期。無疑地，詩人此時此際出版此書，乃是針對當時詩壇的混亂，所欲予以針砭的藥石。詩人在其「自序」中，曾經毫不掩飾的公開揭示其用意：

「現代詩給予讀者的困惑，並不足以成爲詩本身發展的阻力；現代詩給予作者的迷惘，才值得憂慮。多數詩人尋得新的創作契機；然而卻有不少數是僞詩的製造者。倘若不從現代精神、現代本質上深刻的去探求詩的動力，只是追踪時尚，徒具外貌，製造一些似是而非的詩，形成一種令讀者困惑，亦令自己迷惘的流行格式，則現代詩將因眞僞難辨，而走向死角。」

「論現代詩」的內容，包括「詩的藝術」、「詩的演變」、「創作評介」等三輯。其中第一輯「詩的藝術」，是純粹探討詩藝術的論文，企圖「對詩作超時空的全面的透視，廓清現代詩給予人之困惑與迷惘，強調創造的價值。」本輯共二十篇，是一個完整的體系。第二輯「詩的演變」，收錄有關詩的專論，和詩人與紀弦、蘇雪林、梁文星、周棄子、夏濟安諸先生論戰或討論新詩的文章共十八篇，如「論新詩的發展」，「新詩向何處去」，「關於『新現代主義』」，「論象徵派與中國新詩」，「簡論馬拉美、徐志摩、李金髮及其他」，「現代中國新詩的特質」等，不但可以就中窺覘中國四十年來新詩的演變；這些文章也是研究中國現代詩極爲重要的歷史性文獻，自不能等閒視之。此處先從略，留待後文作專題討論。第三輯「創作評介」，收詩評十篇，詳細評介了楊喚、蓉子、鄭愁予、梁雲坡、羅行、向明、戰鴻、瘂弦、王祿松、阮囊、鍾鼎文、吳望堯、黃用、羅門等十四位詩人的作品，和「中國詩選」的簡介。所評介的詩人中，除了鍾鼎文之外，都是當時年輕一代的詩人，由此足見詩人愛護提携後進的熱誠。

（四）「未名集」

「未名集」是詩人的第四部詩論集，也是詩人生前未及出版成書的論文集。「未名集」爲出版委員會所加的集名。共收詩論、詩評、序文、及西洋詩研究之專論等五十三篇。其中「詩的信念」爲未完成之斷片；「詩的演變」、「欣賞與表現」、「兩首素色的詩」等三篇，則爲未曾發表過的遺作。全集共約二十三萬言，其數量比前三部論文集均超出許多。

在這個集子裏，因爲包括有多篇極爲重要的論文，如「中國現代詩的分析」、「中國新詩的方向」、「現代詩方向的檢討」、「超現實主義給予現代詩的影響」、「臺灣十年來的新詩」等，均爲詩人晚期的作品，在研究詩人的詩觀，甚至中國現代詩的歷史發展上，都有極其重要的價值。此處亦暫從略，容後文專題討論。

第二、從抒情到現代的發展

在前文「探討覃子豪的詩」中，筆者曾將詩人的創作分爲六個時期，即「生命的絃」爲「戀情和懷鄉病」時期；「永安刼後」爲「接近民眾」時期；「海洋詩抄」爲「海的歌者」時期；「向日葵」爲「苦悶的投影」時期；「畫廊」爲「探求與實驗」時期；「集外集」和「斷片」，因其寫作時間已包括了詩人來臺之後的大部份歲月，只作綜合的「回顧與前瞻」，未作硬性時期的劃分。如果就詩的本質來說，從表現「戀情和懷鄉病」的「生命的絃」，到「爲抖落心靈的煩憂」和「苦悶的投影」的「向日葵」，均爲抒發詩人情懷的抒情詩。而「畫廊」則爲現代詩的「探求與實驗」的結果。從這裏，我們可以概略地看出詩人由抒情詩走向現代詩的兩個階段的分野。

其次，在詩人的詩論中，我們也可以找到這種發展的跡象。例如詩人在民國四十三年爲中華文藝函授學校所寫的一篇「抒情詩及其創作方法」的講義中，曾經爲抒情詩下過如下的定義：

「以最精鍊而富有節奏的語言，表現生活情緒而給以形象化和意境的創造，能啟發人類走向眞、善、美境界的，就是抒情詩。」

而在四十九年所出版的「論現代詩」中，詩人對詩（實際上就是現代詩）所下的定義，便和抒情詩的定義有極大的不同：「以精鍊而富有節奏的語言，將詩人對世界的一切事物的主觀的意念，予以形象化和意境的創造，而能給讀者一種美感的，就是詩。」

以上兩個定義，除了語言形象化和意境的創造上沒有改變外，至少有三點相異之處：

一、在內容表現上，抒情詩表現生活情緒，重點在一個內在的「情」字；現代詩則是要表現「詩人對世界的一切事物的主觀的意念」，明顯地，含有詩人對周圍世界予以批評的意味，而「意念」一詞，亦包含有「情意」和「理念」兩種成分，重點在「理」，次及於「情」。

二、在創作的目的和效果上，抒情詩是希望「啟發人類走向眞、善、美境界的」；現代詩是只要「能給讀者一種美感」，也就夠了，是否「眞」和「善」，似乎並不重要。

三、在詩的傳達對象上，抒情詩着眼於「啟發人類」；現代詩卻將其傳達對象縮小到不知只有幾許的「讀者」而已。

這是詩人自己界定的抒情詩與現代詩的相異之點。也是其詩觀發展的軌跡。

另外，詩人在「論現代詩」第一輯「詩的藝術」中，論及詩的「形態」時，曾說：「這裏所說的詩，……是指富有詩的本質的短詩而言。文學史家，把這樣的詩，稱爲抒情詩。到了現代，這樣的詩，已不是純粹的抒情詩了。因爲，它的內容不完全只是一片感情，而有知性和理性存在其中。……爲便於分別詩的性質起見，暫以『抒情詩』來代表我所論的詩。」

這眞是一個非常有趣的，耐人尋味的問題。旣然這裏所謂的「抒情詩」，「它的內容不完全只是一片感情，而有知性和理性存在其中」，「已不是純粹的抒情詩了」，何以詩人仍要「暫以『抒情詩』來代表」他所討論的詩呢？這不是一個明顯的矛盾嗎？

這大概是一個心理上的因素吧。因爲，作爲詩人的覃子豪，原是一位非常重視抒情的詩人。他在四十六年「新詩向何處去？」一文中，固然強調過：「思想產生於理性，抒情是情感的昇華，理性來自腦中，情感來自心境，是人類的本性。詩無論進步到如何程度，抒情不會和詩絕緣，除非人類的情感根本絕滅。」卽使到了五十年間，他在「海的歌者談詩創作」中，仍然津津樂道其「不從友誼和愛情的富刺激性的生活中吸取詩的源泉，我就不能寫出令讀者愛好的詩來。」因此，我們可以大膽地認定：在「畫廊」出版以前，覃子豪是一位抒情詩人。而「畫廊」出版於五十一年四月，這是詩人由抒情邁向現代的新里程。而「論現代詩」出版於四十九年十一月，其中「詩的藝術」，顯然是由「抒情詩及其創作方法」演繹而成，其中關於詩的本質、形態、形式、音樂性等章的題目和內文，也都幾乎完全相同，只是「詩的藝術」中論述更加深入周詳，並舉有詩例而已。由此，我們可以判斷，當詩人根據「抒情詩及其創作方法」，從事「詩的藝術」寫作時，可能正是詩人由抒情轉向現代的過渡時期，在心理上仍不免懷戀其舊時的抒情吧。

第三、「詩的藝術」論及其基本內容

在六五〇頁的詩論總集中，有四篇純粹的詩論，是詩人覃子豪詩觀的基本論。這四篇論文，即是「詩創作論」中的「抒情詩及其創作方法」，「詩的表現方法」，「論現代詩」中的「詩的藝術」，和「未名集」中的「詩創作的途徑」。其中「抒情詩及其創作方法」和「詩的表現方法」，寫於四十三年前後，一個是創作的原則，一個是表現的技巧，可以互相發明。「詩的藝術」是由前兩篇詩論發展而成的，一套具有完整思想體系的詩的藝術論。「詩創作的途徑」寫作日期未詳，可能成文於「詩的藝術」之後，其中所提「觀察」、「回省」、「直覺」三條創作的途徑，爲前述三文所沒有。但這仍是屬於技巧的問題。而眞正能夠代表詩人覃子豪的根本詩觀的，仍是那具有完整思想體系的「詩的藝術」。這是詩人覃子豪詩藝術論的結晶，就其析論之深邃精湛，具有獨立完整的系統而言，在中國詩壇上，除了詩人紀弦的詩論可以與之分庭抗禮外，至今還沒有超出其右者。而其詩論之旣具現代本質，現代精神，又兼有中國本體文化的中庸之道，尤爲一味崇尚西洋，唯西洋詩觀馬首是瞻的過激份子，或只知抱殘守缺，不知革新前進的保守之士所不及。所以，對「詩的藝術」，不能不稍作擇精擷要之介紹，對於沒有機會閱讀原文的讀者，或將有所助益吧。

(一) 什麼是詩?

「幾千年來中外的詩人給詩所下的定義，爲數至多。但沒有一個定義能闡明了詩的性質，給人們在詩的性質上獲得一個共同的尺度。原因是一個時代有一個時代對詩不同的看法，一個派別有一個派別對詩的不同的主張，一個詩人有一個詩人對詩不同的觀念。尤其是在二十世紀激變中的詩壇，派別繁多，理論分歧，對詩的看法，是錯綜而複雜，更難獲得一個共同的尺度了。」基於此一觀點，詩人雖然亦曾列舉我國詩大序中所說：「詩者，志之所之也。在心爲志，發言爲詩。情動於中而形於言，言之不足，故嗟嘆之，嗟嘆之不足，故詠歌之，詠歌之不足，不知手之舞之，足之蹈之也。」的定義；和英國雪萊所說：「詩是想像的表現。」華滋華斯所說：「詩是人和自然的印象。」約翰生所說：「詩是把快樂與眞理混合在一起的藝術，其方法是以想像幫助理性。」以及法國詩人魏爾崙、梵樂希、馬拉美等對詩的看法之後，仍然認爲：「這些解釋，是十人十義，極難獲得一個完全的共同的尺度。」所以，「要眞能了解什麼是詩?必須進一步的去探求詩的本質之後，才能有一個比較完全的解答。」

(二) 本質

「我認爲詩的本質，是詩人從主觀所認識世界的一種意念，這意念是情緒的一種昇華狀態，是從許多剎那間而來的形象的凝塑，是具有一種渾然美意境的完成。它尙未借外在形式的表現，而內在本身就具有眞和美的創造，以及從詩人思想中無意流露出來的善底啓示，這就是詩的本質。所謂內在的意念，是未成爲語言和文字的流動的質，不是固定的形。所謂剎那間而來的形象的凝塑，就是詩人從主觀出發，在現實世界中得來的印象，詩人將現實的印象昇華爲意象的一剎那，亦卽情緒昇華的一剎那。正如馬拉美所說：『靜觀物象，於其喚起之幻想中，當想像飛揚之時，「歌」乃成。』這一剎那，卽是想像飛揚之時。又如美國詩人桑德堡（Carl Sandburg）所說：『詩是一扇門一開一啟所洞見。』這一剎那，卽是一扇門，一開一啟之時。亦卽形象凝塑意境完成的頃刻。這時候是一個罕有的發現，是一個不平凡的創造，是一個最完美的生命誕生。其本身是赤裸的，尙未藉任何文字的裝飾，本身就是一個令人心動的生命。然後再給以精鍊和完美的語言表現出來，凝成一個文字的形體，就是我們所謂的詩了。」

最後，詩人將詩下了一個暫時的定義：「以最精煉而有節奏的語言，將詩人對世界的一切事物的主觀的意念，予以形象化和意境的創造，而能給讀者一種美感的，就是詩。」

㈢ 形態

所謂形態，是指「詩在形態上所具備的特徵。」而「這裏所說的詩，旣非敍事詩，亦非詩劇；是指富有詩的本質的短詩而言。文學史家，把這樣的詩，稱爲抒情詩。到了現代，這樣的詩，已不是純粹的抒情詩了。因爲，它的內容不完全只是一片感情，而有知性和理性存在其中。這樣的詩，較之敍事詩和詩劇的內容更爲純淨，不夾有任何非詩的雜質，它是被提煉過的純金。在本質上就和敍事詩和詩劇不同。爲便於分別詩的性質起見，暫以『抒情詩』來代表我所論的詩。抒情詩和敍事詩和詩劇之不同，是敍事詩和詩劇有敍述的成份；而抒情詩絕對要根絕的，就是直接的敍述。敍事詩和詩劇是把抒情的成份舖陳在一個故事或一個劇情的發展上，以致缺少詩的意味。而抒情詩是把抒情的成份凝聚在一個焦點上，詩的氣氛，極爲濃郁。」同時，「抒情詩和小詩的形態亦有極大的區別，小詩是一個片斷，抒情詩是一個整體。小詩的簡鍊，單純猶如片斷，抒情詩的簡鍊，有嚴密的組織。」「小詩過於單純，無藝術的用武之地，難以表現出一個詩人藝術的匠心。抒情詩是一個整體，有完美的組織，抒情詩能表現一個完整的思想，具體的形象和渾然的意境，深邃、明澈，具有不可思議的魅力。……」總之，「抒情詩的形態，顯示了詩的特性。它的唯一的特性，就是精鍊。」

(四) 形式

「形式和形態不同，形態是各種不同的形式所共有的特徵，而形式是由各種不同的內容而產生的各種不同的形式。」「詩的形式在原則上是求其簡鍊、嚴密、和諧、均衡之美，只適合於表現詩的那種純淨的詩質。」詩究竟應具有什麼樣的形式呢？「就是詩沒有一定的形式。因爲，在創造的法則上，決不能給詩一個定型。詩的內容既非永恒不變，給詩規定一種形式，無異給詩一個格律。定型的格律會妨碍內容的表現。由內容決定形式，已是一個常識。故形式之存在，是根據內容之變化，這已成為創作上一個定律。」

「任何文藝作品的形式，都貴乎創造，於詩尤然。詩是文學中人類意念最精微的表現，不創造則不能達到高度表現的目的。詩是以最簡鍊的形式表現出最豐富的內容，並使其生動而富變化，無限度的變化。一種或幾種固定的形式，均不能表現變化無窮的內容，尤其是現代人的神經敏銳，生活的感受複雜，文字已經難以表現其精微的情思，有限的形式何能容納千變萬化的內容。所以，要根據內容來創造形式，以什麼樣的內容，創造什麼樣的形式。就是，要根據足的尺寸，來製定鞋子的大小，不可削足適履。」

（五）音樂性

「詩，音樂，舞蹈三者的共同特性，就是節奏。節奏是情緒上最原始的表現，詩是情緒最豐富的一種藝術，故音樂之存在於詩，是自然的趨勢。服爾泰說：『詩是靈魂的音樂。』」

「一般追求音樂性的詩，多在韻脚上下工夫，而忽視了詩本身內在節奏。實則，詩的音樂性之表現，內在的節奏較外在的韻律更為動人；節奏是自然產生的，韻律是人為的。」「人為音韻於詩為害至大，有許多詩之流於陳腔濫調，就是由於人為的音韻相沿成習的結果。」

「因此，詩的音樂性，應重於內在的節奏，這節奏猶如呼吸之起伏，脈搏之循環，有自然的法則。外形音樂之有無，無傷於詩的完美。有時，我們確能感覺無韻的韻更能深入我們的內心，因爲節奏是自然的律動，其節拍是起伏自如，和讀者的呼吸與脈搏有同一的步調。」

（六）意象

「詩的本質，旣基於詩人的想像，使想像凝固而給讀者以美感的印象的，便是意象。意象是經過了詩人對事物印象陶冶之後的再現；這再現的印象，是經過了詩人的思想和感情的淨慮後的創造，已不復是詩人初步攝入的印象，而成爲可感的想像了。故想像的詩境，非現實的『實境』。但具有藝術的眞實感。」

「一般的詩作，只注意到詩句的流暢和音調的鏗鏘，而未深切地注意於意象的創造。詩缺少了意象的呈現，便成爲情意的說明，而不是藝術的表現。情意的說明，不能給讀者深切的感應；唯情意藉意象來表現，會深入讀者腦中，會給讀者極爲強烈的感應。」

（七）意境

「意境較意象更爲高級。意象是事物個別的表現，而意境是全詩氣氛的籠罩。」

「所謂意境，卽是畫境。蘇東坡評王摩詰的詩說：『味摩詰之詩，詩中有畫；味摩詰之畫，畫中有詩。』詩中的畫，卽是指意境而言。意境是畫，意象亦是畫。意境的畫，屬於全詩，是一幅具有渾然情調的畫；意象的畫，是全幅畫面的一部份，故只能稱之爲意象，而不能稱之爲意境。」

「西洋詩和中國的新詩，其意境之形成，爲意象之羣的組合。而中國的舊詩，一兩句就可造成一個意境。如：『曲終人不見，江山數峯青』，『落花人獨立，微雨雁雙飛』。這原因是中國舊詩的形成，簡潔到了不能再簡潔的地步。」

「詩之要求意境，就是詩人要讓讀者將整個心靈沉浸於其所表現的作品中，到達一種忘我之境。忘我之境，乃是眞正的詩境。詩境固非現實的實境，而詩境的產生必基於現實的實境；固意境不是憑空的虛構。」意境是「作者將現實的景象透過詩人主觀的情感的世界昇華而成爲了藝術。」明代朱承爵說：「作詩之妙，全在意境融徹，出言聲之，乃得眞味。」

（八）境界

「境界是意象和意境的超越，由具象到抽象，由感情的世界到理念的世界，是詩的，又是哲學的；是人生的，又是自然的。境界的產生是基於對人生的領悟，對自然的洞察，能符合與宇宙合一之偉大的精神。」

「詩到達了最高的境界，便到達了哲學與宗教的極致。佛家的最高境界是：『一花一世界，一葉一如來』。這境界是宗教的，哲學的，而又是詩的。」

「王國維說：『境，有有我之境，有無我之境。』有我之境，卽宇宙存在，我亦存在。……無我之境，卽是萬物同化；從有我到無我，物卽是我，我卽是物，到達物我不分之境。」「陶淵明的『採菊東籬下，悠然見南山』，是從悠然而到達了忘我之境。」

「愛爾蘭詩人夏芝（B. B. Yeats）在其『當你老時』一詩中謂：『你步上最高的山峯，把臉在羣星之中隱藏。』這便是與宇宙合一，與自然同化的精神世界最高的表現了。也卽是存在、寂滅的永恒。詩人所追求的，便是自然與人生，留於永恒的奧秘之境。境界便成爲了詩的最高表現。凡偉大的詩，無不有其境界的存在。」

（九）語言

「詩是語言的藝術：詩的表現，要藉語言爲其媒介。表現是否完美，完全在於語言的運用是否成功。」

「詩的語言，應力求注意的是：新鮮，精確，簡鍊，生動，優美。」

「眞正有成就的詩人他會發現，鍛鍊、創造一些別的詩人不曾用過的語言，形成他獨特的風格。」

「一個眞正有創造性的詩人，他不僅不願去重複運用別人第一次發現的語彙，連他自己發現的語彙，也不肯重複。」

「現代中國的詩，既不能像山歌、戲詞、小調之類的油腔滑調，亦不能像譯文一般的生澀難讀。那必須由詩人從生活中去攝取新的語言，從現代多方面的知識裏去尋覓不常用的字彙，加以揉和、鍛鍊、蒸餾和創造，才能產生適合表現中國這一代的情感和思想的語言。」

(十)風格

有人主張「風格卽人格」，有人認爲風格與人格無關，只是表現的形式而已。詩人認爲這兩種說法，「都未能中肯的觸到形成風格的本質。」而提出「氣質決定風格」的看法。「因爲，風格不是人格，風格也不是表現的形式。風格就是風格，若要以另外一句話來表示風格的本質，只可以說它是文體的精神風貌。文體的精神風貌，便是作者氣質的表現。」

「氣質對於詩人尤爲重要，能否寫詩，首先要看他是否有詩的氣質。氣質庸俗，無論如何努力，也寫不出好詩。氣質是什麼呢？氣質是性靈。」「氣質決定這詩人或作家創造形式，運用語言的癖好與偏愛。這癖好與偏愛便是風格之形成。」

「一個詩人之能否形成他自己獨特的風格，就是要看他是否有其作爲一個詩人的純淨的氣質。」

（十一）象徵

「這裏所說的詩的象徵，是指象徵（Symbol）的本義而言，是廣義的象徵。」

「何謂廣義的象徵呢？那就是把一種無形的抽象的理念藉有形的具象而表現成的藝術，就是象徵。卽是：凡爲藝術必具有象徵的意味。音樂以其節奏和旋律象徵了情感的波動。繪畫以其線條和色彩象徵了智慧的明澈。『仁者樂山，智者樂水』，山便是仁者的象徵，也是靜的象徵；水便是智者的象徵，也是動的象徵。」

「象徵的意義，就是在於探索事物現象背後所隱藏着的眞實。不是表現毫無意味的外觀，而是觸及具有深長意味的內在。正如厨川白村說：『如果不是把潛藏在無意識海底深處的苦悶象徵化，卽把心的傷害象徵化，那就不是偉大的藝術。淺薄浮面的描寫，無論是如何美妙、優秀的技巧，總不能像具有生命的藝術那樣來得動人。』」

（十二）奧秘

「奧秘是什麼呢？是詩人對自然與人生的探索；靈魂之交通；良知、眞純與智慧精微之表現。是抽象之形象。」

「奧秘已成爲現代詩風格極顯著的特徵。由於這特徵，讀者會感覺到詩的蘊蓄豐富，詩的意象深邃；似可全部透視，而又無法窮盡。致使讀者驚嘆、沉迷、回味，直到獲得啟示，而與猶未盡。」

「是詩，必有其奧秘的存在，不過某些詩人自覺與某些詩人不自覺而已。」

（十三）意味

「意味是詩的情趣。詩若缺乏情趣，便失去動人的魅力。詩的表現形式比任何文學創作的形式都簡鍊，若無意味存在其中，便失去了詩的特徵。所謂『言有盡而意無窮』。形式雖然簡鍊，而其意味能令讀者百讀不厭。好的作品，必能使讀者讀一次有一次的發現。」

「詩的意味，有深，有淺；有隱秘的意味和顯而易見的意味，隱秘的意味，猶如奧秘，意在不言中，讀者必須細心玩賞，方能獲得其『言外之意，弦外之音』的妙趣。」

（十四）飽和點

自由詩「並非了無限制，是爲求達到一首詩的飽和狀態而已。」

「何謂詩的飽和狀態呢？如花朵的繁開，麥穗的結實，果實的成熟。」「換言之，求詩的飽和狀態，就是求詩的充足性，詩的充足性，不在於形式的鋪張與情感的熱烈與否，而在於文字與情感的洗鍊，文字經過了情感的洗鍊，情感經過文字的琢磨，詩質才能充分凝鑄，獲得完美的和諧。」

「詩人應使一首詩意味充盈，到達一種飽和狀態之後，才能形成完美與和諧的整體。」

（十五）朦朧美

「詩本身有一種夢的氣氛。」「象徵派的詩人則特別重視朦朧美的效果，便是詩是富於夢幻的魅力。卽是使讀者能在朦朧中窺見眞實，而詩人則將眞實藏於如夢如幻的境界中。」只因「這夢幻的世界，具有一種神秘、幽玄的情調。這便是朦朧美的特徵。」

「中國詩中的所謂『含蓄』和『言外之意』，便是馬拉美的將眞實隱藏，愈不能捉摸的東西，就愈覺有味。凡欣賞景物必須有其適當的角度，太遠則模糊一片，無法辨認，自無美的感覺；太近則一覽無餘，毫無遐想的餘味。美便是距離所造成。詩的朦朧美便是詩給讀者製造一個適當的距離，而使讀者對詩感覺到有領略不盡的意味。」

「詩的朦朧美，不是含糊不清，一片混沌，是由清晰到朦朧，卽是其朦朧不失其爲視覺可感的意象；朦朧不失去事物的眞際；表現不失去事物眞際的準確性。」

（十六）單純美

「純淨的詩，具有一種單純美。詩愈純淨，其表現形式，則愈單純。它是樸實無華，不加雕琢粉飾，一任本然，而具有精湛之意味。是由博而約，化繁爲簡的手法最高表現。」

「單純的美與繁複的美成一對照。單純不是單調與簡單的貧乏；而是單一與純然的豐富。它是哲學上的一元論，不是多元論，多元爲一元之演繹，一元便是無窮。它是一渾然的整體，而非零碎之片斷。單純是繁複的包容。遠山如一線之單純，卻包容了層巒叠嶂的繁複。」「單純美是寓繁複、寓豐富於單純之中。」

「在中國詩詞中，律詩有繁複的美，而絕句就具有單純的美。長調有繁複的美，而小令就有單純的美。『長調易工，小令難巧。』表現繁複者易，表現單純者難。較長的詩，容易藏拙，詩質常挾泥沙以俱下，因其語言繁複，難被讀者發現。富單純美的詩，因其詩質晶瑩透明，不容塵沙沾染。」

（十七）繁複美

「單純美是素樸的靜態美，繁複美是富變化的動態美。單純如小夜曲，有引人走向夢境的韻味；繁複如交響樂，音色千變萬化，有不可思議的令人心靈振奮的神奇。單純如素描畫，給人淡的印象，而雋永有味；繁複如油畫，線條縱橫自如，色彩複雜詭譎，令人目迷。繁複的美是寓變化於秩序與和諧之中；如春日的平原，彩色繽紛，而和諧有致。如夏夜森然羅列的繁星，複雜錯綜，而秩序井然。詩的繁複美是意象之羣的突進，奔逐，前呼後應的組合；具有音樂的節奏美，繪畫的色彩美，是兩者的交錯，構成了詩的繁複性；而使詩走向一個極端複雜、紛繁的階段。」

「詩之傾向繁複，是由於質的改變所致，從現代工業社會生活提鍊出來的詩質，自不復有農業時代的社會生活所提鍊出來的詩質那麼單純了。故其表現形式由於內容之趨於複雜而呈繁複之態。」

「由於現代人敏銳的感性，詩不再是概念式的抒寫，而是一種分析的表達，節節推進，層層深入，直達目不能見的事物本質的核心，或揭示出人性眞實的隱秘。這種複雜的內容和這種繁複的表達技巧，正顯示了現代人強烈的慾望或深沉的悲哀。是沉重的苦悶，不是輕淡的哀愁，單純的格調不足以表現這一代人複雜萬端的心緒。詩之傾向繁複的美是時代的反映。」

(十八) 深度

「德國哲學家尼采說：『動物之中只有人會笑，因爲人所體會的痛苦最爲深切。』這種笑不過是痛苦暫時的解脫。人之所以把痛苦體會得最深切，正如廚川白村所說：『由於慾望和壓抑這兩種力量衝突所產生出來的心的傷害。』……對人生戀慕愈強，所遭受的痛苦愈大，而表現於文藝也愈深刻。」

「物質愈文明，人類的慾望愈大，其遭受的痛苦則越深切。」

「現代的詩，較之古典主義，浪漫主義的作品難懂，就是作品具有深度之故。無論其作品是單純的表現或繁複的表現。深度已成爲現代詩不可缺少的特質之一。」而「作品的深度是基於對人生所感受的苦悶是否深刻。」

（十九）廣度

「詩的廣度，取決於詩人生活幅度的廣狹與視野之遼闊與否？這與詩人的思想、智慧、世界觀和人生觀有極密切的關係。莎士比亞之所以偉大，是在他作品的取材超出了時代和種族的限制，對人性的刻畫又如此深刻、精微；所以，他的作品到現在仍然有着無比的價值。……這原因，就是由於莎士比亞作品之具有廣度。」

「所謂詩的廣度，便是詩中的思想和情感，超越於時空，詩人將其思想和情感從自我出發而及於人類和萬物。卽是深入到自我根柢的眞生命和宇宙大生命交感的境界；亦卽是從有限到無限。」惠特曼的詩包羅萬象，「表現了廣度的極致。」

「詩的廣度，不是表現形式上量的顯示，是詩人在作品中顯示出心靈的幅度和精神上的限度。卽是詩中所表現的思想和情感，是超越了自我範圍，超越於視域以外，達於心靈的視域。……詩人的心靈宇宙擴大，作品才能聚集眾生命的精粹。如此，其所展視於讀者的世界，方能令其感覺宏偉。」

（二十）密度

「詩的目的是在一瞬間給讀者一個完美的詩的經驗。詩不必在量上去爭勝，更不必在體積上去造成一個給讀者難忘的印象；……詩所尋求的，是密度。」

「密度不僅是形式和語言的簡鍊而已，而是內容的密；這種密是作者的思想和情感經過思考嚴密的錘鍊，不再稀薄，不再散漫，成爲一種極爲精緻的固體，猶如百鍊之鋼之具有密度。」

「現代詩之所以愈來愈精鍊，便是作者將其詩的內容（質）和語言（形式）經過了極度的壓縮之故。現代詩之所以難解，其故也在此。內容和語言經過極度壓縮之後，往往省略太多，讀者在欣賞此類作品時，不能將作品在內容和語言省略之處，加以啣接，則難理解詩中的眞意。一經讀者發現其省略，如能以啣接，便豁然貫通，而獲得詩中所蘊蓄着的無窮的意味。」

「詩的密度之造成，是由博而約；由繁而簡；由演繹而到歸納；由粗糙而到精微；在此不可將思維的運用和語言的運用作一截然的劃分。其內容和形式如生命和肉體之不可分割，創造詩的密度，須兩者同時進行。」

以上雖然用了巨大的篇幅來摘要介紹「詩的藝術」的內容，但仍不免有斷章取義之嫌。讀者如有興趣作深入研究，可以仔細去讀原文。原文廣徵博引，反覆討論，且篇篇都有詩例，作深入分析，不但容易瞭解，讀起來也是津津有味的。

第四、對現代詩的若干重要論點

前文曾經約略談及詩人覃子豪是一位由抒情走向現代的詩人，因此，抒情觀念和現代意識在其詩創作與詩論中乃是兼容並包而同時存在的。「詩的藝術」便是在這種觀點上所產生的一部有系統的詩論。「詩的藝術」中所討論的二十個問題或論點，是就現代詩的內容和形式上探求的結論，也是構成現代詩的基本因素。換句話說，那是純粹屬於詩的靜態研究。但在現代詩運動中，也就是在現代詩的實驗創作過程中，卻不斷地有許多新的問題發生。而作爲現代詩壇領導者之一的覃子豪，自無法規避任何有關現代詩問題的探討。因此，在這方面，他曾經發表過許多重要的論文，諸如「新詩運動的歷史觀」、「新詩向何處去？」、「現代中國新詩的特質」、「中國現代詩的分析」、「中國新詩的方向」、「現代詩方向的探討」、「超現實主義給予現代詩的影響」等。在此，筆者願意加以強調的是，由於詩人覃子豪對於中西文化和文學，具有相當深厚的修養，加以他那溫柔敦厚的秉性和氣質，使其對於許多問題的討論，都能採取比較中庸的態度，而不至過分的偏激。至於，他那精闢而中肯的見解，不僅對於當時的現代詩運動，發揮了極大的影響；即使對當今的中國詩壇，仍有其不可忽視的意義。因此，特綜合歸納爲以下的十個論點，供讀友們參考。

(一)現代詩與現代主義

詩人在「象徵派與現代主義」(四十九年發表於自由青年)一文的結語中,給我國的現代詩下了一個定義。他說:「所謂『現代詩』者,是代表現階段與傳統有別的新詩之一個普通的名稱。中國的現代詩,不是屬於歐美的現代主義或現代派的現代詩,強調了派別的涵義;它的主要意義是代表了一個時代,一個階段。」換句話說,在詩人覃子豪的心目中,現代詩是一個廣義的名稱,是代表了自四十六年中國新詩現代化以後這一階段的所有新詩之謂。

那麼,什麼是現代主義?現代詩與現代主義又有什麼關係呢?詩人在「中國新詩的方向」中,有一段話說得非常明確。他說:

「什麼是現代主義(Modernism)呢?廣義的說是自然主義以後所產生一切詩派的總稱:它包括了象徵主義(Symbolism),立體主義(Cubism),未來主義(Futurism),表現主義(Expressionism),達達主義(Dadaism),超現實主義(Surealism)。狹義的解釋:便是要在藝術中啟發一個適應現代各種現象如機器,工業化的城市以及神經質行爲的敏感。就如史班德(Stphen Spender)所說:現代主義深一層的目標就是要創造一種藝術,一面要極端的現代化,一面要有夢幻似的特質。現代主義既然是各國新興詩派的一個巨大的滙流,而在這滙流中沒有一個主流成爲中國新詩的借鏡,所以形成了中國詩壇的混亂。」

由於新詩現代化形成了中國詩壇的一度混亂，詩人對現代詩與西洋現代主義的各個流派的關係，是採取謹愼的批判選擇的態度；而不是無條件的盲目的接受。他在「新詩向何處去？」中曾說：「中國新詩之向西洋詩去攝取營養，乃爲表現技巧之借鏡，非抄襲其整個的創作觀，亦非追隨其踪跡。技巧的借鏡，無時空的限制，無流派的規範。其目的在求新詩有正常之進步與發展。中國新詩無論提倡何種主義，標榜何種流派，均有撿拾餘唾之譏。」

(二) 現代詩與象徵主義

在「中國現代詩的分析」中，詩人說：「中國現代詩淵源於歐美的現代主義而發展成爲目前的態勢。現代主義是二十世紀所產生的一系列的新興詩派的總稱。給予中國新詩以深刻影響的首先是象徵主義，這是中國新詩趨於現代化的動力，它是使中國新詩接受現代主義的樞紐；正如象徵主義在歐洲是現代主義的原動力一樣。」又說：「二十世紀所產生的一切新興詩派除了立體主義與意大利的未來主義，無不受象徵主義的啟發。」

什麼是象徵主義呢？詩人在「象徵派及其作品簡介」，「象徵主義及其作品研究」，「象徵派與現代主義」，以及「論象徵派與中國新詩」等多篇論文中，均有詳盡的說明，這裏不擬詳細介紹。簡單地說：象徵主義乃是十九世紀末期，由法國詩人、小說家、戲劇家所發起的一種文學革命運動，其特徵乃是表現頹廢的思想和神秘的境界，打破了詩的固定形式的束縛，創立了不定形的自由詩，主張感覺交錯，音樂是詩的一切，強調「詩卽謎語」的極端暗示，形成神秘、幽玄、朦朧的特徵。

中國新詩自李金髮的象徵派，和戴望舒的現代派的出現，取代了以徐志摩爲首的浪漫派以後，直到臺灣的自由詩和現代詩運動，無疑地，法國象徵主義對中國詩壇有着相當深刻的影響，只是這種影響仍有其限度。所以，詩人在「論象徵派與中國新詩」中，曾經斷然地說：「現代臺灣詩壇的主流，旣不是李金髮戴望舒的殘餘勢力；更不是法蘭西象徵派新的殖民地。臺灣的新詩接受外來的影響甚爲複雜，無法歸入某一主義某一流派，是一個接受了無數新影響而兼容並蓄的綜合性的創造。」

(三) 現代詩與超現實主義

在「中國新詩的方向」中，詩人曾經一方面說過：「歐美現代主義包括的一切新興的流派，除了象徵主義在世界詩壇留下極光輝的成就外，其餘的流派並未創下該等流派所預期的成就。」另一方面也曾指出：「在自由中國詩壇雖然沒有人標榜過超現實主義是現代詩唯一的方向；然而，中國的現代詩，直接的或間接的受了超現實主義的影響是不可否認的事實。」因此，詩人除在「中國新詩的方向」，「現代派與現代主義」等文中討論過超現實主義外，還發表過「超現實主義給予現代詩的影響」，和「超現實主義的影響」兩篇專論，詳細介評超現實主義的理論及其對中國現代詩的影響，以及如何批判地學習它的表現技巧等。玆綜合歸納如下：

什麼是超現實主義呢？詩人在「中國新詩的方向」中說：「超現實主義的創始者蒲魯東(A. Breton)在超現實主義的宣言中說：『超現實主義就是靈魂的一種機動性。憑藉它，人們企圖用口頭的，書寫的或其他的方式，來表達思想的眞實動作，而不受任何理性而產生的控制，也不在任何審美觀或道德的考慮之內思想的默寫。』就是不憑藉經驗或任何思考，而憑本能的機動性來寫作。超現實主義者所注重的是本能和直覺，夢幻和下意識所給予的印象，不拘美醜，一律予以率直的表現出來。反對一切成規和傳統，完全打破邏輯的束縛，追求一種不可思議的妙語，而且不考慮這些妙語的日常功用，打破了習慣方法，以一種意想不到的結合方法來創造。這種結合是完全沒有邏輯的含義，僅以事物相似的類聚，不顧論理的關係，不求實際的命意，只求一種紛然雜陳實際的功效。機動書寫法便是超現實主義者寫作的原動力。所謂『機動書寫法』，便是個人在精神半催眠或半意識的狀態之下，不加思考的讓自己在紙上疾書，寫出下意識混混沌沌的印象。超現實主義者認爲：在人類的精神深處，停泊着強勁而奇異的力量。這些力量的存在是來自夢幻、荒誕、瘋狂、矛盾、誇張等等的狀態。換言之，超現實主義者便是要將夢幻裏這些狀態，從『無意識』之中表現出來，故應力求讓這些奇異的力量自由自在的發揮。」

關於超現實主義給予中國詩壇的影響，詩人認爲可分有形的（技巧上）和無形的（精神上）兩方面：

「有形的影響，是利用超現實派的表現手法來表現心靈的現實，並非如超現實主義者所要表現的夢幻和下意識的狀態，而是將現實生活置於意識與非意識，理性與非理性的狀態之間，而形成一種夢幻的特質。以類似或不類似的無聯絡的意象，構成一種不可思議的妙語，來達成夢幻的效果。這種似非而是或似是而非的令人不可捉摸其確然性的技巧，頗富奇異的魅力。這不能不說是超現實派的技巧給予中國現代詩的優點。其缺點，意象缺少實際上聯繫。其語法固然奇異、美妙，由於讀者很難將截斷的毫無關聯的意象找出作者的用意，就會令讀者尋不出可理解的線索。而作者也可能在奇異、美妙的外觀之下故弄玄虛。」

至於「無形的影響，較之有形的影響深入而廣泛。便是不少作者受了超現實主義的反對一切成規和傳統的影響，而強調了反傳統的主張；受了超現實主義的打破邏輯，打破習慣的方法底影響，而強調了反邏輯主張；受了超現實主義的不受道德觀念的限制底影響，而強調了反道德的主張。一部份作者便認爲：『反傳統』、『反邏輯』、『反理性』、『反道德』便是現代詩的精神。現代詩之難懂，以及現代詩令詩壇的混亂，這是根本的原因。」

既然超現實主義如此紛然雜陳而有正反兩面的影響作用，那麼我們究竟應從超現實主義中學習什麼呢？詩人在「超現實主義的影響」中，有一段非常中肯的論見：

「超現實主義發掘潛意識，求內在的眞，這確是詩的新世界。可是爲求表現這內在的眞，運用機動書寫法，不加理性的控制，它必然會成爲令讀者不能理解，而令作者不能加以解釋的夢藝。詩可以表現潛意識，但作者必須將這潛意識變爲正意識。潛意識之變爲正意識，便是憑藉理性的加以轉變。就是由理性將潛意識的大門打開，讀者才能進入潛意識的世界。機動的書寫法，只是一個理論，它無法在創作上獲得廣大的效果。」至於「創作的妙語，應似看來不可思議，而實際上與作品所表現的內容，有着密切的關聯。」

總之，「超現實主義是第一次世界大戰之後的產物，在經歷了第二次世界大戰之後的我們說來，超現實主義並不是一個了不起的進步的流派。因爲超現實主義發現了潛意識的世界，卻封閉了意識的世界。超現實主義之趨於沒落，便是超現實主義者，未能將潛意識的世界和意識的世界溝通。」

(四)現代詩與存在主義

在「中國現代詩的分析」中，詩人曾說過：「當中國現代詩趨於癱瘓的今日，無疑的，存在主義便成了現代詩的強心針。存在主義的『情意我』的世界，便是現代詩所要表現的世界。它的反傳統精神，以及對現代許多問題予以重新估價，正是現代詩人的啟示。存在主義啟示了現代藝術家充實了作品的精神內容。它的強調個體或自我，反抗羣體的束縛與外來的壓力卽充實作品精神內容的動力。」但是，「這種動力需冷靜的培養，並非不加冷靜思考就能獲得的。」因爲「現代詩不是喧嘩與囂張的表現，無理之中有一種不易爲人所理解的理性存在。混沌之中隱藏着不可見的明澈，詩之所以為詩，是有一種可觸及而不可觸及，可捕捉而不可捕捉的力量存在。現代詩壇所需要的是冷靜，冷靜才能從混亂中尋得出新的秩序。」

所謂存在主義，就是強調自我存在的價值。有自我存在，生命，意志，世界才有其意義。詩人在「『金色面具』之自剖」（五十一年十月發表於葡萄園詩刊第二期）中，曾經加以強調：「詩人以自我為中心，從直覺的世界去透視萬物的生命。若要理解萬物，必先理解自我，從自我的觀點出發。若不能理解自我存在的意義，如何能理解萬物存在的意義？不理解自我和萬物存在的意義，如何理解人生？『金色面具』之吸引我，實際說來，不是『金色面具』，而是『我』自己。因我已神移於『金色面具』中，『金色面具』有『我』在，而有了生命，有了意志，有了它的世界。」

但是，存在主義是否就是現代詩的最佳出路呢？正如詩人自己所說，它只是「中國現代詩趨於癱瘓的今日」，一支「強心針」而已。因為存在主義過份強調自我存在，忽視了自我存在以外的現實生活，滿足了個體，拋棄了社會，終不免被社會所拋棄。這也是詩人自己的觀點，容在第十個論點中再談。

（五）現代詩與傳統問題

現代詩的傾向之一就是「反傳統」。它是如何產生的呢？詩人在「論新詩的發展」中說：「

法國象徵派詩人藍波（Arthur Rimbaud）提出『一切必須現代化』的主張，激起了世界詩壇一個反傳統的傾向。」

所謂「反傳統」，並不是盲目的反對傳統的一切。詩人在「中國新詩的方向」，「現代詩方向的檢討」，和「超現實主義的影響」等文中，都曾加以嚴肅的討論。在「中國新詩的方向」中，他說：「歐美現代主義之提出反傳統的口號，實在是反傳統的因襲觀念，與陳舊的表現技巧。傳統是整個文化的繁衍，由一個階段到另一個階段，卽是由一個舊的階段到達一個新的階段。新的階段必然從反對舊的而來，如浪漫主義主觀的主張來反對古典主義客觀的傳統束縛。浪漫主義所反的只不過是古典主義的客觀傳統，而非整個文化歷史的傳統。是部份的反，不是整個的反。」在「現代詩方向的檢討」中，分析得更爲明白。他說：「現代詩人所反對的是傳統的虛僞與束縛，而不是反對『作爲太古以來人類智慧積蓄的過去所形成的一個秩序。』尤其是中國古詩的法則，令梵樂希讚美，令龐德（Ezra Pound）重視，中國現代詩人如棄置中國古詩的寶庫而不屑一顧，必然是一個極大的損失。因此，詩人積極的主張：「現代詩人應化中國古典詩之精粹於無形，創造更新的詩。我的主張不是對於傳統無條件的投降，而是要批判的加以接受。不是有形的引證、剽竊，而是化精粹於無形。」

（六）現代詩與反理性問題

在「中國新詩的方向」和「超現實主義的影響」兩篇論文中，詩人對於現代詩的反理性問題，均有累同的批評。他說：「人類的文化就是憑人類的理性創造出來的，人類這個動物之所以異於其他動物，理性便是特徵。一旦人類完全喪失了理性，不僅文學藝術無由產生，即文化亦趨於毀滅之途。現代主義有一個最大的矛盾，便是一面主張求知，一面又反對理性。其實文學固非純理性的表現；然而理性之存在於文學中，猶如理性存在於人性之中。文學藝術旣是人性的表現，則人類的理性之不容抹殺，是一個事實問題。文學藝術雖然是人的直覺的表現，不能以理性加以規範，但因是由人性爲出發點之故，必然有其理性存在。達達主義和超現實主義之所以沒落，違反理性是最大的原因。」又說：「所謂理性……，是存在於人類天性中的一種自我本能的規律。卽使是直覺也無形的受這種自我本能規律的影響。否則，它便不能獲得人性與人性間的一種交感的作用。一部份現代詩之難懂，就是違反了理性，而失去了交感的契機。……詩作者如能夠恢復理性，其作品將不致於完全不可解，而詩壇的混亂也會因此而逐漸澄清。」

（七）現代詩與讀者

現代詩的晦澀難懂問題，曾經引起詩壇內外許多人士的關切和討論。詩人也曾在多篇論文中，從各種不同的角度上提出批評。他在「現代中國新詩的特質」中，就現代詩的特質指出：「現代中國的新詩，不爲多數讀者所欣賞的原因之一，就是很少傳統式的感情。就是現代的詩，既非芳醇，亦非烈酒，而是苦汁。既無頹廢、浪漫的傷感；復無慷慨悲歌的熱情。冷靜、明澈是現代中國新詩最大的特色。唯有冷靜、明澈才能發掘生活中的眞實及隱藏於事物之中的奧秘。」

「現代中國的新詩，不爲多數讀者所欣賞的原因之二，是由於新詩在質上的改變。詩人們無論用什麼樣的形式表現，它有一個重質不重量，重密度而不重體積的特徵。」而「由於它的極度凝鍊，本身便具有一種堅固的性質，這性質使讀者難以消化。」作爲詩的讀者，「如能耐心的加以體味，苦盡而甘自來。」

但不能以「難懂是現代詩的特色，難懂是基於詩中具有深奧的特質」，作者就可以拒絕讀者於千里之外。詩人在「與非詩人論詩」一文中，便曾坦白地指出：「中國新詩自現代化以後，確在讀者面前造成了一條幾乎不可越過的鴻溝。需要重新建立創作者和欣賞者之間的橋樑，是不可忽視的事情。所謂溝通，並非是降格去求詩的通俗化，而是破壞了被讀者能接受的舊語言之後，必須創造能被讀者所接受的新語言來代替。而現代詩所運用的新的語言已超過了讀者的消化能力，反而不能接替舊語言所留下來的任務。……另一方面，有些作者所運用的語言，晦澀，艱滯，失去了語言應有的生氣與活力。讀者很難從字裏行間尋求出詩的意趣，這是造成創作者與欣賞者之間的鴻溝底主因。」

詩人在「新詩向何處去？」一文中，認爲這是「創作態度應重新考慮」的嚴重問題，因爲

「現在中國正有少數作者僅爲取悅自己，拒絕讀者進入他們的信念以爲樂。其實，有些詩根本無實質、無信念可尋，僅以曖昧、游移的詞句，做出一副高不可攀、深不可測的姿態，愚弄讀者來取悅自己。這傾向實在是一個錯誤。」如果作者同意梵樂希所說的：「詩人的目的，是在和讀者作心靈的共鳴，和讀者共享神聖的一刻。」那麼便應該「要考慮作者和讀者之間存在的密切的關係，就是要考慮讀者的感受力及其理解的極度。作者必須作種種的假定，來權衡表現的方針。創作時，未曾顧及讀者的抗拒力，作品就會失去了標準，同時也就失去了價值。這並非遷就讀者，迎合讀者，而是要作品本身具有較讀者的抗拒力更大的吸引力。詩人在創作上的困難，是使這兩種力量達到一種平衡的狀態，在一個焦點上合而爲一，使讀者進入作者的精神世界之中，才能產生共鳴。」

(八) 現代詩的發展方向

現代詩究竟應該走什麼樣的道路？在中國與現代之間應作如何的取捨？這不僅是有關現代詩的發展方向的問題，而且也是關乎現代詩的成功與失敗的根本關鍵。因此，詩人對這個問題，曾經在「現代中國新詩的特質」，「新詩向何處去？」，「中國新詩的方向」，「現代詩方向的檢討」等文中，作過多次深入的檢討。在「現代中國新詩的特質」中，他說：「詩的『現代化』，不是語言上的歐化和形式的倣造，取代了創造的格式而成爲法則。因爲，它是中國的現代化，不是歐美的現代化。因爲，它是中國現實生活眞實的反映，不是歐美現實生活的反映。中國現代詩的特質，便是表現生活的感受和強調中國的現代精神。我所強調中國現代這些字眼，是基於中國現實生活的眞實性，是暗示着中國的現實和歐美的現實完全不同，中國人在身體上和心靈上所遭受的傷害，和所積壓的苦悶，實較之任何一個國家的人民都深切，其表現於詩中的情感，無疑的是更爲深刻、沉痛。中國詩人絕不能放棄中國偉大的現實所蘊藏着的寶藏，而完全去捕捉西洋現代詩的趣味。中國詩人應保持中國新詩應有的特質，並發揮這種特質。」

在「新詩向何處去？」中，詩人不但反對「橫的移植」，而且提出其「蛻變」的主張。他說：

「中國新詩應該不是西洋的尾巴，更不是西洋詩的空洞的渺茫的回聲，而是中國新時代的聲音，眞實的聲音。」

「無庸否認一個新文化之產生，除了時代和社會爲其背景外，外來文化的影響亦爲其重要的因素。但應以自己爲主。若全部爲『橫的移植』，自己將植根於何處？外來的影響只能作爲部份之營養，經吸收和消化之後變爲自己的新的血液。新詩目前極需外來的影響，但不是原封不動的移植，而是蛻變，一種嶄新的蛻變。」

在「中國新詩的方向」中，詩人不但大聲疾呼：「爲什麼中國詩人不表現中國偉大的現實所給予中國詩人的感受，而去摹擬歐美現代主義的外貌呢？」而且也從歷史的經驗中，提出其結論：「五四以後的新詩之所以有進步，無疑的便是『融化』方法的成功。自由中國詩壇的混亂，便是無條件地接受了歐美現代主義全部主張，未加以審辨和識別，以致使新詩的模倣性多於創造性。外來的影響固然可以使中國新詩進步，但外來的影響不都是能適應中國的時代和現實的。五四時期周作人主張『融化』，就是將外來的影響和中國固有的特質融化。而中國的現代詩，仍須本着這個『融化』的原則，對歐美現代主義一切新興流派表現技巧加以批判的接受。所不同的要以具有客觀性的新技巧來表現中國人的時代和現實生活中的感受，才是中國新詩現代化唯一的方向。」

（九）從自我創造中完成自己的風格

在「詩的藝術」中，詩人認爲風格是「文體的精神風貌，是作者氣質的表現」。那是就詩的構成因素而論的。而在「新詩向何處去？」一文中的第六個原則「風格是自我創造的完成」，其着眼點則是如何創造中國新詩的風格。兩者的目的、意趣均不相同，且後者似乎更爲重要。他說：

「中國的新詩，在將近四十年中，一直以西洋詩爲楷模，自我創造沒有完成，沒有顯示出獨特的性格；因此，風格也沒有完成。新詩沒有在國內發生廣大的效力。沒有在世界詩壇上獲得地位，就是沒有自我創造，沒有完成屬於自己的特殊的風格。」

那麼，「自我創作包括些什麼呢？是民族的氣質，性格，精神等等在作品中無形的表露。因爲，中國的新詩受西洋詩的影響太強烈了，以至忽視了自己的特性，一直沒有走上獨立創造的階段，風格也就沒有完成。」中國新詩的「新風格要在自我創造中求完成，和個人氣質，民族氣質，時代精神是不可分割的。我們不能從十九世紀末的象徵主義中去求風格的完成，也不能從現代主義中去求風格的完成。風格是代表自己的，不屬西洋詩的任何一個流派或任何一個主義。要使讀者從新詩的形象裏窺見中華民族精神的全貌，從新詩的節奏中聽見中國時代脈搏跳動的聲音。這是一種創造，新的自我創造。自我創造的成功，風格才能完成。中國的新詩是中國的，也是世界性的，惟其是世界性的，更要有自己獨特的風格。」

（十）發揮詩的眞實力量

在「新詩向何處去？」一文中，詩人曾嚴正地提出「詩的再認識」問題。其中對於某些「爲藝術而藝術」的傾向，曾經予以嚴肅的批評。他說：「許多詩人認爲詩不過是純技巧的表現，不必在詩中要求意義。其實，技巧不過是詩的表現手段，不是表現人生、影響人生的目的。目前有不少的詩人便以技巧爲目的而玩弄技巧，不問其有無意義。」又說：他的論點，「並非強調爲人生而藝術的主張，而是強調一種新的哲學的思想。凡屬具有永恒的藝術，必然蘊蓄着人生的意義。」因為，「人生的意義作為藝術之潛在表現，更能增強藝術的價值。」而且「藝術的表現實在離不了人生。完美的藝術，對人生自有其撫慰與啟示，鼓舞與指引。詩尤其具有這種功能。……詩不是生活的逃避；它的意義在於能給人類一份滋養，一份光亮。」

在「眞實是詩的戰鬥力量」一文中，詩人提出了更加鮮明的主張。他說：「詩人總是像先知，像開拓者，像前驅。他首先感覺着了苦難的預兆，也首先唱出人民的心聲。」而詩呢？「它像旗幟，像號角，像戰鼓；它有旗幟一樣的莊嚴和昭示人民萬眾一心的力量，它有號角一般召喚健兒們奔向戰場的號召力，它有戰鼓一般的聲響去激動赴戰者的熱情。」因此，「詩人就是戰士」，「詩就是戰鬥的武器」。

詩人既是戰士，詩既是戰鬥的武器，那麼作為一個戰士的詩人，自應積極地運用其武器，使詩發出眞實的力量。因為，「在中國目前所遭遇的時代，是一個空前的時代，所處的現實，是一個多難的深而且廣的現實，值得反映於詩人心靈中的事物，是太多了。然而，詩人表現於時代和現實的是微乎其微，有許多詩人幾乎沒有呼吸着時代的氣息，沒有生活在現實中。」

「要使詩發生眞實的力量，首先要作者生活於現實中，詩人的伊甸園，必須建築於現實的基礎之上，方有實現的可能，詩人必須根絕超現實的抽象的觀念，投身於現實的洪流中，體驗生活的廣度，詩人的心靈才有深切的感受，才能對現實有眞實的反應，」才能以眞實情感，「來抒寫中國偉大而多難的現實，使我們戰鬥的聲音發自心靈的深處。」這樣的作品，就是「生命的電流和現實的電流相交迸放出的火花；是生命和現實撞擊的交響；是鋼鐵的意志對殘酷的時代所打擊的回聲。」

目前，中國詩人所面臨的時代，乃是一個嚴重的考驗，「考驗詩人能否把握中國人民與命運搏鬥的不朽主題，寫出人民眞實的苦難和激昂沉痛的情緒，使我們這一代的詩，發揮出眞實的戰鬥的力量，而實現中國人民對自由的想望。使奴役人類的惡魔在詩人筆下澈底消滅。」

相信這也該是許多愛國詩人和讀者的共同願望吧。

第五、翻譯及其他

在詩與理論的創作之外，詩人覃子豪也從事翻譯工作；主要是將法國詩譯介給國內的讀者。此外，他也留下了一部份可讀性極高的優美的散文。「覃子豪全集」第三冊「翻譯及其他」中所收錄的，便是這些作品。

所謂「翻譯」部份，共分三集：

其一是「法蘭西詩選」第一集，四十七年三月出版。此集包括十五世紀法國文學的開山祖師抒情大詩人維龍，到十九世紀的繆塞等九位詩人，二十四首作品。另有一篇一萬多字的「緒論」，介紹法國詩的源流，及其各個時期的代表詩人，是一篇瞭解法國詩的入門作。

其二是「法蘭西詩選」第二集，包括自十九世紀的雨果，到二十世紀初期的阿波里萊爾等十八位法國詩人，凡爾哈崙和梅特林克等兩位比利時詩人，八十一首作品。這些作品堪稱爲法國浪漫主義以降詩作的精華。數量之豐，如果以已出版的第一集只有二十四首而論，這第二集如果出版的話，至少可以出版三個集子。可惜還未來得及出版，詩人就謝世了。

其三是「譯詩集」，包括其在日本留學期間所翻譯，而於民國三十年在浙江金華出版，現已絕版的匈牙利愛國詩人「裴多菲」詩集，僅能收集的六首作品；以及愛爾蘭、英、美、俄、波等各國詩人九位，十四首作品。根據詩人「東京回憶散記」的「買書」一文中所說，其「英文程度遠不如法文」來推斷，詩人這一法國詩以外的「譯詩集」，諒係根據法文或日文輾轉譯出者，故有少數譯作，如美國詩人佛洛斯特的 Stopping by Woods on a Snowy Evening，直譯爲「落雪晚間停留在林邊」，便不如夏菁意譯爲「雪夜林畔」來得精鍊而傳神。對於詩人覃子豪來說，這只是瑕不掩瑜的微疵，並不能稍損其在法國詩譯介方面的卓越貢獻。

翻譯之外的所謂「其他」，主要是抗戰時期所寫的，而於民國三十四年五月在福建漳州所出版的一部「東京回憶散記」，和來臺之後的數篇遊記和書簡等。其中「東京回憶散記」，寫其留學日本的生活情形，讀來不但津津有味，而且那些傳奇性的故事，也「充分表現一個弱國的青年，在帝國主義國境內的種種不幸的遭遇。」爲歷史留下了眞實的見證。

其次是「遊記及其他」，包括詩人應邀訪問金門、太魯閣、馬尼拉、碧瑤等地的數篇遊記，和一篇詩人介紹，一篇畫評。或是現實生活反映於詩人心靈的紀錄，或爲詩人藝事的介評，篇篇可誦。

「書簡」則包括三部份：一是民國三十三年詩人於福建漳州擔任閩南新報主筆兼編副刊時，在副刊上公開答覆作者有關寫詩的函件，共十篇；二是四十三年前後，擔任中華文藝函校詩歌班主任時，寫給學生的部份函授通訊（一部份已編入「詩的解剖」中了）。這兩部份對詩的愛好者仍有研究參考的價值。三是「致友人書簡」，可惜只有五篇，意義不大。

最後是附錄「覃子豪先生年表」，對於一位畢生從事詩的播種者來說，雖然稍嫌簡略，但對研究詩人覃子豪生平的作者來說，仍不失爲一篇極具參考價值的資料。

第六、永恆的懷念

作爲自由中國詩壇的播種者的詩人覃子豪先生，自五十二年十月逝世以後，雖然已經整整十三年了，但是，時間並不曾沖淡詩友們對於這位充滿慈祥的詩壇前輩的懷念。去年十月十一日，在文協大樓所舉行的，追思詩人覃子豪逝世十二週年的座談會上，在場的許多詩人，都曾熱烈地發言，討論如何早日爲詩人的骨灰找一個安息之所，立一個石碑，或塑一座銅像。但畢竟只是書生之見，情緒儘管熱烈，卻沒有具體的行動。如何爲詩人立碑塑像，將是一個榜樣，如果此舉不能成功，將來恐怕會有更多流浪的詩魂吧？

（曉村按：覃先生的骨灰，已在民國七十二年，安葬於臺北縣新店安坑龍泉墓園；墓頂並安裝有詩人的銅像。）

其實，筆者跟覃先生並無若何的深交，眞正認識，是民國四十九年在中國文藝協會水源路的新詩研究班中。其時，他是誨人不倦的老師，我是默默聽講的學生。五十一年四月，我們一羣新詩研究班結業的同學，成立葡萄園詩社，創辦了葡萄園詩刊，葡社同仁每月聚會一次，討論詩的創作和理論。每次都邀請幾位老師來指導。覃先生是經常出席者之一。每次他來，都要說些勉勵的話，鼓舞同仁們努力。對於葡萄園所提出的「新詩明朗化」的主張，他也表示全力支持。請他寫稿，他立卽答應，沒有一點驕矜不凡的架子。從葡刊二、三期中都有他的稿子，可以得到明證。

記得四十六、七年間，詩人紀弦和覃子豪先生筆戰時，筆槍舌劍，互相攻訐，何等激烈。但息戰之後，情同手足，各不掛懷，坦蕩磊落的風範，實在令人敬仰。

最後，謹以詩人的作品，「詩的播種者」中的最末二節，以爲本文的結束。

火的種子是滿天的星斗
全部殞落在黑暗的大地

當火的種子燃亮人類的心頭
他將微笑而去，與世長辭

六十五年九至十一月《文壇月刊》一九五至一九七期

讀胡品清詩集「玻璃人」

在法國留學多年，對西洋現代文學深有研究，能以中英法多種文字從事寫作的名詩人胡品清女士，自民國五十一年返國，在文化學院執教以來，以一業餘作家，二十年之內，出版了五十二部作品，平均每年出書兩三本。她寫作的範圍很廣，新詩之外，散文、短篇、翻譯、論評等，無不涉及。

我沒有做過什麼讀者問卷統計，但我敢大膽地說：作爲詩人、散文家兼翻譯家的胡品清女士，是當今文壇上最受歡迎的作家之一。由於胡品清女士的作品廣受讀者的喜愛，往往，她在報刊上所發表的作品，只要夠一本書的分量，即被出版商爭相搶去出版。這就是爲什麼以往那些年來她所出版的作品，像「晚開的歐薄荷」、「夢幻組曲」、「芒花球」、「最後一曲圓舞」（以上均水牛出版）、「夢的船」（皇冠出版）、「夢之花」（水芙蓉出版）等，都是新詩、散文、小說、理論翻譯等綜合性選集的緣故。

眼睛雪亮的出版商和聰明的讀者，爲什麼會如此偏愛胡品清的作品呢？對於這個問題，勢必要作全面深入的研究，才能回答，恐非筆者能力所及。我只想就個人閱讀「玻璃人」這本純粹詩作的感受，提出幾點品析性的淺見，就教於各位高明的讀者和詩友。

「玻璃人」是胡品清女士繼「人造花」（文星出版）以後的第二本純詩集，也是她的第四十二本書，由臺中新成立的學人文化事業公司，於六十七年九月所出版。作者在序文「關於『玻璃人的話』」中說：「這本集子裏收入的詩共計九十六首，依照內容的性質被分成四輯：沈思時刻、抒情小唱、莊敬篇、兒童詩。其中最大部分是我最近兩年來的作品，只有若干首是選自『夢幻組曲』、『芒花球』、『最後一曲圓舞』，以及『夢之花』。」如果允許我說，我在這個集子中還發現「面具」和「月夜幻想曲」兩詩，是選自五十四年出版的「人造花」詩集的話，我們可以肯定地說：「玻璃人」是一本最能代表胡品清女士的詩選集，也可以說是她二十年來從事新詩創作的結晶。因此，喜歡閱讀或研究胡品清新詩的朋友，對於這本具有代表性的精選之作，是不能不給予特別關注吧！

在進入正題之前，關於「玻璃人」的篇數須加說明。作者在序文中說：「這本集子裏收入的詩共計九十六首。」這個數字有誤，實際上是：第一輯「沈思時刻」二十六首，第二輯「抒情小唱」六十六首，第三輯「莊敬篇」四首，第四輯「兒童詩」六首，合計一百零二首。這個數字上的小小差誤，可能是作者寫序時未將第四輯「兒童詩」六首計入。後來不知是作者或出版社將六首兒童詩補編進去時，卻忘記將篇數加以修正？

在「玻璃人」的四輯一百零二首作品中，我最感興趣的是第一、二兩輯。這兩輯共有詩九十二首，占全書的十分之九。就詩而論，從第一輯第一首「她的畫像」，到第二輯最後一首「自撰墓誌銘」，不論從詩的情愫或風格上看（除「艾菲鐵塔」之外），應是一個帶有自傳性的，完整而不容分割的體系；只是「沈思時刻」在情思的表現上，含有較深的哲學意味而已。至於「莊敬篇」和「兒童詩」兩輯，前者是具有意識主題的作品，後者爲即興之章，數量只有十首，應是本書的附錄，故不擬細論。總之，我想要品析的，乃是最能代表胡品清女士詩風的抒情詩。

談到抒情詩，我們便不能不想到，在我們的詩壇上，有不少「主知」的現代詩人，是極端反對抒情詩的。已故前輩詩人覃子豪，對這種反抒情的論調，曾經予以強烈的批評。他說：「思想產生於理性，抒情是情感的昇華，理性來自腦中，情感來自心境，是人類的本性。詩無論進步到如何程度，抒情不會和詩絕緣，除非人類的情感根本絕滅。」」（見覃著「論現代詩」中的「新詩向何處去」）而且「抒情詩是爲抒情而抒情」（見覃著「抒情詩及其創作方法」）的。

胡品清女士在她的「人造花」詩集「自序」中，對「現代詩」排斥抒情的傾向，也曾提出過辯正。她說：

「假如有人強調現代詩人的聲音必須是冷酷的、悽厲的、枯寂的、晦澀的；假如有人肯定地說現代詩不是抒情的，只是主智的；或是現代詩表現的只是現代人被物質文明分割後所感受的痛苦；那麼這本集子顯然沒有資格被稱爲現代詩。可是我認爲更重要的是我這些作品正像我那株人造花，他們代表眞的永恒、善的永恒、美的永恒、愛的永恒。」又說：「我雖然活於二十世紀，我的寓居卻遠離着工廠林立、煙塵瀰漫的都市，我藏書的小樓面向羣山，望中是一片清蔭。我實在不必無病呻吟地高唱心靈在被物質分割後感到深沈的痛苦。此外，我認爲情感是永恒的，是屬於古今中外的，現代人和古代人同樣地有情感，爲什麼現代人寫抒情詩便有落伍之譏呢？那是不容否認的，最適合於表現情感的是詩……。」

從上文所引，我們可以肯定：第一、詩不能不抒情。第二、胡品清女士是一位堅持詩不能不抒情的抒情詩人。第三、讀者特別喜愛胡品清的詩，應該跟這「抒情」而能引起「共鳴」有其必然的關係吧！

「玻璃人」的另一序文「史紫忱的話」說：「胡品清的詩，用東方精神作骨幹，以西方彩色做枝葉，尤能出入於東西文化的眞善美之零園，風格清新，像一杯又醉人又醒人的葡萄酒。」這「用東方精神作骨幹，以西方彩色做枝葉」的「葡萄酒」，來比喻胡品清女士的詩，眞是最恰當不過了。下面就讓我們來品嘗這最堪醉人的葡萄酒吧！

月已當空

我們睡意猶淺
且走向小園的花間路
享有一些月的明朗，夜的朦朧

我們步入月中，並立月中
月夜是一方閃灼雲母
雕刻我們的側面
雕刻我們交疊的影子

——「月夜幻想曲」二、三節

如果我們的記憶不錯的話，這是一首十六年前的作品，初刊於葡萄園詩刊，曾被詩人沙牧品評爲最佳作品之一。這種將「月夜」比做「閃灼雲母」，「雕刻」出一對情人的「側面」和「交疊的影子」，畫面之生動，節奏之明快，想像豐富之魔力，不是令人十分陶醉的葡萄酒嗎？但這種抒發悅樂的作品，在「玻璃人」中的數量很少，只有「風景」、「『夢之花』跋」、「笑珠」等幾首而已。

實在，胡品清女士最重要的作品，應是那些抒發苦悶情愫的篇章，試讀下面各詩的章節：

像孀婦的面紗
我們的故事既尊貴又悲愴
並非任何偶然或幻術或冷漠
使它變得淒涼

——「我們的故事」第一節

不再有三度空間
我的宇宙
只是荒原　荒原一片
浩浩無垠

——「洪水之後」首四行

將不再
不再一同凝視樹梢試圖挂住夕陽
不再瞻覩雕花蠟炬
如何把夢照得輝煌

——「如恆」第一節

如今我只是一枚真空管
無智也無情
甚至不如被大海遺落的貝殼
牠至少能保留昔日的潮聲

我正面對深淵
但無法瞻觀光譜彼岸的光華
因為我不再是抒情詩人
既然高度的感性已被剝奪

——「真空管」第二、三節

我問蒼天
何時停止哭泣
蒼天報我以沈寂

我不敢問自己
何時停止哭泣
因為自己也將報我以沈寂

——「雨天的幽默」第四、五節

廚川白村說：「文學是苦悶的象徵。」胡品清女士的詩何嘗不是？而且表現得更淒苦，更深沈。詩人用了各種不同的意象：從「孀婦的面紗」、「浩浩無垠」的「荒原」、「無智也無情」的「眞空管」、「不再一同凝視樹梢試圖挂住夕陽」，到「感性已被剝奪」的「抒情詩人」、「面對深淵」，甚至也「不敢問自己，何時停止哭泣」。這種淒楚悲涼的心聲，除非你是「太上無情」，任何讀者，恐怕都會心弦顫動而不禁潸然吧！

愛情，是一切文學取之不盡用之不竭的泉源，當愛情緊緊與人擁抱時，詩往往便躲在一邊，變成一個被冷落的客人了。一旦生活中失去了愛情，心靈空虛時，詩便會悄悄地走進人們的內心，變成一位親密的朋友，既能聽人傾訴，也能給人安慰。這種心理學上的補償作用，正是創作的泉源，也是詩人使情感昇華的一種方式。「玻璃人」中許多描寫回憶和夢幻的作品，便是很好的註腳。

不曾忘卻最後一個歡騰的仲夏
在閃光的山坡水湄
那是發生在夢境中抑是屬於另一輪迴
只有疑問號
對於自己的記憶

——「遙寄」最後一節

我的金色夢啊金色夢
就讓相思花做你的榜樣
當你碎時
請將自身化為萬噸金粉
織就綺麗地氈
伸向平地
伸向斜坡
讓那原是織夢者的雙足
傲然踏過

——「金色地氈」最後一節

風景已讀完
大自然的畫册已經闔上
盲者之春啊
只是回想
而非凝望

——「盲者之春」最後一節

至少 我要攬住回憶
珍惜認識過的溫馨
因為心靈沒有皺紋
只有傷痕

——「『明日』之夜」第三節

與上述充滿回憶和夢幻色彩密切相連的，是更多眞摯的癡情、思念、渴望，有如「熱帶的嗜光植物」，和陣陣「秋風」恒向南方。

畫堂寂寂
日換星移
日換星移處
我曾注意
葉莖如何轉向
以一百八十之幅度
那是一株熱帶的嗜光植物
恆向陽

——「堂中樹」最後一節

秋風
我願追隨你的腳趾在空中畫出的軌跡
作一次遠遊
誘惑我的不是行程

也非到達
而是南方的一座山
面山的一棟樓
樓前的一條長廊
廊前佇立的一個俊俏身影
身影上深沈如淵的雙目
不知在秋風裏蘊藉着幾許故事
在那無言又欲語的深淵中

——「秋風」第二節

這種眞摯的癡情、思念、渴望，乃是人類最高貴的感情。詩人與眾不同的，只是表達的方式與眾不同而已。一般人對於熱戀中的對象，最常用的方式是，直接了當地說：「我愛你！」詩人表達的方式卻是間接的，她用「堂中樹」「葉莖」之「轉向」、「恒向陽」，「秋風」的南向；以及「當夕陽西落（紅色之後繼之以藍色之夜的時辰）／我乃面南／凝定一個永恒的微笑／紫色的／向那釀造最後的蜜糖的小鎭」（「紫色的微笑」）。

把愛的眞摯之情發揮到極致的，是「寄向南方」：

你是夢火
是毀滅也創造的火
是呢喃的火　呻吟的火　歌唱的火　舞蹈的火
沒有什麼　除了那一簇火

把情人比喻爲「夢火」、「毀滅也創造的火」，已經把愛的力量描寫的夠強烈了；又讓這「火」從「呢喃」、「呻吟」，燒到「歌唱」、「舞蹈」，愈燒愈烈，怎能不將被愛的人熔化呢？此外，將「呢喃的火、呻吟的火、歌唱的火、舞蹈的火」用一行高高地堆起來，給人以不可抗拒的壓迫感。如果把這四小句平列排起來，便鬆散、軟弱無力了。這是詩人的匠心，也是藝術表現的極致。

死亡是可怕、恐怖的，在國人的觀念上，都是避諱唯恐不及；一般作家也是儘量避免的。但「玻璃人」中卻有許多關於死亡的描寫，有些是比較含蓄的、象徵的；有些卻是相當坦率，甚至泰然自若的。這也是胡品清女士作品的一大特色。

暝色漸濃
請爲我脫下芒鞋

白日在死亡中
我心亦然

——「絶對」最後一節

然後
泰然地
妳舒展十指
當純黑來臨

——「純黑來臨前」最後一節

啊！逝去，如一座猝然停歇的時鐘
頭腦充滿着思惟之河
心靈洋溢着繾綣之夢
如此的死亡卽是樂悅
無損於美，無損於人性尊嚴

——「時鐘」第三節

人生甚淒楚
死亡也不美麗
死亡不美麗
但是不變不易

——「病中的聯想之二」第二節

將不再有偽裝的驕矜或真正的
渴望
在一種絕對的坦率及單純中
將有另一種伴侶
荸薺蘿蔔或洋山芋
將和泥土如此密切
乃從而感知早已熟識死亡
且欣然以肥沃的腐朽
令花草滋長

——「病中聯想之一」第三、四節

「瞑色」、「純黑」、「猝然停歇的時鐘」，都是死亡的象徵。人雖然怕死，不願想到死亡，「死亡也不美麗」，但是，死亡卻是「不變不易」的存在，尤其人在病中，常會覺察到病與死亡爲近鄰，有時甚至會變成知己好友，自然不能不想到它。而且死亡也是人生的眞正解脫。因此，當死亡來臨時，詩人便以哲學家的態度，「泰然地」、「舒展十指」，放下一切愛戀、夢幻、煩惱和憂傷，「不再有僞裝的驕矜或眞正的渴望」；且將進入「一種絕對的坦率及單純中」。不僅如此，詩人更有高貴的情操，卽使死亡之後，還要「欣然以肥沃的不朽，令花草滋長」。這是人生的最高境界，也是詩的最高境界。人若到此境界，死又何憾！

在本文的第三段中，我曾說過：「玻璃人」全書在詩的情愫和風格上是一個帶有自傳性的，完整而不容分割的體系，只是「沈思時刻」含有較深的哲學意味而已。從以上對於作品的品介中，我想，讀者必已能領略其梗概了。

其實，在這本詩集中，有許多篇章，無不是詩人的自喻，像「她的畫像」、「盲者之春」、「樹」、「仙人掌」、「神話詩」、「罌粟花」、「玻璃人」、「碎瓶」……等都是，因篇幅關係，不再舉例。有興趣的讀者，不妨拿來對照一下。

至於其出入於東西文化的情思與自然綽約的風致，細心的讀者，必可從遣詞造句的文法與情韻中體會得出來，用不着一一明說。以下謹以「時間」一詩中的葡萄酒，回敬爲我們釀造酩酊的詩人，並祝福所有有愛詩的朋友：

時間

你揮動魔杖的巫師
你吞食一切的巨流
不可通融的劊子手
在你幻術的魔杖的觸及之下
一切美好都殘破
一切新鮮的變成腐朽
……
而我是萬有的反叛者
致力於你的暴虐之征服
以我的詩篇　以我的靈魂之顫慄
徒然　你悉心的破壞
徒然　你蓄意的摧毀
超越你的向你挑戰的愛戀我曾享有
我曾享有自己製造的無數春天
你的履痕將不能把他們淹沒

他們將被記載　活在永不褪色的篇幅裏
你的爪牙將不能揉碎我情感的花朵
他們將永遠繁開　在第五季
……………

六十七年十一月《西子灣》副刊
胡著〈另一種夏娃〉附錄

現代詩理論的探險

・評介李春生「現代詩九論」

現代詩理論的回顧

回顧臺灣三十年來的現代詩，不論從質與量的創作上，均有可觀的進步與收穫；唯獨指導創作的理論和批評，卻顯得十分貧弱。有之，則多半都是由英、日文中直接翻譯過來的「散論」，表面看來，好像是五顏六色，非常熱鬧，實際上都是各是其是，各非其非，零亂紛雜，不成體系。在這方面，給中國現代詩以體系性的理論指導的，首推前輩詩人紀弦和覃子豪先生。前者著有「紀弦詩論」（四十三年七月出版），後者著有「論現代詩」（四十九年十一月出版）。紀弦的基本理論是，強調新詩（當時還不稱現代詩）是「移植之苑」，新詩的本質是情緒，應具有建築的繪畫性，和以心靈去感覺的音樂性，以及採用沒有形式的自由詩形式。總之，不論形式、內容、技巧，都注重一個「新」字。發展到後來的「現代詩」，除繼續強調現代詩是「橫的移植」之說外，更主張所謂「主知」，強調理性，排斥感情，主張用機器的噪音寫詩，不給讀者聽覺的享受，影響所及，使現代詩形成一股晦澀、虛無的歪風，甚至連首倡「現代詩運動」的紀弦先生，也一度慨乎言之要取消「現代詩」的名稱呢。

與紀弦比較起來，覃子豪的理論，便比較合乎「中庸之道」，「溫柔敦厚」多了。他在四十三年擔任中華文藝函授學校詩歌班主任時，所寫的「詩創作論」中之「抒情詩及其創作方法」，和「詩的表現方法」，便是比較系統的理論。「論現代詩」中的「詩的藝術」，則是由前面兩篇論文發展而成的，一套具有完整思想體系的詩的藝術論。其中討論的層面甚廣，包括什麼是詩？詩的本質、形態、形式、音樂性、意象、意境、境界、語言、風格、象徵、奧秘、意味、飽和點、朦朧美、單純美、繁複美、深度、廣度、密度等二十個問題，諸凡詩的各種要素和表現方法，無不兼顧。而其析論之既具現代本質、現代精神，又兼有中國本體文化的中庸之道，尤為一味崇尚西洋，唯西洋詩觀馬首是瞻的過激份子，或只知抱殘守缺，不知革新前進的保守之士所不及。覃子豪的某些觀點，和紀弦的主張比較起來，便大異其趣。例如紀弦主張「橫的移植」，覃子豪便持保留的態度，認為外來的影響只能作為部份的營養，必須經過吸收和消化，是一種嶄新的「蛻變」，而不是原封不動的「移植」，對於紀弦的「主知」論，覃子豪尤其反對，他在「抒情詩及其創作方法」文中，固然說過：「詩的特徵，就是在於抒情，詩如果沒有抒情的成份，也就沒有了詩的本質。」卽使在「論現代詩」中，亦堅認：「詩無論進步到如何程度，抒情不會和詩絕緣，除非人類的情感根本滅絕。」有關覃子豪先生的全部理論和創作，筆者在「『覃子豪全集』介評」一文中，有比較詳細的介紹，本文只能約略提及。

有關現代詩理論體系的建設，嚴格來說，是一種從無到有的創造，有如登山潛水尋幽覓勝的探險，其不辭艱險的開拓精神，自爲後學者所敬仰。紀弦和覃子豪兩位前輩詩人，對中國現代詩理論的建樹，應該是功不可沒的。他們的理論觀點，取捨好惡，容有不同，但他們所持的基本理論，仍然都是來自歐美的各種學術流派，加以中國現代生活、現代精神的體認。而根本上，以中國傳統的學術思想爲根幹，吸收西洋詩的長處爲枝葉，爲中國現代詩樹立新的思想體系的，則是李春生的「現代詩九論」。

李春生的寫作經過

李春生，山西垣曲人，高雄師範學院國文系及師大暑期研究所畢業。李氏寫詩很早，十六歲在故鄉讀中學時，便在報刊上發表新詩。來臺後，三十九年，以李加、李莊、李萌、李子、李青等筆名，在各報刊發表詩作。曾主編「東海」、「詩播種」詩刊和「臺東青年」。也曾列於紀弦的現代派門下，為現代詩「衝鋒陷陣，搖旗吶喊過一陣子」（語見「現代詩九論」第一章）。五十五年與散文家林玲女士結婚。結婚之前，李春生曾為林玲寫過二百零八首情詩。後來，林玲在一篇紀念他們結婚十週年的文章中，曾說：「永健！與其說當時我嫁給你這個『人』不如說我是嫁給你的『詩』和『文章』。……我深深地喜歡看你為我寫的那二百零八首小詩，以及那厚厚的每日一信。」（詳見六十六年十二月「新文藝」月刊二六一期，林玲的「第一個十年」。文中的「永健」，為李春生的別名，筆者六十三年七月間，到屏東去訪問這一對詩人作家夫婦時，談起他們的戀愛，便曾有幸拜讀過那二百零八首令人陶醉的小詩。筆者曾建議他們合出一本一日一詩的情詩選，一定可以令萬千青年讀者大開眼界。他們也認為蠻有意思。可惜，至今還沒有出版。

由於五十年前後，現代詩運動的混亂，招致讀者的不滿，甚至連現代詩的不少作者也感到徬徨失措，而放下了詩筆。李春生便是其中的一員。這也就是詩人所謂「十年面壁」的開始。

六十三年元月，在葡萄園詩刊南部詩友新春聯誼會中，筆者和詩人李春生初次見面，因聽到他對現代詩時弊的批評，十分客觀，乃正式請其為葡萄園詩刊寫稿，這才觸動了他撰寫「現代詩九論」的動機。不過，因為李春生為人謙虛，認為那只是他「十年面壁」之後，對於現代詩的一些看法和意見，稱不上什麼嚴肅的理論。因此，在六十三年十月葡萄園詩刊第五十期開始連載時，它的題目是：「一個遊民的看法和意見」，並且「兼為葡萄園新詩明朗化的倡導箋註」。

在這裏，筆者有三點補充性的說明：

第一、李春生雖然很謙虛地說，他「十年面壁」，等於是詩壇的一個「遊民」，對於詩的見解，只能說是一些「看法和意見」。但就其立論的廣度和深度，組織體系的完備來看，實在是一部體系完備的詩論。所以當六十八年五月在葡刊六十七期連載完畢，正式出版單行本時，經筆者的建議，便定名爲「現代詩九論」了。

第二、這部長篇詩論，在葡刊連載時，雖然副題是「兼爲萄萄園新詩明朗化的倡導箋註」，但綜觀全文二十幾萬字，談及新詩明朗化的，也只有第七章的「晦澀與明朗」一篇而已。窺其用意，也許是想如何導引中國現代詩走向一條健康和諧的道路吧？正如作者在序文所說：「我在這一本書中，不僅僅只替『葡萄園』新詩明朗化的倡導，怕人誤解，而作了箋註；更重要的是，我也大聲疾呼地爲現代詩的難懂以及一些前衛的詩社作了辯護。我無意偏袒任何詩社，任何詩派。因爲千載以來，走向眞理的路只有一條。」

第三、李春生在葡刊發表這一長篇詩論的同時，正是他白天教書，晚間在師院進修的時候，有時還要兼爲南部的「大海洋」和「山水」詩刊寫評論。由於三頭馬車，日夜夾攻，精力透支過多，以致六十五年三月二十二日晚上，在高雄師院上課中，高血壓突然急劇上升，當晚雖勉強搭車返回屏東家中，但一進門只說了幾句話，便昏迷過去，不省人事了。多虧其夫人林玲臨事沉着，將其送往屏東空軍總醫院急救，昏睡三天三夜之後，才醒轉過來。出院後，不少朋友都勸他暫時休學和停止寫作，李春生卻不爲所動，而終於完成了學業和詩論的巨著。這種鍥而不捨的精神，更令人敬佩。

「現代詩九論」的基本論點

李春生的「現代詩九論」，共分九章，大約二十三、四萬字。第一章「獨白」是敍述該書寫作的緣起，前文已略述及，不再重複。其基本態度是，不願「東施效顰」，一味西洋文學理論馬首是瞻。其章末引證禪宗秘證論的過程爲「見山是山，見水是水；到見山非山，見水非水；再廻歸到見山是山，見水是水。」懸示其寫作「現代詩九論」所欲達到的境界。

第二章「文學與邏輯——詩與邏輯」。作者引莊子天運所說：「……夫迹，履之所出，而迹豈履哉？」解釋文學與邏輯的關係，如同腳與腳印，「腳印是腳走出來的，但終究不是腳的本體。」指出：「邏輯是思維的方法，而不是思想的本質。」再從人的意識先於語言文字的存在，語言文字又先於語法文法的存在，得出邏輯、文法可以在詩中存在，但不可絞殺詩的生命的結論。

一般責難現代詩的難懂，多半是說現代詩的表現甚多不合邏輯和文法之故。李春生在本書的基本論中，一開頭就先討論文學與邏輯——詩與邏輯的關係，乃是在理論上反駁批評的不能成立，同時也間接地論及詩的本質的超越性。

第三章「詩底本體」。詩的本體是什麼？在本章中並無正面的、具體的說明。作者只是透過老子以「無」，莊子以「始」，暗示詩的本體乃是超越一切的「性靈」。由於作者引用了許多老莊和禪師的言論，讀來難免有「玄」不可及的感覺。不過，作者的用意，則是非常明確：企圖借禪的方法，將橫移的現代詩，接枝於中國傳統文學的主幹上，使之與中國傳統成爲血緣的流通，以吸收中國傳統的營養，成爲中國文學的奇葩。

第四章「詩境與禪境」，是「詩底本體」的補述，目的在闡明詩境與禪境相通相異之處，以禪的妙悟，打破邏輯的死結，將幾十年來由西洋船來的現代詩，整個的接枝於五千年文化中優良的傳統。這種苦心，不可謂不深。

第五章「詩底形式」。作者從文學的發展與進化的過程來看，借杜威的「教育就是生長」的觀點以喻詩，推演出「詩就是生長」，「詩就是詩」。由「詩就是詩」，推論到「詩底形式，就是詩底的形式」，又自然而然回溯到文學的起源和詩的起源。從詩由文字而定形，廣涉到中國詩的韻律和形式的成長，以及圖象詩的發展與批判。結論是詩的形式是不能固定的，應視內容的需要而調整，不可削足適履，如果形式被固定，「無異宣告了現代詩的絞刑」。

第六章「詩底表現」，是純屬寫作技巧的討論，作者借以詩喻禪和以禪喻詩的異趣，強調「禪師們所啟示於弟子的『悟』，是一條獨往的單行道」。而「詩人們所啟示於讀者的『悟』，則爲條條道路通羅馬的眾多之路。」，因此，對於詩的語言的斷與連，詩人在寫作時便不能不有所節制，否則，走火入魔，專以「撲朔迷離」是務，牛頭不對馬嘴，也就了無意義，等於「把詩送上了絞架」。

至於「詩底表現」，應分三個層次：卽意象的浮現，意境的組合，境界的昇華。而何謂意象？意象如何浮現？何謂意境？意境如何組合？何謂境界？境界如何昇華？作者均有詳明的解說和舉證。

第七章「晦澀與明朗」。作者認爲：「如果不是作者故弄玄虛而創作出一些令人莫測高深的贋品來，何謂的晦澀，就詩的本質來看，是不應該存在的。」因爲「一首成熟的偉大的好詩，其必然是超越的，而不能以晦澀與明朗加以界定其範圍，侷限其意義的！」因此，「明朗的詩，是基於表達的需要，而適度的，恰到好處的使用了積極修辭的結果。」而「艱深難懂的詩，亦是基於表達的需要，而不得不過度的，大量的，且更具創造性地使用了積極修辭的結果。」至於那些雜亂無章的所謂「晦澀」之作，作者則斥之爲「絕對不是詩」。

對於葡萄園詩刊所提倡的新詩應走明朗化的道路和傳統的繼承，作者則予以正面的肯定，認爲是現代詩時弊的針砭。

第八章「現代詩的路向」。作者從中國文字所特具的形體美、音韻美、意義豐的優越性，形成中國傳統詩的特有風格，和五千年純詩的豐富遺產，成爲現代詩吸取不盡的營養。相反的，現代詩揚棄傳統，割斷傳統，大力模仿西洋詩的形式，造成中國詩壇的雜亂和紛歧，令人可悲。所幸，近年來詩人們都已覺醒、回頭，體認到中國傳統的偉大。移植的花朵，必須植根於中國傳統的泥土，才能發榮滋長。因此，作者乃發出：「現代詩的氣根，必須觸向西方，觸向世界！現代詩的主根，卻必須紮進傳統，紮在中國的泥土！」的呼籲。總之，「現代與傳統結合，是一切藝術今後必須努力的方向。」現代詩亦然。

第九章「建議」。詩人認爲：

「現代詩人是孫悟空，會七十二變！」

「現代詩人是齊天大聖，會駕十萬八千里的觔頭雲！」

「但是，一如孫悟空，仍然跳不出如來佛的手掌心，現代詩人何能脫離傳統而自立門戶？只有在傳統大佛的寶座下，靜心修持的現代詩人，才能修成大聖正果，創造現代詩的不朽，現代詩的永恒。」

基於此，作者乃誠懇地向我們的詩壇、詩人、詩評家、讀者等四方面，分別提出了共同促進現代詩發展的建議。

結語

以上所述，本想以攝要發微的方式，把「現代詩九論」的基本論點介紹給讀者，但因本書內容浩繁，筆者才疏學淺，恐怕連要點中的要點都未必介紹了出來。這是無可奈何的遺憾。

把西洋的現代詩理論，直接翻譯成中文，只要具有外文的相當學養，似乎不算太難的事。在臺灣詩壇上，直接譯自英法的詩論，五花八門，應有盡有。甚至經由日文譯介英美法德各國詩論的，也大有人在。能將西洋的詩論加以融會貫通，形成一套新的理論體系的，除前述之紀弦、覃子豪之外，亦不多見。尤其，純以中國傳統學術思想爲基礎，賦以新的意義，爲中國現代詩提供一套嶄新理論體系，提出現代詩接枝論者，李春生應是第一人，亦是一位集大成者。文中所引的學術理論和詩例，不下數百條之多，其涉獵的深廣，搜證的豐富，體系的完備，均爲本書的特色，亦爲許多論者所不及。筆者因對本書在發表和出書的過程中，先後閱讀不下五次之多，深感「現代詩九論」也許尚未到達登峯造極的地步，書中的某些觀點，也許仍有值得繼續商榷的地方，但毫無疑問的，在現代詩理論的探險中，它是一部開拓新境界，邁向新里程的巨著，值得我們稱美和敬佩。

七十年五月六日《西子灣》副刊

多少深情多少愛

·簡介林玲散文集「第一個十年」

多少年來，我一直有個習慣，就是翻開任何報刊雜誌，總是先閱讀那些熟朋友的作品。最近，收到在屏東執教的女作家林玲的散文集「第一個十年」，看到那些在各報刊上發表的作品，變成一本嶄新的集子，好像看到許多流浪在各個不同角落的朋友們，突然回歸到一個家庭似的，內心頓生一份抑制不住的高興。甚至重讀那些往日已經讀過的作品，也有一份祝福的喜悅。因此，我十分樂意以最誠懇的態度，把我非常喜歡的這本散文集「第一個十年」介紹給讀者朋友們。

臺北女師和屏東師專畢業的林玲，是浙江樂清人。十歲時隨父母輾轉來臺，自小便受過許多別人不曾受過的苦難。十五年前，和詩人李春生因文學緣而相識、相戀，最後步上結婚的禮堂，成爲一對夫妻檔的作家。現在，林玲不但是一位優秀的教師，一位擁有三個子女的母親，一位把家事做得井井有條的主婦；而且也是一位有着多方面才華的女作家，她一面寫小說、散文，一面也從事新詩和兒童文學的創作。六十五年，曾以小說「稻穗彎腰時」，榮獲文復會頒贈小說金筆獎；本（七十）年度，復以一篇自傳性的小說「陰影」（已在六月三至五日的「青副」上刊出），贏得青溪文藝金環獎小說類第一名。她的兒童文學和兒童詩，也曾分別獲得臺灣省教育廳和洪建全兒童文學基金會徵文比賽的入選。她的散文寫得同樣精彩、生動、感人。記得，數年前，我在「明道文藝」上讀她的「八個昨天」，讀到她家庭被鬥，頻臨斷炊，母親帶着她上山砍柴，把手指砍破，鮮血直流，只能用土塞傷口，不願讓母親看見，終於仍被母親發現，那種母女連心的親情；和初到臺灣時，從小學四年級起，一直到初中畢業，考上高中止，每個星期假日，不論風吹日晒，提着一籃小鷄，站在菜市場的一個角落裏賣小鷄的情形，都曾使我感動得流過眼淚。

其實，喜歡林玲散文的，相信還大有人在。我曾做過一個小小的統計：在「第一個十年」的十八篇作品中，除了「蓓蕾・蓓蕾」和「傘中世界」兩篇，沒有註明發表的刊物名稱之外，其餘十六篇作品，發表於中央月刊和新文藝月刊的各佔四篇，明道文藝三篇，中華文藝二篇，婦友月刊、文藝月刊、小說創作各一篇。而編輯老爺們，大多都是「眼高心狠」而又「極端現實」的，如果你的作品火候不夠，無法得到讀者的青睞，他是無論如何也不會替你發表的。如果你寫的好，生動，叫座，編輯老爺自然是笑逐顏開，非常歡迎的。林玲的散文有那麼多高水準的文藝刊物發表，自有其博得編者讀者喜愛的魅力。

細讀「第一個十年」，我發現林玲的作品有一個共同的特色，那就是質勝於文的眞實性。具體地說，她所敍寫的每一篇作品，幾乎都是屬於個人、家庭，及其週遭的生活。譬如：「第一個十年」、「八個昨天」、「八八・爸爸」、「掠影」、「蓓蕾・蓓蕾」，便是寫的家庭生活，倫理親情；「依然是雨」、「傘中世界」、「小別」，寫的是兒女私情，夫婦之愛；「臺北行」、「寄」、「我家牛肉麵」、「好個嘉蘭村」，寫的是同學朋友之間的友情；「恩師・師恩」、「永恒的火種」，寫的是永難忘懷的師恩，其中至少提到過高雄鼓山國小的侯玄英老師，宜蘭光復國小的林鏡鎔老師，臺北女師的鄭雷夏老師，五十六年榮獲教育廳頒獎的王錫奎校長等；「生命的旋律」，比較特殊，是一篇自傳性的小說，或者說是帶有小說色彩的散文，描寫的是對於生命的鍾愛，和對病魔的苦鬥，字裏行間流露的，則是夫妻相愛的深情。這是內容方面的特色。

林玲的文字，具有很深的感染力，在有些篇章段落中，甚或不時流露出相當感人的震撼性。前文，我已提到過，我第一次在「明道文藝」上讀她的「八個昨天」，便曾被感動得流過眼淚。其實，她的文字是非常樸實的，她從不用華麗的辭藻來渲染文意，只是平平實實地把事物敍述出來罷了。只是因爲她所敍述的事物，早已深深地契入她的心靈的深處，所以在敍述的過程中，筆端便會自自然然地揮灑出濃濃的深情，而叩動人心，引起共鳴。以下是「掠影」中的幾個小節：

十月懷胎，是我把生命給了你？還是你延續了我的生命？唯一可以肯定的是：我們的關係，將從此綿延不絕，直到我們都看不見的世世代代。

孩子，許多時刻裏，我都在盼望你能快點長大，翅膀硬朗之後，飛得越高越遠越好。但又有許多時刻，我害怕着：那一天要是真的來了，我能不落淚嗎？

孩子！媽愛你。但有許多時候，有許多愛，我不能把它寫在臉上；更不能把它付諸言語，只能默默地把它深藏心底。直到你開花結果的日子，媽將把快樂畫在臉上。

不知道是誰說過，散文的美，不在於旁徵博引和華麗的辭句，而在能把心中的情思，乾淨俐落的表現出來。林玲就是這樣，她的散文，既不吊書袋的花招，也不賣弄辭采，只是誠誠懇懇，而又溫溫婉婉地，把她心靈深處的話語表達出來，卻能給讀者以深深的感動。

七十年七月十七日《西子灣》

廣東牛肉麵

·讀沙穗散文集「小蝶」

在臺灣，詩人兼寫散文，而且卓然成家的，有余光中、胡品清、楊牧、羊令野、王祿松、張拓蕪等。其中，張拓蕪「代馬輸卒」一砲而紅之後，更是棄詩而成專業的散文作家了。在年輕一代的作家中，寫詩又寫散文，表現不凡的，沙穗是其中之一。

年前，收到沙穗新出版的散文集「小蝶」，囑我寫幾句批評。剛巧，寒流來襲，我這個氣象臺式的過敏性鼻子，便假感冒眞頭痛起來。身爲教師，白天在學校，不能不上課；晚上回到家裏，卻再也打不起精神了。以致放在案頭的「小蝶」，也被我冷落了七、八天之久，實在抱歉。

新年假期三天，吃飽睡足之後，假感冒眞頭痛的老毛病，居然不藥而癒，這才有精神坐下來展讀沙穗的「小蝶」。因爲在我心目中，沙穗是一位標準的「情種」（君不見沙穗的第二本詩集「燕姬」便是以其夫人的名字命名的），所以開始時，我就先挑選「我的戀曲」、「從新婚到木婚」、「別後三日」等篇來閱讀，目的是想看看這位「情種」到底癡情到什麼程度？結果，當我讀到——

中午水淼請我們在「美的餐廳」吃飯，用餐時我把平日「狼呑虎嚥」、「秋風掃落葉」的動作都收斂了。當侍者端上一碟「冬筍炒肉」時，我說：「蘇東坡最愛吃這道菜。」「你怎麼知道？」饒燕姫用那雙迷人的眼睛看着我。「因為蘇東坡說：無竹令人俗，無肉令人瘦，若要不俗又不瘦，頓頓冬筍炒肉。」我也不知道記得對不對？順口就說出了。……我自認這餐飯我表現的還不錯，但這餐飯我也沒吃飽。要風度就要餓肚皮。（「我的戀曲」）

結婚前夕那個晚上，在新新飯店，小燕她母親對我說：「明天我就把小燕交給你了。我相信你。」然後她把我的手和小燕握在一起。我不知道該說什麼才好？只跟着小燕對她喊了一聲「媽」。平時我自認臉皮很厚，不知為什麼此時卻覺得喉嚨像被什麼東西堵住，喊得很不自然。但我的態度是誠摯的，雖然我沒有回答她什麼。我對她的感激相信她一定看得出來。

她的眼裏也閃爍着淚光，不知是喜悅還是哀愁？如果是喜悅一定是因為小燕有了歸宿，若是哀愁定是捨不得這個既乖巧又會撒嬌的女兒。

「麻豆和屏東又不遠，文旦和香蕉運來運去的。再說，嫁的是黃秀才，又不是馬文才。你哭什麼？」一向風趣的岳父開口了。年輕時在大陸他也寫過詩，難怪一開口就詩意盎然。（「從新婚到木婚」）

想去理個髮，吹吹風，免得燕姬回來說她三天不在，我就蓬頭垢面了。我一向都在本單位的理髮部理髮，而今天星期天，理髮部不開放，在市區找了半天，到處都是「超級理髮廳」，考慮結果，摸摸口袋，還有五張百元大鈔，有五百大元壯膽，我就開個「超級洋葷」，進去見識一下吧！

一進去我就嚇了一跳！這那是理髮廳？簡直是皇宮嘛！高級壁紙、吊燈、地氈，還有立體音響和一羣濃裝艷抹的理髮小姐，我擔心身上這五百元怕保不住了，正轉身想溜，但已經遲了，一個五號小姐已經把我的「鴨舌帽」掛在衣架上，老板娘也替我點了煙。

……等到刮臉時她（理髮小姐）低聲問我：「要不要馬殺鷄？」我假裝沒聽到，但她可不管我聽到沒有繼續的說：「一節四百元，四十分鐘……」我一聽臉都綠了！心也差點跳出來，這簡直比大學教授的鐘點費還高，我那「殺」得起？就算我捨得把五百元家當全「殺」光，萬一正殺得天昏地暗運氣不好碰到警察臨檢，逮個正着，明天上了報，丟人現眼不說，搞不好把飯碗都砸了，那就殺得我鷄犬不寧，日月無光了。

「我不殺！」我緊張的大叫，鄰座的幾個客人和髮姐都笑起來，我才發現自己失態。五號小姐見我是個「柳下惠」，也沒再勉強我，只替我隨便吹吹風便罷了。（「別後三日」）

我禁不住地被這眞摯、活潑、幽默風趣，而又充滿着引人入勝的文字魅力所吸引，不時地發出會心的微笑，想不看下去已經不可能了，眞是欲罷不能，乾脆，索性從頭看起，從張默的「序」，到作者的「後記」和「寫作年表」，一字不漏地看了一遍，像吃「廣東牛肉麵」一樣，看得十分夠味，十分過癮。

讀完「小蝶」的二十八篇作品，我發現沙穗在現代詩人中，的的確確是一位難得的「情種」，在全書二十八篇作品中，除了「金箭小姐」、「巧巧假髮」、「雅座」、「夢夢冰店」等四篇小說式的散文，沒有其夫人饒燕姬的影子之外，其餘二十四篇，不論寫其婚前流浪、窮困、落魄的日子，得意和失意的羅曼史，或是婚後安定、幸福的生活，沒有一篇不寫他的「小燕」或「燕姬」的，即使像「小蝶」、「風鈴」、「等」、「人在旅館」等篇與其夫人全然無關的作品中，作者也會突然以神來之筆，聯想他現在的妻子。在「小蝶」一文中，作者寫他在馬公服兵役時，因在海邊拾貝殼而結識了一個叫「小蝶」的女孩，那女孩非常純潔可愛，在離別的前一天晚上，他拒絕了小蝶的「奉獻」，讓她「保留一生中最珍貴的」。作者在該文結尾時說：

一晃十年了。雖然結果我沒有娶到李燕姍，但我還是認為當初我對小蝶的原則是對的。因為那個原則使我對得起我現在的妻子。（「小蝶」）

在沙穗的筆下，愛情第一之外，友情也是至上的，他在許多篇中，都曾一再地提到幾位少年時的同窗和寫詩的好友，如連水淼、連石雷、陌上塵、吳晟、張默等。他隨時都不忘，要在他的筆下，彰顯珍貴的友情。這也是一種難能可貴的品質啊！

沙穗在這本自傳性的散文集中，也從不掩飾自己曾經有過的失敗和痛苦，但即使在「最長的冬天」、「我們去看雲」、「投靠一個人」等文中，敍述他住在樹林鎮的小木屋中，度過最長的冬天，忍受過窮苦、落魄，甚至被人奚落的傷痛，但他卻從來不曾悲觀過。他藉着他的小燕姬的話說：

「投靠一個人，不如投靠一堆書。」

「你什麼也別管，只要讀過這個冬天，春天就在這些書的最後一頁，你一定可以讀到。」（「投靠一個人」）

「南北一把刀」，是作者寫他和新婚妻子效法司馬相如和卓文君當年在成都賣酒的故事，而在屏東安和醫院對面開「南北小吃店」賣麵的情形，眞眞假假，用不着去考證，原籍廣東省東莞縣的沙穗，「請母親大人燉好一鍋牛肉備用」的牛肉麵，是紅燒辣味？還是醬油蕃茄加糖的甜味？在下不知道，不能亂蓋。只是讀完「小蝶」全書之後，我倒眞的有着吃了一餐營養豐富味道甜美的「廣東牛肉麵」的感覺呢。

七十二年元月二十九日《西子灣》

「大黃河」、「黑洞」、「長江」

・評白靈的三首長詩

白靈，一年兩個第一名

六十八年，白靈以「大黃河」和「黑洞」兩首長詩，分別贏得國軍文藝金像獎長詩銀像獎（金像獎缺），和時報文學獎敘事詩獎第一名。對於白靈在一年之中，同時獲得兩項長詩第一名，不知底細的人，一定會感到突然而驚訝，以爲白靈是詩壇突然出現的彗星或黑馬！實在，白靈的得獎，絕非倖致，而是長期努力創作的結果。

白靈，本名莊祖煌，福建惠安人，民國四十年生。六十三年臺北工專化工科畢業。在校時，即酷愛文學，六十二年參加暑期文藝營，就曾獲得新詩寫作比賽第一名。六十四年八月加入葡萄園詩社同仁行列。六十五年榮獲全國優秀青年詩人獎。六十七年受聘主持耕莘暑期寫作研究班。同年十一月與女詩人夏婉雲結婚。六十八年六月出版詩集「後裔」。在此之前的三年中，白靈白天在他的母校臺北工專任助教，晚間又在師大美術系研究繪畫和雕塑。六十八年暑假中，先後完成「大黃河」和「黑洞」兩首三、四百行的長詩而獲獎。六十九年元月赴美留學。

「大黃河」雖是六十八年暑期的作品，實際上，這首詩在作者心裏的醞釀，應該是很久很久了。白靈在其詩集「後裔」的「後記」中，就曾流露過他的心意：「百年來的中國應該有很多見證以詩來唱，因爲有太多血像黃河的河水在黃土高原在黃皮膚下急需宣洩。」

「大黃河」和「黑洞」得獎後，曾於六十八年十月十日，和六十九年三月六日，先後在「聯合副刊」和「人間副刊」，以橫貫全欄的整版篇幅隆重刊出，給詩壇帶來了兩次「全壘打」的震撼，喜愛新詩的讀者朋友，想必都還記憶猶新吧？

「長江」的作者是誰？

至於「長江」一詩，讀到的人，可能不多；即使讀過，作者是誰？恐怕也不一定知道。這裏，容先把謎底揭開。

「長江」一詩，刊於六十九年十二月一日「中國風」雜誌的創刊號上，詩長二百六十行，作者姓名不詳。但從其「前言」及「本詩」中，知道作者「身在異國」。編者在刊出「長江」原文之前的按語中說：「國軍文藝金像獎長詩評審委員選出壞作品，淘汰好作品，『長江』一詩，是被淘汰的好作品之一。編者為使好作品不被埋沒，特先在本刊發表。因不知作者姓名地址，無法取得聯絡，希望原作者看到本詩，卽與本刊聯絡……」

「中國風」的編者，並非不學無術的泛泛之輩，而是曾經以一千二百行長詩「革命之歌」，榮獲第一屆國軍文藝金像獎長詩第一名的詩人古丁。古丁不但是一位傑出的詩人，也是一位卓越的文學批評家（他的「新文藝論」和「截斷眾流集」可資證明），他對作品優劣的評鑑，自有卓越的見解。

然則，古丁又如何獲得「長江」的原稿呢？據我所知，古丁曾經應聘擔任六十九年國軍文藝金像獎長詩評審委員，負責初審工作。為了不使好的作品被埋沒，他在評審過程中，曾將若干好的作品影印了下來。「長江」一詩，卽是其認為應該得獎的最佳作品之一（古丁在第二十八期的「秋水」詩刊中，對「長江」有一段精闢的評論，容後再引）。由於七十年元月二十七日，古丁車禍辭世，「中國風」只出了兩期，便被迫停刊，「長江」的作者是誰？停刊了的「中國風」，當然沒有交代。

六十九年十二月二十五日，我和葡萄園詩刊發行人王在軍兄，詩人藍俊、夏婉雲等，參加詩人流沙（吳思鍾）的婚禮。證婚人是名小說家司馬中原。席間，因為司馬中原夫人談起某報社的徵文比賽，話題轉到了古丁在「中國風」上爲「長江」鳴不平的事，我說，「長江」以賦爲喻的表現手法，和白靈的「大黃河」中龍的形象的刻畫，堪稱媲美之作，古丁能把「長江」發掘出來，可說是功德無量，可惜，不知道作者是誰？這時，一直默默傾聽大家談論的夏婉雲，才不勝驚訝地道出，「長江」的作者就是白靈！因爲夏婉雲是白靈的夫人，六十九年七月，曾利用暑假赴美探視白靈，知道白靈寫過「長江」，並以此詩參加六十九年國軍文藝金像獎而落選，卻不知道「中國風」已將該詩刊出，編者，也是評審委員的古丁，並爲「長江」的被淘汰而大鳴不平。這是詩壇的一項秘聞，葡萄園詩刊七十二期的「詩壇動態」中，曾經披露過。

「大黃河」，中國的神龍

至此，我們已經確知，白靈在六十八、六十九兩年之中，共創作並發表了「大黃河」、「黑洞」、「長江」等三首長詩。本文擬就其藝術表現，予以個別和綜合的評述，以探討其寫作技巧的異同。現在，先談「大黃河」：

「大黃河」分爲：緣起、聯語、序詩、本詩、小註等五個部份。「緣起」一千五百字，是說明中國博大精深的文化發源於黃河流域，中國的興興衰衰，都和黃河結下了不解之緣，是以中國的歷代詩人，都視黃河爲神秘的龍，爲中國的精神表徵。它可以造福，也可以爲禍。它永不服輸，永不屈服。水能載舟，也能覆舟。中國人的血液裏便流着「黃河之水」的本性。因此，出生在臺灣的作者，雖然一生都沒有見過黃河，仍然忍耐不住，要寫「大黃河」，歌頌中國的神龍。

在「緣起」之後的「大黃河」題目之下，作者題了一副聯語：「萬千詩詞文章沾你的水寫就，引領風騷；億兆黃種子孫飲你的神長成，奔流四海。」聯語是中國詩歌的別枝，在此，用以暗示本詩的主題，和引用前人的詩句用意略同。

「序詩」有三節。第一節如下：

有一條河
血液屬於黃色系統
彩度比金淡
性情比火焰安定
這種顏色，與廟宇的琉璃瓦
新春的長龍，類似
與兩岸泥土，相當接近
與你我的皮膚，幾乎雷同
一條河，幾萬年來一直堅持

黃種

其中「新春的長龍」的「龍」，是本詩的主意象。「一條河，幾萬年來一直堅持/黃種」，也暗含了詩的主題。第二節寫黃河的奔流咆哮，帶給人們的夢想、希望和安慰。第三節寫作者對黃河的渴念，感情眞摯而動人：

一條河
一條在對岸不在我跟前
　屬於歷史不屬於我的記憶
一條沒有水依然潤濕我
　沒有顏色依然輝煌我
　沒有聲音依然澎湃我的長河啊
在黑綿綿的一大片土地上
躲着，不敢看我
……

「本詩」共十四節，二百八十行。這是全詩的重心，作者有多少本領，必須在這裏施展出來，才能贏得喝彩的掌聲。

在第一、二節中，作者以「夜裏仰觀星空」，肉眼可見的五千顆星球開始，聯想到那看不見的千億顆的星子，宛如人體中一粒粒的細胞，分子，電子，雲雨，河流，一切都在「動」，以及河流兩岸「多少子民生來，死去」，如河水，「不舍晝夜」。初讀至此，這兩節似覺多餘，但是，如果把它刪掉，全詩雖仍完整，卻缺少了「動」的象徵的根，對後文的「動」，也就失卻了依據，當然不妥。

但純就閱讀來說，本詩的眞正展開，是自第三節開始。試讀原文：

不舍晝夜
日日，日日黃河
以一億立方公尺的水量流去
日日，白雲千朵萬朵
在遠方誕生，從渤海灣
逆河而上，逆河而來
看一條柔柔，柔柔

卻金閃閃的黃種手臂
伸進中國，怎樣伸進中國
穿過魯、冀、豫、陝
穿過平原高原
穿過沙漠
不舍晝夜
千朶萬朶白雲逆游而來
沿路指指點點
看這隻手臂的拳頭
怎樣在中國的深處張開
怎樣緩緩張開掌中的秘密
緩緩，拇指食指中指無名指以及
小指們，啊，千隻萬隻千隻萬隻
看千隻萬隻手指怎樣運氣
怎樣施展內功
深深，深深地插入中國

插進千巖萬壑
啊，終於扣住中國偉峻的肩膀

用「逆流而上」的手法，從渤海灣向上描述，將黃河比喻爲「黃種手臂」，將黃河的許多支流，比做千萬隻「手指」，用「運氣」「內功」純中國的方法，「插入中國」，「扣住中國偉峻的肩膀」。手法新穎，富有創意。

第四節寫黃河的發源，自「終於，傳來一聲驚叫／自遠遠的崑崙山脈，巴顏喀喇／自噶達素老峯／啊，一聲美麗的驚叫／瀑布一樣的掛下／——轟／一呼百應／大川十數，中川百數／支流細港，千萬無名小水們／中國的點點滴滴／都奔騰而來，奔騰而下！」向龍門，向渤海奔去。

第五至九節，從黃河帶給中國的歷史文化生活藝術，以及黃河本身的發展變動被治受難等，多種層面上敍寫黃河史不絕書的輝煌與苦難。直到第十節，才筆鋒一轉，以沉痛的語調，寫出黃河現實的災難：「而如今，隔海竟已不聞／槍桿子排在兩岸／三門峽劉家峽兩壩擋住／聽說黃河就已服輸／沉沉，潛潛，黯黯，誰知？／唐山地震一夜，六十萬具屍橫／紅十字會欲往救助／『不必！天助自助／除了人造衞星，誰都不許看』」。明寫黃河的災難，暗喻大陸人民的悲苦。

最後四節，寫大陸人民的反抗活動，像無數的溪流，不只是「一顆顆的人頭」，像黃河之水，「滾出了赤地」。再也不肯回去，而是「從前八億條心像八億條小溪／條條被槍桿子抵着，不敢交流」，「從前不敢動的，現在都慢慢／慢慢走向中南海／喊餓，喊餓」，「在西單民主牆下／交流，探索」，無數條小溪，終將滙成奔騰的巨流，「像黃河當年，下了崑崙山脈／坐在龍門口，坐在山崖的邊邊／向四方觀看，向下看／向河南河北看／向山東山西看／向渤海灣遠望／要找一個方向，像滿天星雲／湧到銀河的渡口，等待／潰／決」！作了暗示性的結束。

值得特別提出的是，本詩從頭到尾，貫穿着黃河卽龍，龍卽黃河的主意象。而且變化多端，從「黃河，中國的胎盤、子宮／臍帶！中國最最具體的『動』／中國黃金閃閃的龍啊」，「愛像新春的舞龍」，「愛動的龍」；到「怒啊，動怒激怒狂怒暴怒的黃河啊／一條潛龍跳下龍門再不回頭／再也不回頭的黃河啊」；到「而黃河，而龍啊／中國最神秘最雄壯最撼人的龍啊／終不肯藏形，不肯就擒，終不肯！」黃河與龍已經合而爲一，成爲中國和中華民族英雄不朽的象徵了。因此，詩歌神龍的大黃河，也就是詩歌神龍的中國和中華民族的偉大與不朽。

其次，本詩從頭至尾，也蘊涵着「動」的哲學，從萬物、星雲，到河流，一切事物的成長，「都因爲動」，不舍晝夜的動，而產生「動則變，變則化」的新生命，不但使詩的結尾「等待／潰／決」，成爲自然、必然的發展，而且也暗示出新的局面的必將到來。這就是間接表現的藝術。

至其在敍事過程中，虛虛實實，急急緩緩，穿插交錯的靈活手法，也頗可取。爲了篇幅，不再例證。

如果硬要挑剔的話，結尾數節，在語言表達上，略嫌鬆散平凡，而不夠精彩。這也許是一般應徵作品，爲了趕截稿的時間，而倉促下筆的共同缺點吧？

「黑洞」，死亡的象徵

「黑洞」的副題是「記天安門事件」。內容包括緣起、前言、序詩、附註等五部份，在架構上，和「大黃河」略同，只是以「前言」代替「聯語」而已。

「緣起」約一千五百字，略謂：一九七六年四月五日清明節，北平五十萬羣眾，齊集於天安門廣場，以悼念周恩來爲藉口，發動遊行示威，將廣場附近幾所建築物或搗毀或放火，形勢幾已不可收拾。至晚上八時，被以江青爲首的「四人幫」派兵鎮壓，死傷羣眾在數萬人以上。作者認爲：「天安門事件是九億人民共同的心聲，是百萬羣眾最直接的怒吼，是中國人民的第一聲春雷，酷寒冬季卽將解凍的前奏。」因整個事件並無主要人物，故通過夏之炎所著「凜風、血雨、天安門」書中主角之一古乃新（一個曾參加「五、一六」紅衞兵集團，失去利用價值後，被下放到東北大興安嶺勞改，多次逃亡不成，凍斷了十根腳趾，於一九七六年春回到北平養傷，剛好碰上天安門暴動，十趾雖失，卻仍參加了這一深具歷史性的示威活動）的眼睛，來敘述此事，而創作了「黑洞」的長詩，以表達作者，「謹以此詩敬獻給參加天安門事件的百萬勇者。力不能出，願聲援之。」的悲憫心懷。

「前言」三百字，與「緣起」雷同而重複，似應刪除。（曉村按：七十五年四月爾雅版「大黃河」詩集中的「黑洞」，「前言」部份已刪除。）

「黑洞」和「大黃河」，雖然同屬反映時代的作品，但在表現上卻大異其趣：「大黃河」以龍爲主意象，以純粹客觀敍述的方法，將歷史的黃河和時代的巨流相結合，形成兼具民族性和時代性的史詩。「黑洞」以宇宙的星象爲象徵，雖有部份客觀的敍述，但主要的部份，則是以作者化身的古乃新，來描述事件的經過，並以抒情和對話的方法，把當代最具震撼性的天安門事件，極其生動而眞實地，呈現在讀者的面前，如同一幅大時代的血獄山河圖，讀之令人刻骨銘心的感動。以下略作介紹：

「序詩」三十一行，分三節。第一節是純客觀的敍述：「有一種星／在宇宙深處躲着／以無比、無比的引力／吸住所有的物質／向星球內部萎縮／層層密密，向體內緊縮、緊縮／密度之大，引力之強／液體吸住氣體吸住／吸住會燒，會燃，會飛的／甚至吸住光！深深，黑黑，宛如黑洞……」將詩的主意象引出。第二節以「千百夢裏我夢見／夢見生我養我育我的這塊土地……竟也崩落，坑成黑洞」，由作者的客觀敍述，轉入詩中主角古乃新的主觀描述，進而，並以「地心引力龐大，無以抗拒／吸住我下墜，下墜——」暗示死亡毀滅的象徵。第三節六行，爲第二節意思的延伸，可有可無，如果刪掉，詩更緊密。

「本詩」三百五十多行，分十五節，第一、二節描述清明節之前，羣眾在天安門廣場，向

「人民英雄紀念碑」獻花的盛況：「在這清明時節／把希望，借鮮花／不論鮮紅或暗紫／橙黃或發白的希望／借着鮮花，一圈又一圈／一層再一層，在這裏／相疊，再相疊……把大家的希望相疊……」「花上滾來滾去的／也許是露珠也許是淚珠／花下夾着的，青的是葉／紅的也許是一首血詩／就這樣，一呎一呎地，疊高／將百萬雙眼光射出的希望，疊高……都向這裏仰望」是作者透過古乃新的肉眼和心眼所看到的情景。而鮮花所象徵的希望，正是結尾的伏筆。但古乃新的名字尚未出現。

第三節，作者把古乃新正式介紹出來：「古乃新站得遠遠，被擠在廣場最外圍／也向『突出的希望』仰望／他思維起伏，多少往事湧到眼前……」以下回憶他和他的同學同僚，當年如何參加文化大革命，「當了革命的火車頭」，然後是下放勞改，「而今，含着恨，踏着同僚自殺或／逃亡的血泊，我竟得回鄉／留下凍斷的十根腳趾像留下／我的青春，在冰雪封天的大興安嶺……」而現在，古乃新站在天安門廣場上，他聽到陣陣吼聲：「……如果天安門上有人／我們背對着他／如果中南海有人／我們背對着他」是天安門事件的前奏。

第四至八節，寫羣眾暴動的高潮，也是本詩的高潮。「清明的亡魂啊／請助一臂……／將天安門，將高高／在天安門上的人，統統推倒！／這裏的每塊磚都烙着血／你的！我的！他的！以及／千千萬萬仇仇恨恨的，血！推倒，推倒／將這封建王朝的象徵，推倒！」而且「看那升起的火光，沖天／多像我們胸中洶湧的怒火／看那被打碎打爛的玻璃／多像過去，多像我們被分屍的

／青春歲月……」

啊啊，我們豈只是一羣蹲獸

豈只是天安門下金水橋前

華表上，承露盤裏

不動的「望天吼」

不，我們已經站起來

跳起來

飛起來

已經撲上去

除了吼他

還要咬他

撕他

啃他

吞他

直到這個『黨』這個『國』

沒落，覆滅……

這是全詩唯一採取高低起伏的形式，目的在表達詩中人物洶湧激越的情緒，給人快速有力的節奏感。

第九至十三節，寫共軍奉命鎮壓，多數羣眾被迫散去，「只留下我們一羣勇者，數萬勇者……圍住『紀念碑』的鮮花／高歌，爲中國……」作者藉古乃新口說出他們威武不屈的性格，「天啊，爲什麼我們毫無懼色？／苟活了三十年，爲什麼／到今天，才有這等顏色」。古乃新要抗議，要反抗，卻手無寸鐵，「爲什麼上天只給我憤怒／不給我槍！」因此，羣眾終於被鎮壓了下去，「棒子如大雨揮下，揮下／許多我的同伴倒下／我也倒下，倒在碑前／怒火由腦殼噴出……雙手趴住欄杆我仍能看見／看見我的血……像束束鮮花／我感覺被人丟入麻袋／在石灰地上拖着……走了，我的肉體走了／靈魂卻隨鮮血一灘灘地滲出／在地上匍匐着，我不願離去！」至此，詩已近乎尾聲。但作者不忍就此結束，他要讓死者的死，不只是悲壯，而且要有價值，有希望。

因此，在結尾的兩節裏，作者讓古乃新的亡魂說出：「我的血，我的靈魂附着的血／逐漸，逐漸滲入地裏，土裏／而且一直下滴，下滴／彷彿有種引力引我下墜……」，和更多的血，「混合，溶在一起／終於可以流動……如地下水……慢慢地滲進……在根莖中躲藏着／等待着，等待清明／等待把鮮紅的顏色／送上枝頭。」「等待冬天的酷寒過去……春來，花滿枝頭」（曉村按：此處所引詩句，與其爾雅版「大黃河」詩集內，本詩的結句，略有不同）不但與「序詩」黑洞的龐大引力遙相呼應，與「本詩」首節借鮮花表達希望緊密相扣，形成完美的結構，而且讓鮮血灌溉希望的花朵，涵意之深、之美，給人留下無盡的希望和啟示。

「黑洞」能夠在眾多的作品中，脫穎而出，獲得時報敘事詩獎的首獎，歸納起來，至少有三大優點：

第一、以天安門事件爲題材，具有重要的時代性。

第二、以黑洞爲主意象，具有特異的創造性。

第三、以口語和對話的方式，夾敘夾議，靈活自如。

「長江」，文學的賦歌

「長江」的形式，與前二詩略同，只是以「前言」代替了「緣起」；其餘序詩、本詩、附註，仍沿慣例。

中國一向是江河並稱，讀「長江」，自然會想到「大黃河」。二者雖然都是以敘述河流的史事，而歸結到時代的悲劇上，成爲反映現實的作品；但「長江」和「大黃河」，不論內容或表現方法，都大異其趣。如果說「大黃河」歌頌的是中國歷史文化的特徵，「長江」所詠唱的，則是中國文學的賦歌。前者偏重客觀的敘事，後者注入了更多的，主觀的抒情。前者重寫實，後者富浪漫，恰似中國南北文學的差異。以下略予簡介：

「前言」一千五百字，略述長江地理位置，歷史特性，以及作者「身在異國，望眼看山川文物均不若中國繁盛的美利堅，因自由精神所造就之典章制度而導致於富強。而中國土地更大，人民更多，物產更豐，但衰弱竟如此！這一代青年實在該奮起圖強。……」

「序詩」三十二行，寫其三十年來，朝思夢想，無法與之協調的矛盾心理，「彷彿我在白晝／你在黑夜，彷彿我是囚你的人，日日夜夜／翻攪，日日夜夜愁我，激我，擾我／讓我清澈的靈魂啊／悲痛！」這種無法平靜的力量，乃是來自「一條血脈一條江」。因此，作者寧願割開自己的血管，把長江釋放出來。這也是作者寫作此詩的動機。

「本詩」二百一十二行，分爲八節，較前二詩爲短，但在語言的表達上，似乎更簡鍊、更圓潤、更成熟！

這裏，爲了篇幅關係，不擬再作分節的介紹，僅就比喻和語言，略作評述。

歷來文學史家們，多以詩經爲北方黃河流域的作品，較重寫實；楚辭則爲南方長江流域的代表，多浪漫情調。作者便抓住了這個文學上的特性，將長江比做楚辭和長賦，與山川河流融爲一體，作細密的比擬，譬如將水滴比爲字，支流比做句，湖泊比做休止符，雲霧比做千變萬化的辭彙，組成流動在每個中國人血脈裏的楚辭、巫歌、高唐賦。楚辭之外，作者也吸收了許多前人的詩句典故，成爲本詩的營養。例如：「一條江，純中國的／自楚辭裏流來／流過兩漢……宛如一首有深度的辭賦／可以做千百次不同的解釋」，「或到『江南佳麗地／金陵帝王州』」直引謝朓詩句。「登金山把酒／則三楚的風濤聲／盡在杯中滙合／九江雲物撲撲進入兩袖」四句化自清王漁洋「三楚風濤盃底合，九江雲物坐中收」詩句。「到當塗弔李白的詩骨／過潯陽看陶淵明的南山……」是比喻的恰當，也是語言的成功。

本詩語言的簡鍊圓熟，也可從江賦的比對中見出：「一首長賦只是一粒詩種／種在紙上／種在眼裏／進入心裏／一條江是一首長賦／是無數的詩種／種在國族／種在時代／任何時間都流在每個人的血脈裏……」

但是，巧譬善喻，華詞麗句，必須更深一層，契入時代的核心，才能更富深意。因此，當作者將長江以辭賦做比對的敍述之後，便轉入時代的悲劇。在這裏又有兩個比喻，一是將馬列邪說比做插在中國心臟的番刀，一是將身在異國的中國人比做漂鳥。例如：「宛如有一把番刀／逕自中歐，經西伯利亞／入東北，渡江陰／沿着江源而上／狠狠地插入中國的心臟／往昔的江水已經流去／繼而流下的……竟是紅紅的，六千萬的血水……」「長江啊你孤寂地流／中國的靈魂無法輕鬆／到東京到漢城到香港／在臺北在紐約在世上任何地方／只要是中國的／心情就無法輕鬆／卽使有些來自島上……心情像鳥兒……而所有的心情最終最末／都歸結到中國／都繞着中國旋轉，飛翔／所有的血管都想與你／長江啊接通／而如何能夠？」因爲中國的土地上，有太多的「非詩經非楚辭，非楚非晉」，「非中國的事物！」是以作者感慨萬端地作了下面的結語：

　無數的夜裏我臨河而立
　不論淡水河大甲溪
　不論哈德遜河密西西比
均見花實蔽野，黍稷盈疇
而獨獨長江不能
而一字一字的水滴
　一句一句的瀟湘漢水
　一個休止符一個休止符的洞庭太湖
以及，煙水瀰漫辭彙豐富的
雲霧，都應如故
而長江啊何以你語無倫次
三十年來始終不見長賦一篇
放眼望去

一把番刀插在你的江源
奮奮然感覺一種力量在我心底
如此充塞我，使我兩袖都堅毅
瞑瞑然宛如割裂我便可
放出你，宛如我是拔番刀的人！
——只要靈魂屬於中國
心情都如此
長江啊請你再等等！

爲什麼要請受苦的長江再等等呢？是不是需要聚合更多更多拔番刀的人呢？讀者可以從各方面去聯想。

古丁在「爲什麼壞作品會得獎？」（見秋水詩刊二十八期）一文中曾說：「『長江』一詩，無論就技巧、內容，資料之蒐集，都不是某些不學無術的現代詩人所能望其項背的。尤其是一開始便以賦比長江，把中國文化與長江融爲一體，表現的技巧是第一流的，情感的眞純，詞藻含蓄而優美。評審委員如果不是居心不良，就是對詩全然無知……」對評審的是否有失公允，筆者不擬置評，但古丁對「長江」的竭力推崇，相信絕非過譽。

三首長詩的比較

最後，擬對「大黃河」、「黑洞」、「長江」三詩作一綜合比較，以結束本文。

第一、在形式架構上，三首詩大體相同，前面都有一篇「緣起」或「前言」，幫助讀者了解作品的寫作背景與動機。

第二、在內容上，三首詩各有不同：「大黃河」和「長江」分寫中國兩大河流的史事和內外形貌的特性，「黑洞」則直寫「天安門事件」，但卻都歸結於時代的現實意義上，成爲反映時代的作品。

第三、在表現技巧上，則完全不同：「大黃河」以龍爲主意象，重在客觀的敍述和歷史文化的刻畫，語言表現多粗獷豪邁，氣勢雄壯；「黑洞」以宇宙星象爲象徵，以作者化身爲詩中人物，描述事件的經過，語言上採口語對話，夾敘夾議，靈活自然而逼眞；「長江」以辭賦爲比喻，詩人直接介入詩中，採取主觀抒情的浪漫手法，詠歌辭賦的長江，語言表現富委婉曲折之美。

第四、在結語上，不論「大黃河」的「等待潰決」，「黑洞」的「等待春來花滿枝頭」，或是「長江」的「請你再等等」，都有含蓄不盡的深意，給人深深的啟示。

詩人，白靈已於本（七十一）年初自美學成歸國。筆者建議，如果可能，白靈不妨把這三首詩重作一番審視，合成一書，出版一個單行本，相信會有許多讀者喜歡它。（曉村按：「大黃河」和「黑洞」二詩，已選入白靈的爾雅版詩集「大黃河」中）。

七十一年六月《葡萄園詩刊》七十八期

性靈深處見真情

・評涂靜怡「怡園詩話」

在現代女詩人羣中，寫詩寫散文兼寫小說者，如張秀亞、胡品清、朶思、晶晶等，頗不乏人。但寫詩寫散文兼寫詩話，而又集印成書者，實不多見。涂靜怡的「怡園詩話」，可能是女詩人中的第一本詩話集。

在「中副」讀過涂靜怡榮獲國軍文藝金像獎的長詩「從苦難中成長」，和榮獲中山文藝獎的另一長詩「歷史的傷痕」的讀者，對於女詩人涂靜怡其人其詩，以及她那眞情洋溢的散文，想必都有相當的了解。但對於涂靜怡話詩話人的「怡園詩話」，知道的人，想必不多。筆者因係「怡園詩話」的長期讀者，在出版的過程中，又擔任了一個中介的角色，對於本書有較多的了解。茲值本書初版問世，願對喜愛涂靜怡作品的讀者朋友，提出幾點概要的介紹：

「怡園詩話」是涂靜怡繼「織虹的人」（短詩集）、「從苦難中成長」、「歷史的傷痕」之後的第四本書（她的第五本書散文集「我心深處」，亦經校過大樣，即將出版）。「怡園詩話」原是作者在其主編的「秋水」詩刊中的一個專欄；作者在本書「後記」中，曾毫不隱諱地告訴我們：這個專欄的設計，是遠在八年之前，「秋水」詩刊創刊前夕，該刊社長，也是涂靜怡尊之爲師的已故詩人古丁的創意，他告訴將要負責實際編務的涂靜怡說：「我想在詩刊上闢一個專欄由你來寫，不僅爲了這份詩刊的特色，也是逼你寫作的一個方法；往後，你要接觸的詩人很多，你只要把平時他們留給你的印象，以及讀詩寫詩的一些感想，據實的，像寫散文那樣，把它記錄下來就行了。詩話不是詩論，不是什麼大塊文章，是屬於隨便發抒性靈，只要是眞有所感，眞有所見，就詩論詩，便成詩話。」又說：「直到目前爲止，我國似乎還沒有一個女子用這種形式寫詩話的，你若寫了，就是第一位。」由這一段話，我想，古丁不僅是想藉這個「詩話」的專欄，逼作者「寫作的一種方法」，而胡適之先生所謂：「發表是吸收的利器。」恐怕才是古丁的深意吧？因爲寫作，除了要有幾分天分之外，多閱讀、多觀察、多思考、多寫作，才是磨練寫作的眞功夫；在文學創作中，是沒有捷徑可走的。値得欽佩的是，涂靜怡眞的不負乃師的期望，不但在古丁生前連得兩項全國性的文藝大獎，而且也在「秋水」詩刊上，每期一篇，連寫六年二十四期，把「怡園詩話」，集成專書。

「怡園詩話」中，共收作品二十一篇，除了「從白樺的覺醒談起」，寫的是大陸詩人白樺及其「苦戀」之外，其餘二十篇，二十個話題，從各種不同的角度，話了二十位詩人，和十八位詩人的詩（「秋水、古丁老師、我」和「橫渡人生海洋的詩筏」兩篇，話的是作者和古丁學習、寫作和辦詩刊的甘苦，是只話人、不話詩）。她欣賞喬林的「醉問」和魯蛟的「諷世篇」，諷刺人性的虛僞，卻仍保持着溫柔敦厚的態度；她能善解向明的「五張嘴」和麥穗與女兒話「別」中的父愛與親情，她對古月的憂愁和雪柔的溫柔，表現出近乎認同性的喜愛；對於胡品清、沉思和蓉子，三位資深的女詩人，認爲是眞正具有詩人的風範與深度，她獻出的是純潔赤裸的敬愛；對於前輩詩人紀弦的「檳榔樹」式的「狼之獨步」，她讀得十分過癮；她也極力讚美孫家駿絲毫不帶一點「硬」性「口號」的戰鬥詩「軍旗下」。當然，她並不是只褒不貶的，對於張默的「紫的邊陲」，她曾十分委婉地說，「也許在文字上表現得太含蓄而有點朦朦朧朧，詩的內涵，不容易確切地抓住。」對其「上昇的風景」，爲十四位詩人寫傳，則頗爲讚賞；對辛鬱的外表冰涼冷漠，和內在世界的熱情奔放，她也述說了兩種不同的感受，溫柔含蓄中不失其眞情。

「怡園詩話」是按照發表的先後順序編目的，由第一篇「醉問」的一千字，到最近發表的「從白樺的覺醒談起」的八、九千字，可以看出作者寫作進步的痕跡。前三篇都是只話一首詩；自第四篇「紀弦的詩」起，便都是話詩亦復話人的眞正詩話了。

詩話與詩評，貌似而神異；詩評屬於比較嚴肅的文學批評，含有權威和理論的指導性；詩話則是不拘形式的，既可話詩也可話人的雜散文，可讀性高。涂靜怡的「怡園詩話」，就是這樣。而且，她的筆觸如同蘸着性靈深處的眞情，讀來十分感人。例如：

「從我開始對新詩發生興趣的那天起，我就對古月（胡玉衡）的詩產生了一種很特殊的好感。我喜歡讀她的詩，不僅僅是她的詩，詩味濃，更重要的是她詩裏涵蓋的那股深沉的愁緒，常能把我的思維牽引到一個飄渺的境界，使好奇的我，除了欣賞之外，總還想多瞭解一些什麼。」她認為古月既年輕又美麗，年輕美麗一定會快樂幸福，「而一個已擁有幸福的人，是不該有太多愁緒的。可是為什麼每一次我讀古月的詩，總會那樣清晰地感覺到她的詩裏有痛苦的呼聲呢？我甚至覺得她的詩，彷彿不是用文字寫出來的，而是以無數的痛苦堆砌的。」（憂愁詩人）

在另一篇「橫渡人生海洋的詩筏」中，她寫道：「詩人在現實人生中，能做到與世無爭，但又能享受人生，並且在活了一世之後，還能留下幾本詩集；青春雖然消失了，肉身雖然腐爛了，但是智慧的語言和感情卻留在人間，這不是也很美，很有意義嗎？」又謂：「人生中能讓我們抓得牢的東西是很少的，再美的花都會凋謝，財富和權勢也會使人腐化。人生中只有少數東西是不朽的，文學和藝術，就是其中的一種。」

智慧的話語，是智慧的花朵，當她從詩人的心靈中綻出滿園的馨香，即使寒流來襲，你也將會感受到春天的溫暖。

七十一年十一月三十日《中央副刊》

評介「永遠的懷念」

「永遠的懷念」是 蔣公逝世九年來的第一部新詩選集，可說是一部歷史性的重要文獻。內容除特別恭錄蔣總統經國先生的一首名詩「在每一分鐘的時光中」象徵序詩之外，共收錄當代九十四位詩人的作品，從前輩詩人左曙萍（已故）、何志浩、羊令野、李莎、紀弦、鍾雷、鍾鼎文，到中年成名的詩人上官予、王祿松、王在軍、古丁（已故）、古月、向明、朱學恕、李春生、朵思、沈思、金筑、洛夫、胡品清、徐哲萍、涂靜怡、辛鬱、孫家駿、張默、鄧禹平、葉日松、黃雍廉、趙天儀、蓉子、曉風、羅門等，以及年輕一代已露頭角的詩人向陽、沙穗、吳青玉、吳明興、林野、雪柔、陳思為、趙衞民、藍俊等，幾乎所有長於敘事朗誦的詩人，都有代表性的作品入選。在編排上，分為「讚詩」與「懷念」兩部份，前者是 蔣公生前，詩人們為其祝壽時所寫的讚美詩，共收十六篇作品；後者全為 蔣公辭世後，詩人們為感懷一代偉人的德澤而寫的懷念之作，這是本書的重心，共收七十八篇作品。

「讚詩」的第一首是古丁的「偉人」。古丁爲葡萄園詩社早期的健將，後與女弟子涂靜怡創辦秋水詩刊，自任社長，他的千行長詩「革命之歌」，曾獲國軍第一屆文藝金像獎，至今被認爲現代史詩的經典之作。他的短詩「獻給祖國」、「星的故事」，論文「新文藝論」、「截斷衆流集」等，也普獲好評。不幸七十年元月車禍喪生，死後被譽爲「愛國詩人」、「當代杜甫」。「偉人」原刊「中國空軍」，後收在「星的故事」詩集中（現收「古丁全集」第一冊），原題「這個偉人」，現改「偉人」。全詩分四章十三節八十四行。第一章四節寫「偉人」的少年時代：

本世紀的風雨
將他搖着
搖着初度九個春天的一株苦樹
從美麗的風景中醒來
落滿地的淒涼
在黑暗的大地上熬出來的寒霜
熬他

天將降大任於斯人乎
先剝落濃綠的蔭庇
唯大地的母親將他撫養
然後成一棵頂天立地的樹

詩人以「本世紀的風雨」「搖着初度九個春天的一株苦樹」，和「天將降大任於斯人乎／先剝落濃綠的蔭庇」，比喻　蔣公九歲喪父的苦況；母親有如大地，「將他撫養」「成一棵頂天立地的樹」，比喻恰當而富深意。

第二章寫世間所有的人，「沒有誰能眞正認識潛隱地中的根／伸入天空的頂／以及他的寬廣與厚度」；而「望過去／他是沉默的牆／石頭是水與火鍛鍊出來的／天地造他成峭壁／而你，五千年的燦爛光景／鑿他成爲巍峨的石壁／我們依他而避過風雨／而渺小的菌類從背面推他，欲推倒堯與舜的磐石」，將「樹」的意象，發展成「沉默的牆」、「峭壁」、「石壁」、「磐石」。這些具有堅強特性的比喻，不但與　蔣公的字「介石」有密切的關聯，而且正是　蔣公個性與人格的寫照，讀來自然而不造作。

在第三、四章中，詩人又將主意象發展成「拓荒人」、「希望的種子」、「大地」與「火把」。在結語中點出題意：「愛是火把／他從上帝的手中接過來／他在我們的心中將理性點燃／

這就是他——這個偉人／他站在我們面前已有半世紀之久」。

今年榮獲國家文藝獎的向陽，在「大進擊」中歌頌　蔣公領導北伐的壯麗，「爲愛，我們追隨您北向擊伐／若只是種籽，且容我們深深埋下／身軀顏面，一切易朽的幻假／但求爲我國民粲開大道與繁花」。女詩人朵思讚頌　蔣公是「我們所賴以生存的煦陽」。曾獲中興文藝獎章的詩人岩上的讚美是：「在水爲千水中流的砥柱／在山爲萬山羣簇的景仰」。這些讚頌，從　蔣公偉大崇高的人格來說，一點也不過分。

「懷念」部份七十八首作品，長篇巨作的如上官予的「當救主歸去的時候」，羊令野的「哲人其萎，泰山之崩」，朱學恕的「舵手」，辛鬱的「時代進行曲」，張航的「慈光普照」，藍善仁的「永懷　蔣公」等，如果僅用蜻蜓點水式的擇句介紹，縱能見出一斑，恐怕也不能窺其全貌的。有心一登堂奧的讀者，必須自己去細讀。在此，我只想擇錄兩位非詩人的詩句，以作本文的結束。其他更多的好詩，也只有留待讀友們自己去翻書了。

作家張肇祺在「我們要從慟哭失聲中升起」裏，有一段這樣寫着：「今天，我最小的五歲女兒／告訴她媽媽說：『媽媽！昨天我們，去國父紀念館／您在　總統面前，跪下時／您哭了／您知不知道，我躲在您後面／也哭了！』」

散文作家偶而也寫詩的曉風，在「我已經學會不再悲傷」中，二、三兩節是這樣的：「每當我講起你的名字／只覺得鳥自在樹花自香，只覺得一招眼處／無限天廓地朗」。「也許仍有一份痛／正如我每唸到黃河長江／也許仍有一絲酸／正如我在猝不及防時／夢見一葉海棠」。

這些從性靈深處噴出的詩花，讀之怎能不令人感動呢！

七十三年八月《師友月刊》二〇六期

生命的頌歌

·評介「大地注」和「生命注」

對於一位只讀過六年小學，自十二歲起，就被惡魔似的關節炎綑綁在斗室中，但卻不怨天不尤人，而以無比堅強的毅力，從事文學創作，終能爲生命譜出燦爛樂章的女作家杏林子小姐，我一直懷着一份誠摯的崇敬。雖然，我們只有一面之緣。

那是去（七十二）年六月二十八日，我應邀出席了第八屆國家文藝獎頒獎典禮。當杏林子坐着輪椅，被人推到頒獎臺上，從嚴前總統家淦先生手中，接到那面象徵國家最高文藝創作成就的獎牌時，觀禮席中的掌聲至少持續了一兩分鐘。我想，這些加倍的掌聲，絕對不僅僅是對於杏林子不幸遭遇的同情，無寧是發自心靈深處的敬佩。我從她那紅潤的，閃耀着溫柔光燦的臉頰上，讀到一顆對人生滿溢的愛心。於是，我特地走到頒獎臺上，爲這位以「另一種愛情」散文集，榮獲國家文藝獎的傑出成就，面致賀意。並告訴她，我的學生，特別是小女生們，對她的作品（包括國中國文課本中的「翡翠屏風」）都很喜歡。她緩緩地伸出手來，一面握手答禮，一面連說：「謝謝，請多指教。」態度十分誠懇。

之後，便常常收到杏林子寄來的「伊甸」雙月刊。從中得知，這位以文學創作戰勝命運的女作家，在創作之外，已將她的有生之年，投入更具實際意義的，爲殘障者創造福利的戰鬥中，她發起、創辦，並親自主持的伊甸殘障福利基金會，正在從事多方面的努力；爲殘障者，尤其是殘障的青少年朋友，創造各種就業創業的機會。先後舉辦了中國結、工藝、陶藝、國貿、資訊、美術寫作等各種訓練班。爲了開展這些工作，國內的許多畫家們，也曾舉行過捐畫義賣的活動。這使我不禁想道：我能爲他們做些什麼？

兩個月前，杏林子又以她所主編的一套攝影集「大地注」、「生命注」見贈。打開一看，那一幅幅配有優美詩作的畫面，簡直美得令人心動！過兩天，再度翻閱「大地注」和「生命注」，難以抑止的美感，又在我的心中奔流而成澎湃的歌聲。

就我的粗略統計，這一套全部彩色精印的攝影集，共選入各種類型的照片四百六十二幅，分編爲「大地注」和「生命注」，每册一二零頁。每二頁構成一個版面，每個版面的照片多少不一，最少者一幅，最多也有十一幅的，普通則是三、四幅，或五、六幅，版面靈活而富變化。每個版面，配新詩一首，以詮釋畫意，可謂詩情畫意，相得益彰。受邀配詩的詩人作家，依次爲張曉風、羊令野、洛夫、蓉子、羅門、張拓蕪、席慕容、胡品清、杏林子、張香華、王祿松、寶梅、夐紅、向明等十四位，共配詩一一二首。

這些詩，雖然都是就畫寄情，信手拈來，但因作者多是詩文的能手，面對這些精挑細選的佳構，自然會寫出優美的篇章。只是因為景色的不盡相同，各人所賦予的意趣也就互有差異了。像胡品清詠歌的「仙人掌」：

羣芳譜上只有妳們的名字
因妳們的放露比較繽紛亮麗
但我有另一種綻放
而且甚長

那是悠久的橙紅球
或是蒼翠的莖
或是鵝黃的花
或是茜紅的香檳杯
被多刺的拳頭握住

最重要的
妳們經不起風吹雨打
物換星移
我卻能在沙礫中
站出一種永恆

讓我們想到一種堅貞的愛情。羊令野爲一樹紅梅吟頌的：「如此的纏綿，好似世世代代在多彩的時間裏，展示妳的生命的春天，一種敦厚或溫柔的情調，都從暗香裏裊向我。」則是詠物寄意的另一種風致。

青少年們對於纏綿的情愛鏡頭，也許會注入更多遐思，但作家和詩人的詮釋，卻能令人莞爾一笑，或深思不已。張曉風對青蛙和蜻蜓的情愛畫面，給以幽默的評語：「是X級／還是R級的影片／大大違反電檢處的尺度／卻又是如此宜於／兒童觀看」。席慕容對於雙雙對對的白鵝、大象和烏龜，則賦以神聖的愛情：「在一個特定的時間裏，上蒼安排了我們的相遇。多奇妙的一刻啊！想一想，在這之前，我們原本互不相識，在這之後，我們卻互相愛慕，互相依賴，做了一生一世永不背棄的伴侶。」

當然，四百多幅照片重新剪輯的畫面，和詩人作家精心創作的詩篇，不是一篇短文所能盡述的。在本文結束之前，我還有點小小的感想，願意提出來和讀者朋友們討論。那就是：我覺得不論「大地注」和「生命注」，都是編者以全心靈對於生命的頌讚。試想，大地上的花木鳥獸水族魚類，以及萬物之靈的人類，不都是大地的兒女，都擁有寶貴的生命嗎？尤其今日，當人類正在以高度的科技毀滅許多生命，以致嚴重危害自己的生存環境時，來讀讀杏林子為我們提供的這一系列生命的頌歌，讓我們享受視覺和心靈美感之餘，也能激起一份維護自然環境和生態平衡的深思吧。

七十三年五月十四日《中華副刊》

讀「飲水思源」有感

六月二十三日，香港愛國詩人藍海文兄，專程來臺北，向詩人畫家王祿松請教畫藝。筆者有幸，亦陪習數日。因彼此為摯友，教者傾囊相授，學者專心戮力，尤其藍兄聰慧過人，一點就通，習畫雖短短五日，卻得畫二十餘幅，其中數幅堪稱佳作而無愧。臺北的詩人畫家朋友，聽說藍氏來臺習畫數日，二十八日就要搭機返港，文人重情，豈能放過相聚的機會。於是，幾通電話之後，二十七日晚，臺北某餐廳，便有一次詩人畫家的雅聚。到席的，除了主客藍海文之外，有名攝影家林詩、耿殿棟，有為小人國塑造過七萬個人物的雕塑家吳延文，有被人設計偷走數十幅書畫作品的水墨畫家楊漢宗，有最近剛在臺北今天畫廊舉行過彩墨個展的畫家張漢魂，還有詩人上官予、王祿松、舒蘭、晶晶、莊雲惠，和筆者夫婦等十多位。席間，當賓主正在把杯舉盞，談詩論藝之際，女詩人涂靜怡，抱着一大包東西，香汗淋淋地來了。大家都說：「遲到，罰酒！」

卻沒有誰去想女詩人遲到的原因。

靜怡一面連聲：「抱歉！」一面打開一大包東西，原來是她剛出版的朗誦詩集「飲水思源」。而且是專為贈送朋友的精裝本，人手一冊，皆大歡喜。先前的「罰酒！」一改而為「謝謝！」若非女詩人請大家把書收起來，回家再看，那個歡宴香港愛國詩人藍海文的雅聚，幾乎就要變奏成「飲水思源」的朗誦會了。

涂靜怡是桃園大溪人，幼年父母雙亡，完全靠自己苦學奮鬥，半工半讀完成學業。常愛以文學排遣內心的積鬱。後得名詩人古丁先生（已故）的指點，而走入文學的堂奧。六十七年，曾以一首五百多行的長詩「從苦難中成長」，榮獲國軍第十四屆文藝金像獎。二年後，又以「歷史的傷痕」長詩，贏得六十九年中山文藝獎，被文藝界譽為才女和愛國詩人。在此之前，她也出版過一本短詩集「織虹的人」。近幾年，又有詩評集「怡園詩話」，和散文集「我心深處」的發行，其寫作之勤、之廣，令人欽佩。

「飲水思源」是涂靜怡的第六本書，也是一本風格完全不同的朗誦詩專輯。我國朗誦詩的發軔，遠起於古代的誦詩；近代則以抗戰最為流行。在臺灣，四十年代初期，對民心士氣鼓舞最大的，也是朗誦詩。當時以朗誦詩馳名詩壇的主要作家，有鍾雷、上官予、墨人、宋膺、紀弦先生等。鍾雷先生且有朗誦詩專輯「生命的火花」的出版（四十年九月，重光文藝出版社），其中「豆漿車旁」、「黃河戀」、「生命的火花」、「北方的懷念」等，被朗誦的最多。上官予先生的

「祖國的呼喚」、「自由之歌」，墨人先生的「自由的火燄」、「哀祖國」，紀弦先生的「在飛揚的時代」等，也都廣被各界所朗誦。五十年代之後，朗誦詩作品最多，也最受讀者喜愛的，首推被譽爲鐵血詩人，或戰鬥詩旗手的王祿松。據筆者多次參與大專院校詩歌朗誦比賽評審的了解，王祿松的作品被朗誦的最多，有時候，在十幾個學校中，王祿松的作品竟然佔了半數以上。何以王祿松的作品，在朗誦方面，能夠廣受讀者的青睞？可能是他的作品特有的，那種強烈的大我之愛和節奏感，最易引起讀者的共鳴吧。其他當代受歡迎的詩人，像余光中、鄭愁予、羊令野、辛鬱、向明，和年輕一代的白靈和向陽等，他們雖然也都寫過或多或少適於朗誦的作品，但他們都不是以朗誦詩而得名。近年來，對朗誦詩投注精力最多，收穫最豐的，則是女詩人涂靜怡了，「飲水思源」的出版，便是最好的明證。

「飲水思源」共收「元旦升旗」、「新女性之歌」、「 國父頌」等十二首作品。每首均在百行左右，特別適合團體的朗誦。就其內容而言，「元旦升旗」是寫數十萬民眾齊集總統府廣場，向冉冉上升的國旗致敬的感人場面：「 國父頌」，「懷念您， 蔣公」，「平凡的偉人」，是對 國父、 蔣公，和經國先生等三位民族偉人的禮讚；「在前進的道路上」，「十月的旗」，「飲水思源」，是爲青年節、國慶節、光復節等三大節日而吟詠的史詩；「筧橋的天空」，是爲慶祝中國空軍「八・一四」抗戰勝利紀念日而譜寫的另一章史詩；「新女性之歌」和「獻給母親的歌」，是爲婦女節和母親節而作的獻詩；「啊！中國人」，是藉歡迎美籍華裔太空人王贛駿返國省親，而爲中國人四海鷹揚，終不忘本的讚歌；「永恒的春天」，則是以臺灣的欣欣向榮，象徵永恒的春天，而爲中國未來統一繪出的遠景。這些洋溢着各種愛的情操的作品，不僅是個人進德修業的最佳讀物，更是各種節慶紀念團體朗誦不可缺少的作品，也是各級學校、團體、圖書館、社教館、文化中心等，不可缺少的存書。

作者在本書的「後記」中曾說：「朗誦詩的寫作，看起來好像很容易，其實不然。因爲朗誦既要口語化，有音樂性，適合於朗誦，又要不失詩的情味和韻致。」尤其作者所寫的，「大多是和國家民族的歷史脈搏，息息相關的史詩，題材比較嚴肅。」「如何把這些嚴肅的題材，化而爲詩，不能不花更多的心血。」從個人以往寫作長詩時，經之營之，不眠不休，往往要花數日之久的經驗來說，寫長詩的確是件很苦的事。

但讀者是非常現實的，他所注意的，只是作品的好壞，作品好，自能獲得讀者的喜愛，作品不好，就難免棄之如敝屣。「飲水思源」的十二首作品中，有十一首，已在數家報刊中發表過，唯一尚未見報的「十月的旗」，也被一家副刊所預約，將在本年的國慶特刊中刊出。這些作品已經通過多位編輯的認定，殆無疑義。這裏，讓我們引述「飲水思源」的最後一節，爲讀者朋友提供全豹一斑的抽樣，以作好壞的憑藉，而爲本文的結束。

而今天

仍然有一小撮健忘症的患者
他們常常　在我們的耳邊
聒噪一些歪曲的濫調
企圖騙取一些憐憫的掌聲
孩子　不要學習他們
不要做那萬人唾棄的民族罪人
我們要做個誠實不欺的君子
要懂得懷念　懂得飲水思源
永遠不要忘記　我們是
擁有五千年光榮歷史文化的
中國人

七十五年八月十五日《大衆報》副刊

有情山水任君吟

·評鍾順文的配圖詩

最近，友人輾轉寄我一本「徐君鶴水墨畫集」，重磅紙，菊八開，方形本，照相版，彩墨印刷。除徐氏畫作二十八幅外，還有詩人鍾順文的新詩二十八首。其排版方式，除最後兩幅畫爲橫貫左右兩頁外，其餘二十六幅都是：左頁上方展畫，右頁下方排詩，虛實相對，使版面呈現對襯平衡的美感。尤其詩的字體，採用了三號隸書，看來十分古雅而醒目。如果說這是一部兩人合著的詩畫集，也許更爲恰當些吧。

對於繪畫，我是外行，不敢隨便置喙。但從畫集前的兩篇序文——詩人畫家羅青的「繪畫語言傳新意」，和藝評家康原的「墨染鄉土情更濃」的評介，以及個人粗淺的觀察，我直覺地感到，徐氏的畫，是以純熟的國畫技巧爲基礎，又融合了西洋現代繪畫的新觀念，尤其大膽的以畫家故鄉南臺灣的自然風景和現實生活爲其繪畫的題材，不僅突破國畫多少年來脫離現實生活的缺點，而且亦爲國畫開啟了一個新方向和新境界。這種創造性的表現，是很值得重視和推崇的。

鍾順文附在「徐君鶴水墨畫集」中的詩，原本只是爲徐氏的畫而作的「配詩」，這種作品，如果只能傳達「畫中有詩」的意趣，仍不免成爲繪畫的附庸，而失去獨立存在的意義。但觀乎鍾順文的作品，不僅相當深刻地詮釋了徐畫的涵義，而且也巧妙地呈現了詩人心中的丘壑。換句話說，詩人也借題發揮，宣示了自己獨特的觀點，而獲致詩獨立存在的意義。特別值得提出的是，這二十八首作品，分開來看，各有不同的丰采；合起來仍不失其吟詠山水鄉情的完整性。而其大膽的寫實與空靈的抒情手法，更顯示出詩人不凡的才華。以下試舉數例，略作具體的討論。

例如：第一幅畫，是一橫幅，右面主山爲濃色的潑墨，左面的山崗在雲霧縹渺間，天空和山谷瀰漫着灰白的雲霧；左下方，佔全畫不到十六分之一的山阿下，突然有一株攲斜而出，復以一百二十度屈身而俯的老松，弓在那裏，粗心的人，可能根本不會注意它的存在。畫家對於此畫的命題爲「雲領臥松。」書法家桐城余偉先生，在畫的左上方題的一首七絕是：「重崗細竹覆陂陀，風引松花落澗阿；茅屋雨餘雲氣濕，開門不厭好山多。」詩的重心落在「好山多」上。鍾順文的詩，則另具慧眼，以那株不顯眼的、屈身而俯的老松，爲其着眼點，而創造了一個在「羣山之前」，「看雲沉雲浮的醉翁」，「夢裏也戇笑的笨仙」這樣的人物。下面，請讀詩的原貌：

卑微的道理

如此的弓着身，或許為了提昇境界
或許為了另創立禪的初形
或許甚至替自己立下新碑的模式
天地間，是誰訂下了這麼美的創意
羣山之前
我不過是看雲沉雲浮的醉翁
　醒后直喊自己名字的痴呆
入夜數着星辰的瘋漢
　夢裏也戇笑的笨仙
日昇後更不忘酒意的酣鬼

第二幅畫題爲「柳蔭垂釣」，詩題卻是截然不同的「釣回童年」；第三幅畫題「崇山擁翠」，詩題是擬人化的「粉墨登場」，把一幅潑墨渲染的山水，當作「扮演大黑臉」的戲劇人物來着墨；第四幅畫題「榕蔭消暑」，詩題卻是「長鬍子的往事」，以榕樹的氣根比喻爲人的鬍子來發揮；第五幅畫題「匹練千仞」，因白色的瀑布上，攬腰擁出幾枝楓紅，詩人便把二者當作一對情人來描寫了。詩也寫得十分出色：

楓和瀑布的糾纏

看那麼純潔的你
我會紅遍整個臉
至於心跳，是否和山的動脈一般
得要問雲的感覺

別人的眼色，是過溪雲煙
還有什麼比彼此貼緊臉頰
說內心的孺慕，更過癮的
那怕是天長地久
撫你的白髮
我依然有一顆紅遍整個臉的心

其他把「雲湧層巒」，寫成「山的心事」；把「頑石點頭」，寫成「僧境」；把「空壑草長宜放牧」，寫成「懂得理髮的羊」，把「曲橋儷影」，寫成「曲折的哲學」；把「黃山遠眺」，寫成「鶴入黃山不見鶴」等等，無不具有詩人慧眼獨鍾的看法。爲節省篇幅，不能多舉詩例。

最後，我想特別一提的是，「吟唱港都」這首詩。原畫「港都之春」，是一幅集潑墨（萬壽山）、水彩渲染（海天）、工筆寫實（港都建築）和襯托（紅梅）等多種繪畫技巧於一體的寫實之作，一看，就知道是大高雄的容貌。構圖雖極逼眞，但因畫面色調的和諧，給人的卻是一份超塵脫俗之美。鍾順文的「吟唱港都」，在大膽的寫實句中，由於技巧的輔以空靈的抒情手法，讀來仍有動人心弦的充實感。原詩如下：

吟唱港都

矗立在萬壽山豎直的肩膀上
看山下積木般的樓閣
再捏捏自己的骨架
是那種意識驅使你畫
這一張，翻過去
就有滿山星座的水鄉
捻熄最後一盞燈
就有萬千貨櫃清醒的高雄
裝的是港都人渾厚的智慧

運的是灑出千網後
撈起的豐盛的文化
而繫着的是大根小根纜繩
所編織的情感

難怪連汽笛也張開渾厚的聲帶
想告訴所有的高雄人
除非他們的心靈永遠抛錨
不然，一定回到港都落根

總之，由於某種不期而然的機緣，我有幸拜讀了「徐君鶴水墨畫集」，和鍾順文的配畫詩。又因深爲喜愛，禁不住寫了這些由衷之言的感想，向畫家、詩人，和讀者朋友請教。

七十五年八月十六日《臺灣時報》副刊

淳樸自有一山川

·評吳明興詩集「蓬草心情」

吳明興的詩集「蓬草心情」，自三月份出版後，已經引起文藝界的注意。形諸文字的，先是民生報記者黃美惠，四月八日在該報「文壇剪影」專欄介紹；六月份的「文訊」月刊上，復有青年詩人林燿德「臨峯聽雨武陵人」的書評書介。尤其後者以「武陵人」象徵吳明興的隱逸思想，頗爲肯綮。

其實，早在兩年前，名詩人散文家張騰蛟（筆名魯蛟），便曾在「秋水」詩刊「魯蛟論詩」專欄，「談今年度的優秀青年詩人」一文中，對吳明興的詩有過很高的評價。他說：

「吳明興是起步不久，但卻成長得最快的一位年輕詩人，在詩壇上剛一露臉便光芒四射，一看就知道，他的創作才華是相當高的，他的文學處女地是極爲寬濶的。吳明興的取材也非常廣泛，天地奧秘，人間細瑣，都可以入詩，且都可以成爲長長的詩篇。吳詩的最大特點，是在浩蕩流洩的氣勢，以及活潑捷利的文字，這一點，特別見於在本刊（按：指「秋水」詩刊）發表的『行道樹的獨白集』裏，以及葡萄園裏的『臺北生活』與『街頭拾遺』。他能把一些普普通通的詩的素材作巧妙的藝術處理，是泛泛的修養所不可能辦得到的事。」

比張騰蛟更早注意到吳明興的，則是詩人評論家劉非。三年前，他在「葡萄園」詩刊八十三期（七十二年六月十五日出版）「讀詩聯想」專欄中，也曾寫過如下的評語：

「近細讀『葡』刊數期，發現吳明興是個天生的詩人，他能捕捉最平凡的題材而表現成為詩，如『小市民詩抄』、『人物速寫』、『臺北生活』等篇，都是與現實生活結合的題材。他的語言像流泉，依着題材而自然湧出，以他使用語辭的稠密，我以為他是飽經風霜的中年人，當我查閱『葡萄園詩選』對他的介紹時，他竟然是民國四十七年出生，我很驚訝他的早熟。但願這位天才詩人能持詩志以恒，他很可以接『葡萄園』的棒。」

誠然，吳明興是一位晚近崛起，但卻詩才橫溢，創作力極其旺盛的青年詩人。自六十八年開始習詩迄今，也不過七、八年的詩齡，對外大量發表作品，也只是最近五、六年的事，在七十三年詩人節獲得中華民國新詩學會年度全國優秀青年詩人獎之前，在現代詩壇還是無籍籍名的陌生人；甚至在去（七十四）年繼筆者之後，接編「葡萄園」（照劉非的說法，就是接「葡萄園」的棒）之前，和詩壇的人際關係也是極其微弱的。因此，前述詩人散文家張騰蛟和詩人評論家劉非對吳詩的評價，相信絕非屬於什麼人情的吹捧，而是相當客觀的，就詩論詩的卓見。

但因上述張、劉、林等三家對吳詩的評論，有些是屬於蜻蜓點水式的「極短篇」，無法作深入的討論；有些因角度不同，見解殊異，而且都是發表在發行量有限的雜誌上，讀者也有限。又因這些年來，對於吳明興詩作的成長，我一直懷着一份誠摯的關注與期待，對吳詩自信有相當的瞭解。現在，吳明興的詩集「蓬草心情」出版問世，我數度翻閱，內心數度掀起如飲醇醪、如臨佳境的欣悅。「奇文共欣賞」，不敢藏之於私，願將讀後一得之愚，和愛詩的朋友們分享。

據我所知，吳明興在習詩七年中，已經成詩兩千首，在國內外報刊發表的，已超過八百首之多。僅去年一年，就發表了兩百首以上，在詩的產量上，可謂十分驚人。又據詩人在其詩集「蓬草心情」後記「何許人」中自述：「自一九八〇迄一九八五，發表習作八百餘首，輯已刊稿爲『我是生活過的』、『悲悒的傳說』、『生命的回聲』、『無上燈』、『斷頭菩薩』、『寧靜的山』、『迷宮生物』等集。」而「蓬草心情」七十餘首，就是選自以上諸集，「取風格內容相埒者，彙爲新册」的自選集。再就其封面書名「蓬草心情」之下，特別注明「一九八三——一九八五」來看，「蓬」集所呈現的，實際上應是其最近三年比較成熟的作品。如果就其「十不一取」的選詩標準來看，說「蓬草心情」是吳明興作品的精選集，該不算是過譽之辭吧。

從形式上看，「蓬草心情」可分爲上、下兩集：上集爲分行詩，六十四首，是全書的重心；下集爲分段不分行的散文詩，十四首，比重較輕。細讀其內容，不論吟詠山水，摹狀景物，表現隱逸生活的情趣（如「山居」、「回音」、「山鐘」、「山中歲月」、「夕暮」、「冬陽」、

「山月」、「禪院卽興」等）；或沉潛歷史之內，發思古之幽情（如「咏寒山詩」、「夜咏魏晉詩」、「漁歌」、「明史終卷」等）；或出入現實社會，抒寫現代人的哀樂與無奈（如「回鄉偶書」、「泥土的孩子」、「故知」、「平安書」、「夜訪」、「出市立美術館」等）；或虛構情節，藉爲諷喻（如「夜路」、「問津」、「門」、「風景」、「草地」等），寫作的層面不可謂不廣。但就其情思而論，似乎主要在抒發詩人及現代人的流離與無奈。所以它的聲調也是比較低沉的。這，也許就是何以詩人要以「蓬草心情」爲其書名的用意吧。至其語言的淳樸溫厚，音韻的舒卷自如，形式視覺美感的追求，更是構成全書的特色與風格。下面試舉數例，以資討論。

山居

風總是不假邀約的橫來
先是推我虛掩的門
進而不假思索的讀我
未完成的詩草
再而無所用情的掀我
不繫的襟袂
然後不告而別

就好像什麼都沒發生過
甚至我的悵惘
以及他的無心

這是一首山居小品，全詩只有十行，以不假邀約而來的山風，推開詩人虛掩的門，任意翻閱詩人未完成的詩稿，甚而掀開詩人的衣襟，偷窺詩人赤裸的心懷，然後便不告而別，好像什麼也沒有發生過似的，把詩人山居隱逸、安適自如的生活，襯托得十分生動。

再讀另一首描述現實生活的作品：

在山區小學

在山區小學
下課後的黃昏
夕陽靜靜的照着
透過參天的林梢
宛如掩映的火光

一切的聲音已然沉寂
空曠的操場上
烙着雨後留下的脚印
彷彿未盡的嬉戲
猶在悄悄的繼續

然則春秋匆匆哪
一如疾疾降臨的夜幕
迅速泯去美麗的霞彩
徒留寂寞的滑梯
守着敧斜的翹翹板

在趨進的成長路上
多少人生的甘甜苦辛
沉浮起落雨不濟
何時才能偃息

攀上滑下的疑慮

這是一首摹狀景物，兼俱抒情的作品。寫作題材完全來自現實生活。一般詩人批評家多認爲，詩與現實生活是有相當距離的。極端者更認爲，詩必須從現實生活中完全抽離出來，才能保持詩的純粹性。吳明興似乎並不這樣想，他能大膽地突破這種理論的桎梏，他的詩不論來自生活，或由觀察沉思所得，都和現實生活具有密切的關係。依我的分析，吳明興之所以能把現實生活轉化爲詩，主要關鍵在於他能發揮語言的彈性與魅力，也就是善於駕馭敍述語句和意象語句的交互或混合運作的方法。例如前述「在山區小學」一詩，首段在「在山區小學／下課後的黃昏」兩行敍述句之後，接連的「夕陽靜靜的照着／透過參天林梢／宛如掩映的火光」三句，或形容或比喻，那「夕陽」、「參天林梢」、「掩映的火光」等，便都是意象語了。惟因只是黃昏場景的舖陳，意象比較疏淡些。第二段前兩行「一切的聲音已然沉寂／空曠的操場上」也是敍述句，下面三行「烙着雨後留下的腳印／彷彿未盡的嬉戲／猶在悄悄的繼續」，不但都是意象語，而且「烙着」的動詞和前段的「火光」遙相呼應；而「雨後」的「腳印」，和學童們「未盡的嬉戲／猶在悄悄的繼續」發生聯想，一幅兒童快樂的嬉戲圖，便隱隱然呈現在讀者的眼前，是何等的生動！三、四兩段，由夜幕降臨，霞光泯去，歸結到人生甘苦浮沉不定，由外觀到內省，層層深入，達成了詩人藉景抒情的懷抱。詩的價值與意義，也於焉產生。

現在，再來讀一首懷古之作：

明史終卷

悄悄的把明史闔上
獨坐看孤蘭垂露
一切都在不言中了
叵耐秋蟲夜夜淒切
這教我說悲涼與誰
蘭是眾香王者
應馨風廟堂化及萬芳
然則思肖先生不欺
他所喻於寇虜閹寺的
豈只是蓬草心情
想那烽煙飄絮
如何了得刼灰流徙
擲筆莫歎啊擲筆

幸賴門庭堦前
還有幾竿勁節的竹
伴我傾聽西風憂思
否則海隅潮汐
難辨魯王走國形跡
這教我如何橫渡
渡盡客死的哀淒

「明史終卷」應是「蓬草心情」的主題詩？從詩人「悄悄的把明史閤上」，轉而「獨坐看孤蘭垂露」含淚，復引宋末畫家鄭思肖，使人想起這位愛國藝術家，因宋亡易名所南，及其畫蘭不畫土的典故，暗喻宋、明兩朝亡於異族，人民流離失所之苦，正所謂聽「秋蟲夜夜淒切」，「想那烽煙飄絮」、「刧灰流徙」、「豈只是蓬草心情」！這，大概就是本詩的主題之所在。而「蓬草心情」的書名，諒必也是由此而來。國破家亡，何等沉痛！詩人在悲憫之餘，仍能沉吟自勵：「擲筆莫歎啊擲筆／幸賴門庭堦前／還有幾竿勁節的竹／伴我傾聽西風憂思」，讓我這個背鄉離井四十年的飄蓬者讀來，仍有些許的希望和安慰。否則，任令「客死」他鄉，便眞的太過「哀淒」了。吳明興這種由讀史而引發的悲憫意識，流離苦與無奈感，也同樣表現在「夜讀魏晉詩」、

「兩岸」、「草地」等詩中，爲省篇幅，不再列舉。

吳明興的詩，語言思想的淳樸溫厚，聽覺音韻的自然和諧，從前引的詩中，讀者不難覆按得知。至其視覺美感的考究，粗心的讀者，則每易忽略。容稍作說明。

在上集六十四首分行詩中，分行而不分段，一氣呵成的有二十首。分行又分段的四十四首中，有四十一首，每首幾段，每段幾行，都有一定的規律。在視覺形式上，有整齊，有參差，或兼而有之，造成視覺的美感。語言與形式的配合，也很自然，很少有勉強湊合的痕跡。

至其下集的散文詩，多屬藉題發揮的諷喻詩。諷喻詩亦爲我國詩傳統的一部份，唐朝社會派詩人白居易的詠鳥詩，便是這類作品的代表。諷喻詩諷刺的對象，不論是團體或個人，最後總要曉示或暗喻一些人生哲理或道德思想，常爲純文學的詩人作家所詬病，認爲是美麗的尾巴。如果站在文學的社會性或詩教的觀點來看，似乎仍有存在的價值。空言無益，還是讀一首來看看。

風　景

某君向我抱怨，說他已好久沒出去旅行了，因為我們的環境實在太糟，有人的地方就有垃圾，有垃圾的地方就沒有好景致；

這讓我想起一個從電視上看來的笑話，某甲向某乙問從溪頭到阿里山的路怎麼走？某乙回答說只要跟着垃圾走就沒錯；

但這僅是一個笑話嗎？如果是，那麼它將成為人類世界最好的笑話，因為我根本就笑不出來；

於是我告訴他，只要你心目中自有好山好水何愁沒有好風景，問題是：你自己的心裏有沒有垃圾。

讀過「風景」之後，我們是否也該自問，我們的心裏有沒有垃圾？有沒有想過如何處理垃圾的問題，如何維護良好的風景？

如果要找吳明興的缺點，也許正因爲其寫作才華頗高，衝刺速度太猛，如大河奔流，難免夾帶泥沙以俱下。因此，如何審慎的節制，嚴格的自省，正如他自己答覆民生報記者所說的，要把寫詩當作「披沙揀金」的過程，是很重要的。

最後，我想以杜翁「陪鄭廣文遊何將軍山林十首」第六的結句：「只疑淳樸處，自有一山川。」擬爲「淳樸自有一山川」，借爲吳明興的詩作一小結，並期互勉。不知作、讀者以爲然否？

七十五年八月十九日《西子灣副刊》發表，《葡萄園》九十六期轉載

枝繁葉茂因有根

·評蓉子詩集「這一站不到神話」

從三十八年「我是海的女神」，三十九年「青鳥，你在哪裏？」的少女情懷；經過「七月的南方」，「維納麗沙組曲」，「橫笛與豎琴的晌午」，「天堂鳥」，「雪是我的童年」等一連串天國與人間的吟唱；一直唱到七十五年「歲月流水」，「時間列車」，在「這一站不到神話」，卻暫時停車小憩的睿智。她是誰？她就是從三十八年開始寫詩，四十二年出版處女詩集「青鳥集」，七十五年九月出版第十一本詩集「這一站不到神話」，被譽爲「永恒的青鳥」的女詩人蓉子。

談到蓉子，不能不提羅門。這對夫婦檔的詩人，自從四十四年四月十四日，以婚禮朗誦會結爲夫婦之後，他們的作品便一直爲詩壇所矚目。

但兩人的詩風卻全然不同；羅門的詩強調現代結構的組織性、和豐繁意象的經營；蓉子卻一直走着抒情主義的，感性而睿智的道路，早期「青鳥集」中，「我是海的女神，我翺翔在海上，雲霞是我的長髮，星月是我髮際的裝飾。」（「海的女神」），「生命如手搖紡紗車的輪子，不停地旋轉於日子底輪軸，有朝這輪子不再旋轉，人們將丈量你織就的布幅。」（「生命」），固不待言；即使在三十多年後，本（七十五）年新出版的「這一站不到神話」中，「曾經一切都在眼前伸手可及／故鄉和童年並馳在綠茵的夢裏／時間如潮水洶湧／奪去我親情和不解事的年少」（「時間」）；「倘若我心被攪亂／盛名和盛宴也全然無味」（「心情」）；「等走到山盡頭／撐起了水的簾子／隔絕了塵俗／啊！天更高　雲更瘦　涼風冽如酒」（「獅頭山」）；「倘若我底名字不再顯揚　已全然爲人們所遺忘／只要您　我祖國的名字遠揚／我寧願加倍地被人忘卻」（「您的名字——獻給祖國的詩」），所有的詩，仍建構於抒情的基調上，只是感性和睿智的程度，有所分別而已。

如果要尋覓蓉子和羅門的共同點，恐怕是對詩整體美感的經營了。試以一首較短的「蟲的世界——蚱蜢的畫像」爲例：

我在夏的枝頭獨坐
高高地蹺起我的腿　亦
南面王一個。

這刻是盛夏　而
我底王國極其繁昌
真不願用我豐盈的綠色世界
去和人類汚染了的世界交換！

他們——
常常要吃煤煙的廢氣　和
同類的悶氣；
我卻享有晶瑩的仙露
常和芬芳愉快的花朶為伴。

詩人在這首詩中，藉蚱蜢「在夏的枝頭獨坐」，「亦南面王一個」開其端；進而表示他的王國極繁昌，眞不願用他「豐盈的綠色世界，去和人類汚染了的世界交換」！最後，又以人類「常常要吃煤煙的廢氣，和同類的悶氣」；他卻「享有晶瑩的仙露，常和芬芳愉快的花朶爲伴」作結，達到萬物之靈的人類，竟然不如渺小昆蟲的效果，不能不說是一種諷刺。這種兩個世界對比安排和反諷的效果，以及詩語的簡潔，結構的完美性，也不能不說是詩人睿智的表現！

若再進一步探討，那「南面王」的蚱蜢，那「豐盈的綠色世界」，那「常和芬芳愉快的花朵為伴」的喜悅，何嘗不是詩人夢寐以求的境界！這樣說來，「蟲的世界」，又不能不和抒情發生密切關係了。

「這一站不到神話」，包括「時間列車」、「茶與同情」、「當我們走過煙雲」、「揮別長長的夏」、「只要我們有根」、「香江海色」、「紫葡萄的死」、「倦旅」、「愛情是美麗的詠歎」等九輯，共收詩六十四首（如果加上「鄉愁外一章」的「心情」，和「一組夏天的詩」六首，「秋詩六題」，應為七十五首），再加上以前出版的十本詩集，全部作品應該有好幾百首了。幾百首作品，對於一個寫作態度嚴謹的詩人來說，可算是枝繁葉茂果實纍纍十分豐碩了。若然，蓉子被稱為「永恒的青鳥」，也是當之無愧了。

蓉子之所以擁有豐碩的成果，甚高的聲譽，固然是她三十多年來，在詩的國度裏，辛勤耕耘的結果；但如果我們能從詩人的作品中，作另一條線的追尋，也許不無新的意義吧？那麼，就讓我們來讀讀六十八年八月，在中美斷交的巨大震撼中，詩人在「聯副」發表，七十一年起被編入國中國文教科書中，擁有數百萬讀者的「只要我們有根」中的幾節，就不難有所發現了：

只要我們有根
縱然沒有一片葉子遮身

仍舊是一株頂天立地的樹

就讓我們調整那立姿
在風雨裏站得更穩
堅忍地度過這凜冽寒冬

是的，只要我們有根
明春　明春來時
我們又會枝繁葉茂　宛如新生

從這些詩句中，我們可以斷然肯定，蓉子的詩正像一棵大樹，它之所以枝繁葉茂，宛如新生，乃是因爲它有自己的根。而這根，又因其植於歷五千年歷史文化而不衰的中國的大地，故有取之不盡的營養。

七十六年一月十二日《中央副刊》

神話傳說與「天問」

‧讀藍海文的「天問譯注」

十年前，我在師大國文系做老童生的時候，爲了想讀通屈原的「楚辭」，曾經涉獵過幾本研究楚辭的專書。雖然各書都有詳略不同的注釋和語譯，但讀來總有格格不入之憾。究其原因，可能不外乎：

第一、屈原是一位遭讒放逐的詩人，內心憂憤，不便直述，不得不假借神話傳說與比喻，以寄其諷諫抒懷，憂時愛國的情思，以致有意無意間，造成作品的隱晦。

第二、屈原「寧赴湘流，葬於江魚之腹中」，已二千二百多年，歷史久遠，文字演變，古今有異，加以錯簡叄伍，造成後人閱讀的阻滯。

第三、楚辭爲我國古代南方文學的經典之作，歷代注解者，雖名家輩出，成就斐然，但陳陳相因，以訛傳訛者，亦復不少，致使後世讀者受到誤導。

第四、近代某些譯注者，旣無判斷能力，又乏詩的素養，勉強下筆，不是望文生義，不知所云，就是譯筆粗俗不通，令人不堪卒讀。

因在師大讀書的關係，後來，認識了教楚辭、也教新詩習作的何錡章教授，我們的談話常常圍繞着楚辭研究和新詩寫作的問題。有一次，在閒談中，我建議他將某出版社預約的「楚辭新論」完成後，應該寫一本「楚辭新譯」，爲讀不懂原文的青年朋友，提供一個新詩型的譯本。何教授欣然應允之餘，卻提出了一個反建議，就是由他執筆寫注，由我負責譯成新詩。我們希望注要寫得正確精詳，詩要譯得優雅雋永，力求達到保留原作的韻味。對這項頗富理想的計畫，我們都抱着極大的興趣與希望。

可惜，因爲兩人都很忙：何教授一面忙新書的寫作，一面又忙着將他多年來在師大教新詩習作的講義，改寫成「新詩總論」，在「葡萄園」詩刊連載發表。我呢，在讀書、教書、編詩刊之餘，也正忙於收集資料，爲青少年編寫「新詩評析一百首」。後來，等到我的書出版之後，何教授卻因積勞成疾住進了醫院，而於七十一年六月不幸逝世。何錡章教授的辭世，不但使教育界損失了一位研究屈學有成的學者，也使文藝界少了一位好朋友，更使我們那個合作譯注楚辭的計畫，胎死腹中，成爲徒然的憾恨。

「山重水復疑無路，柳暗花明又一村」。天下事常有出乎意料者，本（七十五）年三月，接到香港詩人藍海文主編的「世界中國詩刊」春季號，赫然發現藍海文的「天問今譯」——楚辭中最最令人困惑的「天問」，竟被藍海文譯成新詩了！而且譯筆簡潔明晰，生動傳神。我忍不住立刻給他寫了一封航空信，一面向他道賀，一面建議他，「天問」應該附注，成爲一本可供一般讀者閱讀的專書。他回信說，那也正是他的意思。

藍海文是一位劍及履及的詩人，什麼事說做就做，兩個月後，便收到了他的「天問譯注」。細讀之後，深感海文的譯注，不僅詩的部份譯得簡潔優美，忠實而雋永地傳達了原作的情韻；而且每篇注解之後，幾乎都有一個與詩有關的神話傳說，或歷史故事，讀來輕鬆愉快，毫不費力。對於曾經有意語譯楚辭爲新詩，而力有未逮的個人來說，更是格外高興。

爲了好奇和求證，我把藍海文的「天問」譯文，和手邊幾本楚辭中「天問」的譯文，互爲對照，優劣雅俗，顯然可判。玆將「天問」開始幾句的原文，和兩位今人的譯文抄在下面，請讀者參考：

原文

曰遂古之初，誰傳道之？
上下未形，何由考之？
冥昭瞢闇，誰能極之？
馮翼惟像，何以識之？

明明闇闇，惟時何為？
陰陽三合，何本何化？
圜則九重，孰營度之？
惟茲何功，孰初作之？

藍海文譯

一

誰能證明宇宙的誕生？
天地未分誰曾看見？
誰曾考究混混沌沌？
所謂元氣如何分辨？

二

時間何以要晝夜交替？
陰陽天道如何滲合演變？
天有九重誰曾量度？
這偉大工程是誰完成？

某教授譯

請問遠古開頭的一切事情，由什麼人傳道及今？
那時天地未分，根據什麼來考究分明？

那時晝夜不分渾渾沌沌，什麼人能夠弄清楚它的原形？
太空中有無形的氣體迴旋浮動，怎樣纔能夠認識分清？

由黑暗到光明又由光明到黑暗，怎樣分出晝夜運轉無窮？
陰陽同天三合而後生宇宙，陰陽二氣何者為體何者為用？

穹窿的天蓋制作共有九重，誰人也曾環繞過它而加以度量？
像這樣偉大的工程，又有誰人替它開創？

任何稍具文學修養的人，都能分辨出兩種譯文的不同：前者是文字簡明內容含蓄的詩；後者是直述說明，而且很不高明的散文。我之所以欣賞藍海文的譯筆，對於其他譯文常有不堪卒讀之感者在此。

其實藍海文的「天問譯注」，不僅在於譯筆簡潔優美，富有情韻；更在於他的注文考證精詳，用自然流利的白話，把涉及的神話傳說和歷史故事，交代得清楚，述說得動人，給人以如臨其事如見其人的眞實感。下面試舉一例，以見一斑——

歧母無合，夫焉取九子？
伯強何處？惠氣安在？

歧母：歧通岐，朱本、柳集作歧，洪本作岐。神名，為二十八宿之尾宿。他本作「女歧」，「天問」中另有「女歧」，此處係抄錯，今更正。合：交配。夫：發語詞。九子：九子星，尾宿由九顆星組成。〔史記・天官書〕：尾為九子。伯：古代習慣的敬語，如稱禺為伯禺。伯強：即風神兼海神的禺強。惠氣：和順之氣，即和風，指和順的風神。

尾宿九子，後來演變成九子母的故事，與此處無關。

神話中，禺強是上帝的孫兒，既是北海神又兼風神。

當他是海神的時候，就變得非常威猛，形容是人臉鳥身，耳朶上掛着兩條青蛇，扇起大翅膀，鼓起猛烈的巨風，風裏帶着大量的疫癘和病毒，人當着這股風，就會生病或死亡。禺強住在北海的「北極天櫃」山上。

上面是第十五小節的注文和相關的神話故事。讀來眞是津津有味。藍海文把它譯作：

岐母無夫，何以生下九子？

禺強住在哪裏？惠風羈在何境？

「天問譯注」這本書，除了譯注優美精詳之外，作者更大的貢獻，恐怕還在於根據遠古神話傳說的系統性，及其與信史的關係，以及可能的錯簡，文字形音的演變和傳抄的訛誤，而改正了歷來許多注釋譯文的錯誤。這點，作者在「序」文中，便曾提及：當他用兩天時間，把「天問」對照一下，發現郭沫若竟然錯譯了四十餘行。因我手邊沒有郭的譯本，爲了信而有徵，我曾寫信向藍海文求教。海文回信，指證很多。

玆略舉一、二，或可由一斑而見全豹。

例一：原文

干協時舞，何以懷之？

平脅曼膚，何以肥之？

藍注：干：盾，古時亦作舞蹈道具，這裏指干戚舞。協：和。時：時常。懷：懷戀。平：平正。脅：〔禮經釋例〕：脊兩旁之肋謂之脅。平脅：肌肉豐滿，不見肋骨。曼：潤滑細嫩。

藍海文說：這原本是成湯七世祖王亥、王恒兄弟，帶着牛羊牧夫到西方有易族去做生意的故事。所以他在注文之後，有一段敍述：

有易國綿臣，聽說商國王兄弟趕着大隊牛羊前來，趕緊帶了人馬遠去迎接，以最好的珍饈美釀款待，綿臣請他們安住下來，請他們先把有易的歌舞美食好好欣賞，然後再談生意。王亥王恒兄弟一住就好幾個月，個個養得肥肥胖胖。

譯爲：

有易王綿臣，何以日日歌舞飲宴？
何以把王亥兄弟養得肥肥胖胖？

而郭沫若卻把它說成虞舜的故事，譯為：

虞舜舞干羽於兩階，何以便能使有苗來歸？
有苗們都胸廣體胖，是吃了什麼東西養肥？

例二：原文

眩弟並淫，危害厥兄，
何變化以作詐，而後嗣逢長？

藍注：眩：惑亂，見利忘義。弟：指王恒。並淫：王亥王恒和有易王綿臣的妻子通姦。逢：大，猶盛。〔尚書・洪範〕：子孫其逢。馬注：逢，大也。

藍海文說：這是指王恒從有易逃回商族之事。是說那個蠱惑的弟弟與哥哥都做了淫人之妻的勾當，還害死了哥哥。何以這種變化多端而詭詐之人，他的子孫卻長發其祥？（按：上甲微吞併有易後，商族開始興旺，上甲微至成湯約二百年；成湯滅夏，統治中國約六百年。被周取代後，他們的子孫仍受周室敕封，保留一個宋國又達六百餘年。）譯為：

何以兄弟都與她通奸，弟弟卻將哥哥暗算？

何以在族人面前撒謊，反而子孫富貴長遠？

而郭沫若卻把它派作虞舜和他弟弟象的故事。譯爲：

這壞兄弟想奸淫他的嫂子，要謀害他的兄長，

何以那樣變化多端的怪物，后嗣反而會繁昌？

藍海文指出：「並淫」是指兩個以上的男人與同一個女人發生了關係。象想「淫」的是舜的妻子。舜與自己的妻子怎能算是「淫」呢？所以藍海文說，郭沫若錯了，錯得實在離譜。而郭沫若的許多錯誤，要拜聞一多之賜。因爲郭沫若是根據聞一多的「天問疏證」來譯的。所以聞一多錯了的，郭沫若也跟着錯了。

楚辭在中國文學史上早被視爲經典之作，西漢初年，已和春秋六藝相並論，成爲專門的學問。其中「天問」篇因涉及遠古的神話傳說，更難。所以二千多年來，「天問」幾被看作「天書」。而有能力碰「天問」的人，其身價也就不同凡響了。據說，大陸上寫過「中國詩歌史」的陸侃如，就因爲弄不懂「天問」，又想在「天問」上樹權威，索性把不懂的部份統統刪掉，終於

弄出了一本書，美其名曰「天問選譯」。沽名釣譽，有至於斯者。

藍海文之譯「天問」是很偶然的。據說，有一天，海文到九龍去出席「香港中國筆會」的理事會。其時，會長王世昭先生去世未久，眾人相聚，獨少斯人，不免有些感傷。由於懷念老友，回家後，遂從書架上取出王著「屈原」一書，隨便翻閱，發現「天問」全是神話與歷史傳說，與趣一來，便逐一眉批，竟然全部融會貫通。因當時他正在撰寫「中華史詩」，已完稿二萬五千行，其中包括五千五百多行的序詩「神話與傳說」（曉村按：此書已由文史哲出版社取得版權，於七十六年二月出版）。「天問」所涉及的問題，全在他剛剛脫稿作品的網中。於是，他只用了兩個夜晚（白天要做生意），便輕而易舉地，把「天問」譯成了四十七章，每章四行，一韻到底的新詩。後來，再寫了注文和解說，便成了一部既具學術價值，又有可讀性的「天問譯注」了。

「天問譯注」出版後，文教界都有很高的評價，香港某大學教授已當做自己的教本之一。大陸和新馬的學人，也紛紛向作者寫信索書，使海文深深體認，譯注古籍也是文學家迫切的責任。因此，乾脆把「中華史詩」的寫作暫時停了下來，全力進行楚辭的譯注。現在，初稿已經完成，預計一年後，一部新詩體的「今本楚辭」，便可問世了。讓我們拭目以待。

七十六年二月十一日《西子灣副刊》發表，《葡萄園》九十七期轉載

一衫淚痕花與果

・論傅天虹的詩

前言

唐代社會寫實派大詩人白居易，因爲寫了一些反映社會，針砭時政的諷喻詩（如「秦中吟」、「雜興」、「新樂府」等），曾被當朝權貴藉詞誣陷，貶官江州司馬。

白居易雖然因寫作受誣貶官，但後來政局改變，仍有機會復出仕途，甚至官運不惡，做到刑部尚書退休。而今，中共統治下的大陸作家和詩人，卻沒有這樣的幸運。三十多年來，在各種政治運動，尤其「反右」及十年「文革」浩刼中，任何敢於反映社會，批評中共的作家和詩人，無不受到殘酷的批鬥迫害，輕者下放勞改，剝奪寫作權利，重者關進牢獄，受盡折磨，含恨忍辱而死的，不知凡幾！如名作家老舍、田漢、王任叔、何其芳、趙樹理等，或受辱自殺，或寃死獄中，恐怕至今仍難瞑目。鄧小平上臺後，刧後餘生的作家，如丁玲、艾青、巴金、蕭軍、劉賓雁等，雖然被「平反」，恢復寫作權利，甚至有些人還能出國「亮相」，但驚弓之鳥，除了寫一點「反四人幫」的應景文章外，多數都是寧學金人三緘其口，不再執筆。眞正敢於繼續批判中共政權的，便只有少數年輕作家了。就詩人而言，如寫「苦戀」詩劇的詩人劇作家白樺，和寫「一個幽靈在中國大地上遊盪」的詩人孫靜軒，卻不免再度遭到批判的命運。

爲了追求自由創作的權利，大陸有些作家，便只有被迫選擇投奔自由世界的途徑，四年前，經香港輾轉來臺的名作家無名氏（卜乃夫），和最近借出國訪問，在西歐尋求政治庇護的女作家遇羅錦，由於大眾傳播的廣爲宣揚，已爲此間讀者所熟知。至於三年前，默默逃離大陸，一直隱居香港的詩人傅天虹，「葡萄園」和「秋水」詩刊，雖然刊登過他的不少作品，筆者在去（七十四）年二月二十八日的「中副」，也曾以「詩的訊息」，介紹他的「雪松之戀」等作品；年前，他又一口氣出版了兩本詩集，但因其一直處於隱居狀態，其詩集也未在臺灣發行，多數讀者朋友，對傅天虹其人其詩，恐怕仍是不甚了了。筆者和詩人王祿松等，八月訪問香港時，和傅君有過一次深談的機會，對其在大陸的遭遇，及其突破橫逆艱困的創作精神和才華，十分敬佩。願借本刊的寶貴篇幅，對傅天虹其人其詩，作一較完整的介紹，也許不無意義吧。

傅天虹的人與詩

傅天虹，安徽人。一九四九年，大陸淪陷時，他的父母隨政府撤退來臺，臨行匆匆，把他寄養在南京的外婆家中，那時，他只有兩歲。十二歲時，喜歡幻想的傅天虹，即開始寫童詩兒歌，他的「植樹苗」和「我送茶水上南山」，便先後在大陸「少年報」發表和電臺播出。但他的外祖父害怕他這樣出鋒頭會招惹麻煩，不但不許他寫詩，還把他心愛的一册詩稿，投入火爐燒掉了。

一九六一和一九六六年，傅天虹因父母在臺灣，被列入「黑五類」；外祖父因經營古玩，也被批判爲「牛鬼蛇神」，慘遭鬥爭，而兩度離開南京，到外地去逃生。「文革」初期，當他流浪到青島市郊時，因過度疲勞，病了一場，多虧一位好心的老木匠，將他收留、治療。此後數年，他就跟隨那位老木匠所屬的「民間建築隊」，過着木工學徒和四處流浪的生活。

橫逆困苦的流浪生活，並不能阻絕詩人寫作的信念，反而使他的思想鍛鍊得更爲成熟。他在「我有幸」的詩中，曾這樣寫道：「也許我／再難從你的摧殘中掙脫／你比我想像的／還要粗野／還要兇惡」；「但我並不後悔／我有幸記載了你的罪惡／當後人經過我的墳墓／會有啟迪／會有思索」。詩人表現了至死不悔的決心。

然而，人是戀鄉的，在外流浪久了，難免想家思親。於是，在「文革」末期，傅天虹又回到了他朝夕思念的石頭城。

不久，「四人幫」垮臺，中共大專院校恢復招生，傅天虹於一九八〇年，考入南京師範大學中文系，一九八三年畢業。在大陸「四化」和「開放」的口號下，傅天虹本可在南京從事教書，或在文藝界尋求發展，但他卻選擇了逃出大陸，投奔自由的道路。不久，在友人的協助下，他抵達了香港。三年來，他一面做工（少年時跟老木匠學到的手藝），維持生活，一面繼續寫作。一九八四年七月，已獲得香港的定居權。一九八五年，香港詩人協會成立，傅天虹被選爲理事。接着，詩人藍海文創辦「世界中國詩刊」，邀請傅天虹擔任副主編。

經過小學時代童詩兒歌的啟蒙，經過十年「文革」浩劫的磨難，傅天虹的詩，隨着年歲的成長而愈益成熟。「文革」之後，當他的作品在報刊上大量出現時，他那作品中所流露的苦難悲痛，卻又奮鬥不屈的精神，立刻獲得無數具有同樣遭遇的讀者和詩評家的喜愛與重視。一九八一及八二年，當他連獲南京兩屆「雨花文學獎」時，詩評家嚴迪昌、陳遼、劉舒、曲辰、孫有田等，均有專文在報刊評介他的作品。多數都認爲傅天虹的作品具有時代的代表性。曲辰在「貴有青雲之志」評論中說：「詩人可貴之處在於，他做到了如古人所說『貧且益堅，不墜青雲之志』。他有理想，有抱負，有志氣；不公正的政治待遇，不安定的流浪生活，都沒有使他沉淪。相反倒是促使他去探索，去思考，去走自己曲折而始終向前的人生前途。」（以上詳見「火花集」和「酸果集」的「詩評剪錄」）。

三年來，傅天虹在香港報刊發表的詩作不下數百首之多。去年十二月，他在已發表（包括大陸時代）的八百多首作品中，選出了一百七十餘首，分編爲「火花集」和「酸果集」，由香港詩人協會出版，世界中國詩刊社發行，因數量不多，不數月，竟然銷售殆盡。詩人來信說，很出他的意外。朋友們建議他再版，他卻覺得版面、字形，都不太理想，而暫時停了下來。

不知是「火花集」和「酸果集」是同時出版的雙胞胎？或是詩人初次出書，缺乏經驗？兩個集子附錄了相同的「詩評剪錄」和「後記」。又因兩個集子的內容和篇幅，雖然略有不同：「火花集」共收詩作一百二十五首，分爲「火柴照亮的歌」、「希望之光」等八輯，四行一首的小詩達八十首之多；內容有感性的抒情，也有知性的諷喻和批判。「酸果集」收作品四十八首，分爲「山野抒情」、「漸遠的年代」、「愛的沈思」、「雪松之戀」等四輯；其中旣抒情又敍事，數十行的作品有十首以上。但兩集都同樣包含着詩人悲慘的童年，和成年之後的覺醒與呼喚、對於暴政的揭發與批判，以及人性光輝與邪惡的詠歎等。

傅天虹的詩之分析

以下僅就其內容風格相近者加以歸納評析：

(一)眼淚流成河的童年生活

在「火花集」和「酸果集」中，描述詩人童年生活的作品不下十幾首之多，其中最具代表性，也最爲感人的是，「賣火柴的小女孩」和「朦朧的眼睛」。這兩首詩，因篇幅較長（前者四十行，後者七十多行），不便全錄，下面只能作梗概性的介紹：

「賣」詩從安徒生的童話「賣火柴的小女孩」敍起，說到賣火柴的小女孩，在大雪紛飛的夜裏，借助於微弱的火柴光的一閃，看見了她的老祖母，和光明而又溫暖的天國，快樂得哭了起來。因此，詩人竟夜夜和那童話中的小女孩相見，「也不知道／我夢你／還是你夢我／也許是安徒生爺爺／派你來找我／我也沒有媽媽呀／我也想借助神奇的火柴／在它美麗的光焰中／看清媽媽模糊的輪廓」。詩人甚至向小女孩哀求：「也請給我媽媽送一根火柴吧／我遠去臺灣的媽媽呀／我是多麼希望她能照見／我還在人間活着……」

「朦」詩則是以另一種方式，描述詩人和媽媽夢中相見的情形，多少次，把風雨關在門外，棲身的小閣樓，成了和媽媽見面的天堂，有時像在兒童樂園的草坪，有時像在家長會的禮堂，有時像在年三十的夜間，有時像在中秋節的晚上，母親那「朦朧的眼睛／像灑下一片透過雲霧的／陽光」！可惜夢的翅膀是拴不住的，每當夢幻消失時，留給詩人的只是淚水和月光。其中第四節這樣寫着：

沿着兒時的記憶
多少次了
懷着隱隱作痛的心
我推開閣樓的小窗
夜色漸漸褪盡
眼前昇起的
卻是一顆不能屬於自己的太陽
我真怕被人告密
說我還在思念去了臺灣的爹娘
我可還是夜夜夢你呀，媽媽
夢得那樣急迫
夢得那樣痛苦
夢得那樣慌張
你可知道每次夢醒後
我這顆怦怦直跳的心

像做了
小偷一樣

這兩首描寫詩人童年懷念母親的詩，雖然一以童話爲前導，一由敍事而抒情，寫作方法不盡相同，但因都是眞人實事，情眞意誠，直叩人心，讀來使人深爲感動。如果更深一層地分析，這兩首詩所表現的，不只是詩人懷念「遠去臺灣的母親」，數十年不能見面的痛苦；而且也是數十年來，許多中國人被一線海峽活活分割的悲哀；以致詩人只能借助童話故事中，那神奇火柴的光亮，看一眼母親模糊的輪廓，或是偸偸摸摸地去夢中和母親聚晤，表現得是何等的虛無與無奈！

他如，在「酸果」中，詩人自喩：「童年的我／是一棵扭曲的大樹上／結出來的一枚酸果／人，不親近我／鳥，不親近我」，其身心所受的折磨之深，感受之苦，更是不言可喩了。

(二) 渴望重活一次的覺醒與呼喚

經過十年「文革」暴風雨的摧殘浩刼之後，面對着十億人民空前的大災難，無數被利用，被摧殘的靑少年，一旦「四人幫」垮臺，自然會從長期的惡夢中覺醒過來。靑年詩人傅天虹也是其中之一——就其身爲詩人的影響而言，應該也是比較重要的一位。他在「火花集」的「暴風雨」中，有這樣激越的呼號：

脫掉所有的衣服
我大笑着衝進暴風雨
這染汙的身心
早該好好地洗一洗
能洗得掉嗎？
這成年累月的灰塵
能刷得清嗎？
這形形色色的印記
還是劈了我吧，電閃
還是轟了我吧，雷擊
也許，這樣才能重生
我渴望重活一次
我應該擁有
真正屬於自己的大腦和肌體

這是一首頗具震撼性的作品。詩人恨不得脫掉所有的衣服，衝進時代的暴風雨中，以洗清被染汙的身心；但又覺得那經年累月的灰塵，和形形色色政治運動的印記，都已深刻在心靈的深處，是無法、也不能洗得掉刷得清的；也許只有讓雷電將自己轟劈而死，生命才能重生，才能重活一次，才能擁有眞正屬於自己的大腦和肌體。

在這大徹大悟的覺醒中，詩人認清了那專事改造人民的大腦、喉嗓、眼睛、心臟，使人愚昧、瘋狂的邪惡，因此，他在另一首「再不能」的詩中大聲疾呼：

改造？改造？
再不能任你改造了
我們是人
我們有
人的權力
人的尊嚴
人的個性
人的情感

類似這種覺醒意識的作品很多，詩人不是呼籲：「災難的起因還不曾追根問柢／怎能偃旗息鼓停止探索的馬蹄」（「紀念碑」起句）；就是鼓勵人們衝過去：「一旦掙脫冰封的痛苦／毅然奔向夢中的江湖／那怕面臨絕壁懸崖／也要衝過去，尋找一條去路」（「瀑布」）。

㈢小詩：直抒人性的花朵與匕首

小詩，有時是美麗的花朵；有時則是犀利的匕首。傅天虹，也是善用小詩的能手，他在「火花集」的八十首小詩中，便是這樣揮灑自如地，時而讚頌人性的光輝，時而諷刺批判人性的弱點與邪惡。下面隨便讀幾首，或能窺一斑而見全豹：

身處逆境並未放棄理想
在黑暗的地層下默默積蓄力量
整整一個冬天的準備
終於迎得了破土而出的歡暢

——「竿」

它怪誕的眼睛
總是向上，似乎對太陽十分虔誠

可是，當烏雲彌漫的時候
它又和風雨調情
——「向日葵」

它會笑，它會點頭
它走過來了，想和你拉一拉手
它的舉動多麼像一個人呵
再像人也別忘了它是野獸
——「猿猴」

這些每首四行的新絕句，簡短有力，不論以花草動物爲吟詠諷喻的對象，都不難看出那直指人性核心的、現實與象徵的意義。另有兩首每首只有兩行的小詩，也極具象徵的意味：

每當它張口怒吼
總是到了無法忍受的時候
——「火山」

它之所以顯得高大
是因為我們低下了頭

——「神像」

火山象徵被壓迫的人民，神像有如高高在上的獨裁者：當被壓迫的人民「到了無法忍受的時候」，便會像火山一樣「張口怒吼」；高高在上的獨裁者「之所以顯得高大」，是因爲被壓迫的人民「低下了頭」。言外之意彷彿是人民應該起來爭取自由平等的權利吧。

（四）敍事詩：又是一場新的悲劇

在「火花集」和「酸果集」中，有不少敍事性的抒情詩，如前文提到的「朦朧的眼睛」、「酸果」，以及筆者在「詩的訊息」中，曾經介紹過的「雪松之戀」（後被收入爾雅版「七十三年詩選」）等都是。這裏，我想介紹一首風格不同的，抒情性的敍事詩「憶」。

「憶」是暴政之下的一個愛情悲劇，敍述一個被下放西北勞改二十多年的青年，「文革」後又回到了故鄉南京，懷着一種遲來的幸福感，來到女友的門前，迫不及待地，想見他那闊別二十多年的女友。但是，站在她家門前，他卻猶豫了，他不敢推門，他怕「推開門，不又是一場新的悲劇？」於是，便站在竹籬院內，回憶往日種種歡愉的戀情，以及一夜之間，忽然變成了人民的

「公敵」！在江邊離別時，「十五的月亮也成了一顆苦澀的淚滴」的悲苦。但那女孩卻對他情深似海，誓言「死也要死在一起！」現在，二十幾年過去了，他捧着一紙「平反通知書／像捧着一張剛剛贖回的賣身契／流不下熱淚／談不上感激／只有一聲沉重的歎息……」想到這裏，他忽然聽見：「丈夫在呼喚妻子／母親在親暱兒女」，心想：「推開門，不又是一場新的悲劇？」至此，詩人做了一個斷然的結束：

眼前的朦朧突然消失
小街上只剩下三兩對情侶
死了的雖然活了
活着的卻已經死去

死了的愛情雖然又復活了，但轉瞬間，那顆活着的心，卻已經黯然死去，眞是人間的大悲劇！

傳詩的風格

我們常聽人說，目前大陸作家的作品，舉臺灣相比，至少要落後二十年。這一論點，恐怕失之以偏概全，因爲對於那些全然不講技巧，一味歌功頌德的作品來說，可能是對的。但另一方面，對於那些旣要反應現實、批判暴政，又不得不以比較含蓄的象徵手法來表現的作品來說，也許就不全然正確了。讀過白樺的「苦戀」和劉靜軒的「一個幽靈在中國大地上遊蕩」的朋友，大概都會有此看法吧？對於傅天虹的作品，我們也應從這後一論點來討論。

細心的讀者，從前面章節所引的部份作品中，也許已能概略地窺察出傅天虹的作品，感情眞摯，語言隨詩的內容的不同，而有剛柔的區別、互濟。在技巧的運用上，爲了效果，雖然有時採取直接的呼求，但更多的時候，則是採取比較間接象徵的手法。他的每一首作品，都是從現實生活中熬煉出來的。卽使那些完全採取暗示象徵手法的小詩，仍然有現實的脈絡可尋。下面試以「社會」爲例：

不亮的太陽
不濕的春雨
不香的花朵
不流的小溪
走近它

感到襲人的寒氣
彷彿進入一個
遠古的山洞
石灰岩的冷酷
結構成天
結構成地

這首詩沒有一句直接批評大陸社會的不好，但讀到那「不亮的太陽／不濕的春雨／不香的花朶／不流的小溪」，一走近它，就「感到襲人的寒氣」，自然就給人冷酷無情的感受。再如另一首「莫再」：

莫再盜用太陽的光線
編造頌神的詩句
莫再借助風雨的繩索
束縛時代的步履
莫再氾濫愚民的浪潮
淹沒春天的新綠

莫再操縱特權的鋒刃
剪破人民的希冀

讀這首詩時，如果我們知道，中共曾將毛澤東頌揚成「東方紅，太陽升」的太陽；幾十年來，大陸曾經掀起過許多次風風雨雨的「運動」，便不難瞭解，詩中那「盜用太陽的光線／編造頌神的詩句」，「風雨的繩索」和「愚民的浪潮」，是何所指了。那「莫再」的語氣，不僅暗含對中共政權的批判，而且亦隱隱然有着警告的意味。像鑽石一樣，好詩有多面的涵義。

感情眞摯，語言明晰，而又剛柔互見，抒情詩中有着敍事的成分，感情與知性兼顧，中長篇作品與小詩互見風騷。揭發暴政、暴露邪惡，這就是傅天虹作品的特色與風格。

遺憾的是，大部份的作品都未註明寫作的時間，無法對作品的發展，進行縱深的探討。

總之，傅天虹的「火花集」和「酸果集」，是我很喜歡的兩本新詩集。對於很少有機會閱讀大陸新詩的臺灣讀者來說，似乎更值得一讀。因爲離開大陸只有三年的傅天虹，他的詩不僅具有大陸年輕一代的代表性，不僅是大陸「文革」十年動亂血花淚影的寫照；而且也是八十年代覺醒者探索未來的呼聲，更是大陸十億同胞苦難生活的抽樣。就其寫作技巧來說，從感性抒情，到知性敍事，諷刺和批判，象徵比喩的靈活運用，形成作品的可讀性和多樣性，實在令人敬佩。

上帝與蜘蛛

・評陳瑞山詩集「上帝是隻大蜘蛛」

去年（七十五年），榮獲優秀青年詩人獎的陳瑞山，出版了一本詩集「上帝是隻大蜘蛛」。「上帝是隻大蜘蛛」？什麼話！怎麼可以把上帝比擬做蜘蛛呢？簡直是對上帝的大不敬！朋友，請別緊張，別生氣。陳瑞山有再大的膽子，也不敢褻慢我們敬愛的上帝。然則，陳瑞山何許人也？什麼書名不好取，偏偏取了個令人大吃一驚的書名，不是有點豈有此理嗎？

陳瑞山，臺灣屏東人，民國四十四年生。中國文化大學畢業後，服完預官役，在英文中國郵報做過短期的編譯。七十年赴美留學，先入奧克拉荷馬大學，後又轉入愛荷華大學英文系「作家工作室」，研究文學批評與翻譯。以「Translations of Two Modern Chinese Poets」論文，獲藝術碩士學位。七十四年返國，回其母校文大英文系任教。七十五年詩人節，榮獲中華民國新詩學會頒贈全國優秀青年詩人獎。

「上帝是隻大蜘蛛」，是陳瑞山的第一本詩集，也是他的得獎作品（在此之前，七十四年，黎明公司爲他出版過旅美見聞的「第一次印象」散文集）。「上」集的編排方式與一般詩集不同，是按年度的倒數方式，卽自一九八五回溯到一九七六，分十輯，共收詩作一百二十一首。其中，一九八一出國之前在臺灣的作品四十六首，一九八一年赴美之後的作品七十五首。如果扣除一九八五返國之後的二十六首，則在美國的作品爲四十九首。

又以詩的內涵和表現風貌來區分，則一九八一是一個明顯的分水嶺。在這之前的作品，表現的，大多是浪漫、抒情的少年情懷，其中有不少是頗爲含蓄的情詩，如「給莘濟亞」、「長髮吟」，「給C·F」等幾首詩都是。這其中的「給莘濟亞」，和另外幾首較長的作品，如「過程」、「悲劇的傳說」等，詩中所夾雜的敍事性，爲其後期某些冷靜知性的作品，奠定了原型性的根基。一九八一赴美後，可能由於美國高度工業化環境的感染，人生閱歷的逐漸寬闊，以及研究西洋現代文學的影響，使其作品很自然的，由浪漫抒情轉入比較成熟的冷靜與知性，以及相當可貴的幽默感。

詩人戲劇家閻振瀛先生，在「上」集的序文中，便是以「冷靜與思維」的兩個特質來評論陳瑞山的詩。他說：「『冷靜』是他創作的態度；『思維』是他詩的質感。」，可謂卓識。我也有此同感。而我之所以捨「思維」而取「知性」，只是因爲這兩個同屬哲學範疇的抽象名詞，在解釋和運用上稍有差異而已。思維就是思惟，偏重於推論；知性則重在綜合運用的能力。如果就陳瑞山後期幾首具有代表性的長詩來看，作者把許多幾乎互不相干的材料，融會貫通於一首詩中，固然有其推論的指引，但也似乎更需要綜合運用的能力。試以「上了高速公路」一詩的第五節爲例：

記得我第一次上這條高速公路
心頭怦怦如引擎
這兒殘雪方歇
也正是南臺灣鳳凰花開，驪歌初奏時
但這兒已不唱驪歌，那是古老英倫海峽的情懷了
這兒搖着的仍是搖着幾十年來的搖滾樂
仍搖着，仍擺着
從妳我出生的搖籃搖到越戰陣亡將士的墳塚
只不過這次主唱者不是那猛搖下體的貓王普里斯萊
而是換了麥可·傑克生，黑人歌手
就是那位讓法國白人名叫尤精的孩子

想要整容模倣他不成而自殺的那位麥可·傑克生
這是一則美聯社發的頭版消息啊！

親愛的
就在那時我茫然地上了這高速公路
只為趕赴一場畢業演唱會
去聆聽一曲陽關三疊的新唱
去給一位中國女孩權充一下知音
是啊！此時此地，只要會說中文的聽衆就是知音了
更何況我是個詩人
一位旣愛中國又國際化的詩人
唉，陽關三疊，這是一段遙遠的聲音了
余光中的現代陽關已被移到桃園去了
是的，我們都是從新陽關來的
雖未曾謀面，但也都多少喝過些臺灣啤酒的
就這般如醉的，我驅車上了高速公路
向着黃昏的天際奔去

在這首一百五十多行共分十四節的長詩中，詩人寫他同一個女孩，由愛荷華城開車往松瀑鎮的路上，觸景生情的許多聯想和對話，從外景的草原、天空、玉米田、高速公路，聯想到南臺灣的鳳凰花開、驪歌初唱，轉到美國的黑人歌手，再想到中國古典的陽關三疊，和桃園國際機場的新陽關；後由聆聽中國的校園歌曲、流行歌由蔡琴、鄧麗君，談到西洋的蕭邦、貝多芬；更由徐志摩的「偶然」，談到白居易的「同是天涯淪落人」……把這許多古今中外人物、時間空間交錯，融合在一首有主題的詩中，無不需要詩人高度冷靜的思考，和知性綜合運用的技巧。至於本詩最後以「親愛的／到底我們的路還有多遠？」作結，用以象徵人生或愛情道路的漫遠，更爲讀者留下無限的悠思。

本書的主題詩「上帝是隻大蜘蛛」，和前述「上了高速公路」是同一手法類型的作品，只是將漫長的高速公路，比擬做上帝所織的蛛網罷了。因本詩也是一百多行的長篇，不便多舉，僅舉其中數行，也可由一斑而窺全豹。

"So I find myself always on the run."
「是的，我總覺得自己老是在勞碌奔波。」
「為何人們老是在勞碌奔波？
是夏娃的錯？是亞當的孽？」

哦！上帝啊！上帝！祢是一隻大蜘蛛
用時間織，用空間網
並依祢的形象造了人
人類啊！人類！你也就是一隻小蜘蛛
用經線織，用緯線網
並駕着心愛的小精靈，時速限制五十五英里
在人世的網上奔網上跑
更穿着太空衣，時速限制一七五〇〇英里
在外太虛的網上飛網上跑
「是的，永遠要勞碌奔波。」

從這些詩句中，讀者已不難明白，詩人何以要以「上帝是隻大蜘蛛」，為其詩篇、詩集命名的道理吧！

陳瑞山在「上了高速公路」的「附記」中，曾有一段「詩化」理論的提出，強調語言文字的徹底再解放，也就是「一切以個人平日自然的說話語調來寫（詩）」。簡單地說，就是口語化入詩。用這個標準來衡量陳瑞山的作品，除前述「上了高速公路」和「上帝是隻大蜘蛛」之外，他如「達達」、「伊利諾依河上的獨木舟」等，日常口語的運用都很出色。而這些長詩的經營，與其早期詩中的敍事性，不無相當的關聯。

中國詩也許受到儒家忠敬謙恭道德思想的影響太深，幽默感似乎一直不爲中國詩人所重視。但處在今日節奏急迫的社會中，幽默感有如生活中的潤滑劑，實在有其需要。因此，當我發現陳瑞山詩中不時流露的幽默感，便覺特別可貴。前述諸詩中許多比喻和對比，固然含有不少幽默的機趣，當我們在一首詩中，讀到詩人覺得開車累了，想停下車來，「找根柱子靠靠／然而，巧的是／這柱子卻緊緊罩着一面紅色的警示／上頭寫着二個字：NO PARKING」時，無奈之餘，心中不免也會泛起一份莞爾吧！

在這本厚三百頁的詩集中，有六首英文詩，我試將其中一首譯出，或可視作幽默的抽樣，也希望能博得識者的一笑。

魔鬼是投手

「你在那裏？」上帝問。
「我在全世界的每個角落。」魔鬼回答。
「那麼，告訴我正確的地方。」
「為什麼？」

「我不知道——

你會要在那裏投球。」

七十六年三月二十日《大華晚報》副刊

長歌短調詠「奇蹟」

·兼談鍾欽的十六行詩結構

本名劉炳彝的詩人鍾欽，在七十三年七月出版的「奇蹟」，是一本很夠水準的詩集。前輩詩人小說家墨人先生，在「三十年辛苦不尋常」的序文中，曾經給以很高的評價。他說：「劉炳彝先生的『奇蹟』詩集，不僅在長詩方面展現了他的功力，在短詩方面更表現了他的精湛技巧，而且是承襲了傳統又能突破傳統。」又說：「『奇蹟』的出版，不僅是劉炳彝先生三十年默默耕耘的成果，也是新詩眞正成熟的明證，這是我期待已久的事實。」但由於經銷該書的書店倒閉，發行管道阻滯，致使此書的出版，未能在詩壇和讀者中，受到應有的重視。值此當前所謂「新馬克斯主義」漸漸滲透文藝界之際，重讀鍾欽的「奇蹟」，並稍加介紹，也許不無正面積極的意義吧。

鍾欽，本名劉炳彝，湖北監利人，花蓮師專畢業。詩齡甚早，四十二年即開始在報刊上以藍雲、揚子江爲筆名發表詩作。五十一年三月出版第一本詩集「萌芽集」，頗獲好評，五十一年七月「葡萄園」詩刊創刊，藍雲爲創辦人之一。次年，繼筆者之後，出任該刊第二任主編。不久，赴花蓮師專讀書，曾一度停筆。七十一年改以鍾欽爲筆名，在「中副」連續發表數百行長詩「奇蹟——臺灣的另一個名字」，「星的塑像」和「永恒的火炬」等，給詩壇帶來一陣不大不小的震撼，詩友們見面都在問：鍾欽是誰？其時，藍雲和我，同在臺北市龍山國中任教，且同在一間辦公室比肩而坐，我卻不知道藍雲就是鍾欽。直到有一天，他的夫人張芳明女士（少女時代曾在「葡萄園」發表過詩作，婚後因忙於家務而輟筆）在電話中問我：最近有沒有看過「中副」的長詩……？我才恍然大悟，原來藍雲又改了新的筆名。墨人先生在「奇蹟」的序文中，稱讚鍾欽不像臺灣某些詩人那樣急功好利，浮躁囂張，而是一直腳踏實地默默地辛苦耕耘，不求聞達，從不拋頭露面作秀，是一點也不爲過的。

的確，鍾欽就是這樣一位默默耕耘，不求聞達的詩人。但他的詩卻是充滿着對這個時代，這個國家的熱愛。「奇蹟」詩集中的三首長詩，第一首，「奇蹟」，寫臺灣三十多年來各種建設的成就，詩長五百數十行，分十章，任何愛這塊土地的讀者，只要展讀第一章「序曲」：

你那富有魅力的名字
有如馨香四溢

凡風聞你的都欣羨不已
哦！臺灣，我們該如何稱述你呢
你不但是一幅畫，一首詩
更成了全世界罕見的奇蹟
從多少驚濤駭浪中過來
穿越了多少暗礁黑潮
你緊緊掌握了自己的命運
沒有什麼能將你擊倒
所有的衝擊
都變成激發你前進的力量
就像那海鷗
在風雨中飛翔得更高

能不被這優美的詩句所感動、所吸引？能不如飢如渴地想要讀完全詩嗎？我想，是的。

第二首，「星的塑像」，是爲日夜辛勞，保護人民生命財產，維護社會治安的警察人員塑造形象的作品，詩長二百八十行，分八章。這種詩，因爲太接近現實，很難寫。但鍾欽卻寫得十分自然，「你恒立着／立成一種儼然而又藹然的姿勢」，起首兩句，便將人民褓母的形象和愛心描繪得具體而貼切。給我深深感動，深深震撼的，則是——

第三首，「永恒的火炬」。這首詩長二百數十行，分六章，是敍述一位少年時投筆請纓，參加過抗戰、戡亂、金門戰役，退役後，從事「不為良將，便為良師」的教育工作，以及「劍不能至，以筆致之」的筆耕生涯，「燃生命為永恒的火炬」者的故事。許多中年以上的讀者，都能從這首反映時代的詩中找到自己的影子，分享詩人「我該如何燃燒自己／燃燒自己成一把火炬／在火光熠熠中找到生命的意義」，那種「滿腔報國赤忱」的豪情壯志；或為「夜夜，我都聽見海那邊淒切的呼喚／聽見黃河、長江的水聲湧到我枕畔」，那種魂牽夢繞的懷鄉之情而感歎。

對我這個脫掉軍衣，走入校園十多年來，一直從事灌溉民族幼苗的國中教師來說，最令我感動的，毋寧是第四章「不為良將，便為良師」的章節：

當我面對着那些民族的幼苗
就像看見了我們國家的明天
我盡心竭力耕耘着
為了那即將形成的一片新的風景線

當我走進校門那天起
我就告訴自己：這兒不是戰場
這是春風化雨——
一個播種愛的地方

我不是那製造讀書機器的人
——祇做一些知識的灌輸
我常帶領學生走出教室外
教他們去讀那些無字的書

像老鴨帶小鴨
在我百般的引導下
我要讓學生得到各種啟發
讓他們飲着我的愛心長大

無論俊慧或村魯

富有或貧寒
我都心無二致地灌溉着
希望他們來日俱成國家楨幹

我關心他們早上有沒有吃飯
晚上幾點鐘睡眠
我告訴他們不但要學問好
更應知道品德的重要

我要學生們牢牢記住
我們是樹枝，國家就是根
離開了根的樹枝的悲哀
失去了國家的人的命運

當我讀到這裏時，我確然地相信，詩中這位春風化雨的良師，實在就是身為國中教師的作者之化身，也是許許多多在杏壇默默灌溉民族幼苗的教育工作者的寫照。在感動之餘，震撼之後，我心中也禁不住地吶喊：爲了我們的下一代，爲了我們國家的未來，願作火炬的，讓我們一齊來努力奉獻，默默燃燒。

單是這三首極富時代意義的長詩，就是一部夠份量的現代史詩了。至其結構之嚴謹，虛實相間的敍事方法，均有不凡的表現，細心的讀者，自能有所領悟。以下我想談的，是「奇蹟」的第二部份，三十首四段式十六行詩的內涵和結構。現在，先舉兩首詩爲例，然後再作討論。

燈

夜在那裏，你就在那裏
一個誓與夜纏鬥的人
那黑色的魔掌征服了一切
卻無法教你屈服稱臣

不須與太陽爭光輝
因為太陽也有所不能
有時候，有些地方
你比太陽更受歡迎

在一片黑暗中
你是光明的象徵
在眾人皆醉時
你卻保持清醒

沒有咒詛，祇有讚美
你給所有的人以溫馨與指引
啊！但願每一個人心中
都有一盞像你這樣的燈

清道夫

你並非屠狗逐臭之徒
祇是要把那些垃圾弄走
無論是紙屑、果皮
抑或是斷枝落葉爛木頭

你不須趕路
卻常望着地上發愁
尤其是在那野臺戲演完
或一場暴風雨之後

世界上有很多地方要清掃
因此，你的工作永無止休
掃完一條條的道路
還有一條條的水溝

而歷史上也有許多垃圾
有的已經隨水流走
有的還在那裏發臭
你是不是也要去把他們運走

「燈」是光明的象徵，毋須解釋。「清道夫」，表面看來，句句都是在寫清道夫，好像是寫實之作；其實，它是一首具有高度象徵意義的作品。「清道夫」所要清除的，並非祇是那些「紙屑、果皮」，「斷枝落葉爛木頭」之類的「垃圾」，而是社會上一切腐朽的東西；而是「有的已經隨水流走，有的還在那裏發臭」的，屬於「歷史」的「垃圾」。這種象徵的涵義，如果和我們當前的社會革新運動連繫起來看，一位光明的歌者，推動時代巨輪前進的旗手，豈不是已經立在我們面前了嗎？

鍾欽的作品就是這樣，不故弄玄奇，不立異作怪，只是平實中見不凡，明朗內含深意。像這樣的好詩，在某年國軍文藝金像獎中，只得到佳作獎，不知是評審委員看走了眼？還是作者的運氣不好？實在是委屈。當然，文學作品，見仁見智，尺度不一，我們也不必爲鍾欽鳴不平，能否禁得起考驗，作品本身是最好的說明。

必須強調的是，鍾欽這三十首短詩，每首都是四段十六行。顯然，這是詩人特意創造的詩形和結構。中國詩歷來都有一定的形式：詩經多四言；楚辭漢賦多用長短句；古詩改五言；唐詩五、七言中又有絕句、律詩、歌行之別；宋詞元曲全用長短句。只是中國傳統的詩詞都有相當嚴謹的格律。胡適之先生提倡白話詩（新詩），目的卽在打破傳統詩格律的限制，使新詩擁有完全自由的空間，作「天高任鳥飛」的發揮。因此，多少年來，「內容決定形式」，幾乎已經成爲新詩的定論。但詩是講究精鍊的作品，漫無標準，終非善策。因此，多少年來，爲了給新詩一個比較適宜的新形式，許多詩人都在不斷地嘗試和實驗，希望找到一種最適合新詩發揮的形式。早期某些詩人移植的十四行詩，雖然風行一時，卻不能爲多數詩人所接受。近年來，向陽的兩段式十行詩，已有相當的成就，至少已經成爲向陽的標誌。鍾欽的四段式十六行，是另一種形式的嘗試，不但和中國傳統文學起承轉合的四段式結構正相契合，而且在文字的控制和內容的發揮上，就其呈現的作品來說，也已收到了相當的效果，這是可以肯定的。希望作者能繼續實驗下去，至少四段式的十六行詩，它會成爲詩人鍾欽的招牌。

七十六年九月二日於中和半山居

從「剪成碧玉葉層層」到「柔美的愛情」

兩個月前，由海外輾轉寄來一本，瀋陽市春風文藝出版社出版的，詩評集「柔美的愛情」，從副題「臺灣女詩人十四家」，可知是一本評介臺灣女詩人的專書。全書三二四頁，大約二十三萬字，作者古繼堂，想必是詩評家吧。我感到頗爲驚訝，甚至還帶着一點點驚喜；大陸文藝界居然有人如此重視臺灣女詩人的作品！這是否含有某種統戰的意味呢？我懷着複雜而矛盾的心情，讀完了這本中國新詩史上尚無前例的專書之後，有幾點感想，願藉「讀書人」專刊一角之地，略加評介，藉供我們的讀者、詩人、詩評家和出版家參考。

第一、「柔美的愛情」中所評介的十四位女詩人，依序是林玲、蓉子、瓊虹、席慕蓉、羅英、張香華、劉延湘、馮靑、朶思、陳秀喜、張秀亞、胡品淸、葉香、朱陵等。對每位詩人的生平介紹和作品評析，都頗爲詳細、中肯而深入。每篇文長從六千字到一萬數千字不等，其中寫

「展翅的青鳥——蓉子」，長達一萬八千字，除了介紹她的生平、經歷；和詩人羅門結婚之後的愛情生活，及其十本詩集之外，並抽樣評析了她的「寂寞的歌」、「笑」、「平凡的願望」、「小舟」、「我寧願擁抱大理石的柱石」、「晨的戀歌」、「催眠的歌」、「三月」、「碎鏡」、「晚秋的鄉愁」、「維娜麗莎組曲之一」、「傘」、「詩」等十三首詩作。評文之後，附錄了「到南方澳去」、「白色的睡」等十一首作品，等於作品的精選集（其他各篇也同此體例）。從這個抽樣的簡介中，可知作者對這本書所下的功夫，付出的精力，是旣深且大的。

第二、讀完「柔美的愛情」全書之後，我發現這本書的基本架構，跟詩人張默兄所編，由「爾雅」七十年出版的「剪成碧玉葉層層」女詩人選集，似乎有着某種血緣的關係。我把兩本書拿來加以對照之後，更加肯定了這一看法。證據之一是，「剪成碧玉葉層層」出版於民國七十（一九八一）年六月；「柔美的愛情」成書於一九八五年五月，出版於一九八七年六月。證據之二是，「剪」集共收臺灣老中青三代女詩人二十六位（附帶說一句，有幾位頗有詩名的女詩人，如著有「從苦難中成長」等多本詩集，得過中山文藝獎的涂靜怡；著有「水晶集」等多本詩集，得過教育部文藝獎的陳敏華；著有「星語」詩集，得過中國文藝協會文藝獎章的晶晶等，他們的作品未被選入，是很大的遺憾）。「柔」集則是明顯地，從「剪」集中選出了林玲等十三位，外加一位所謂「女工詩人」葉香。證據之三是，「剪」集中林玲等十三位選入的作品，在「柔」集中幾乎全部重複出現，只是有些詩出現在評析的文字，有些則被選入文後的附錄作品中。更有趣的是，有幾位，如張秀亞、蓉子、朱陵等，入選的作品，在兩本書中出現的順序，也是完全一樣。因此，若說古著「柔美的愛情」，與張編「剪成碧玉葉層層」，具有某種程度的血緣關係，該是持平之論吧。

第三，從文學史的觀點來看，張編「剪」集，是臺灣新詩史上第一部最具規模的女詩人詩選集。古著「柔」集，則是中國新詩史上第一部最具深度的女詩人詩評集。後者在選詩取材上，從前者獲取了最大的方便之外，作者在收集資料和評析作品中，所表現的功力，也是值得稱道的。但其對於像葉香這樣的女詩人，因寫了幾首跟工人有關的詩，便強調其工人詩人的階級性，恐怕使臺灣多數讀者和詩人，都無法給以認同的。

最後，從大陸著名詩人雁翼，在本書的「序」文，和作者的「後記」中，除了含有統戰動機之外，似乎也是用出版這些專書的事實，想要證明大陸的詩人作家，也十分認眞地，企圖衝破兩岸的隔閡，促進文學交流，互相刺激，互相學習，進而達到提高中華民族文學創作的水準。從這一觀點來看，我想，我們臺灣的詩人作家，和有遠大眼光的出版家，似乎也應該團結起來，在這方面，作出我們的貢獻。

七十六年十二月二十七日《大華晚報》〈讀書人〉專刊

詩序・書序

飛揚的詩情，多彩的心象

·序黃龍泉「森林之旅」

詩人黃龍泉來信說：他已把發表過的散文整理好了，且已接洽好由彩虹出版社出版，要我替他寫一篇序文。我雖深知，所謂寫序，褒貶之間，難免有所偏失，甚不敢當；但基於我對他的作品接觸有年，多少有點瞭解，便欣然的答應了下來。

如果批評家想要毀滅一個作家，最好的方法，莫過於把大量的、不適當的讚美之詞，加在那個作家的頭上，讓他陶醉在虛假的幻覺中而沾沾自喜，因驕傲自大而墮落，終至走上寫作生命的死亡！相反地，嚴肅誠懇而適切的批評，有如一面明潔的鏡子，可以使作家有客觀的反照，而得到自我省察的益處，從而改進其作品的缺失，提高其創作的水準。

我和黃龍泉之間的相識及友誼，便是由於對作品的批評而開始，對眞理的探討而建立起來的。

也許由於黃龍泉本質上是一位詩人的緣故吧，他的散文也充滿着飛揚的詩情，和多彩的心象。他尤其善於駕馭字句。近年來的作品，完全以技巧見長，表現的手法完全脫離了傳統，而在自我意識中表現他尖銳的才華(以上見高縣青年八十一期羅沙的介紹)。他長於抒情，卻不直接地渲洩；他寫景如畫，但所畫的卻不是純粹客觀存在的實景，而是經過內心歷練活動創造的意象。一個有才華的作家，就是往往在不經意之中，能夠賦景以情，或是融情入景，而造成情景交融，不能分解的狀態。基於這一觀點，我說黃龍泉的散文，極富詩情畫意的美，也是毫不爲過的。雖然如此，我也極願意對讀者朋友提出一個誠摯的忠告：「心畫」固然是一部其情如詩，其美如畫的作品，但是，對於那一些懶惰的，只想享受作者的成果，而不肯付出感情和想像的讀者，恐怕是會失望的。

這就是我粗淺的感想，但是每句話都是發自心底的眞誠。下面我想摘錄一段「酩酊的玫瑰之音響」以爲本文的結語：

「請張開你的心盞，斟滿清晨的露滴，請把你的手交給我，讓兩股熱流溶滙！一朵永恆的玫瑰正為你而燦爛而呼喚！以山的堅貞不移，以海的深遠恆存。……」

謹以此——本書作者的話，祝福他和他的讀者。

如夢的小令

·序「如夢令」，兼談楊拯華的語言

詩人楊拯華在本書出版之際，來信，並附剪貼原稿影印本一份，囑爲寫序，使我既高興而又有誠惶誠恐之感。高興的是朋友要出版新書了；惶恐的是爲人寫序，實非我之所長；尤其我和詩人楊拯華只是純然的文字交，我們之間雖然時有書信往來，但迄今尙未謀面。因此，要想寫一篇像樣的序，並無捷徑可走，才疏學淺的我，又怎能不感到誠惶誠恐呢？

但是，我仍然立刻回信答應了下來。因爲：在我的心目中，楊拯華不僅是一位傑出的青年詩人，而且也是一位可敬的謙謙君子。早在十年之前，當他在中國文化學院中文系讀書的時候，便是一位十分活躍的青年詩人了。給葡萄園詩刊投稿，雖然只是最近三、四年間的事，他的作品已經臻於佳境，更上層樓，但他卻虛懷若谷，每次寄稿附信中，都謙稱「後學」，和時下某些年輕人，詩還沒寫幾首，便驕狂自大，自命不凡的樣子比起來，更令人感到可喜可敬。而我之所以不惴謭陋，願意寫一點讀後感，聊爲本書之序者在此。

仔細拜讀過「如夢令」的全部作品之後，我有兩點感想，也可以說是心得：

第一、在「如夢令」的五十九首作品中，除了「一顆遊星」（三十四行）、「深山行」（二十三行）、「水蓮」（二十一行）三首之外，其餘五十六首，都是二十行以內的短篇作品，有如詞中的小令。就詩的內容來說，除了少數寫景作品外，多數都是抒情寫意之筆。其中有不少作品，例如複數「我們」，或第二身暱稱的「妳」爲寫作對象的，應是明顯的情詩。再就詩人在本書扉頁中特別標明「紀念妻小萍在天之靈」來看，我們可以大膽肯定：本書的許多抒情詩作品和情詩，必是作者在其結婚前後，爲其情人、愛妻所輕歌淺詠的篇章。詩人在其愛妻去世一年之後，將其十年來的作品結集出版，以爲紀念，更可見出詩人在寫作和爲人方面的嚴肅、誠摯而可敬。而詩人之所以要用詞牌之名「如夢令」爲其詩集的書名，該不是詩人在其學生時代曾經寫過一首「如夢令」（詳見「輯一」第一首作品），認爲這個題名很美，就隨便拿來以之作爲書名吧？我想：詩人必是因唐人詞「如夢令」：「曾宴桃源深洞。一曲舞鸞歌鳳。長記別伊時。和淚出門相送。如夢如夢。殘月落花煙重。」取其句中「如夢如夢」之意，以寄其人世無常，浮生若夢之感慨。果如此，則其詞雖美，情亦切，卻不免令人淒然啊！

在此，有一點感想，順便提一提，就是：有些現代詩人，因倡導「主知」，而竭力排斥感情，認爲在現代詩中，抒情詩和情詩，都是等而下之的末流。其實，詩如果排斥掉感情，所剩下的便只有軀殼而已。前輩詩人覃子豪就曾說過：「詩的特徵，就是在於抒情，詩如果沒有抒情的成分，也就沒有了詩的本質。沒有詩的本質的詩，無論形式怎樣完美，字面如何美麗，音調如何鏗鏘，仍然不是詩。這樣的詩，祇有詩底形式，而無詩底生命。」抒情詩和情詩，都是詩人內在感情，藉着某種形式的外觀，而能給人以美感與滿足。讀者之所以特別喜歡抒情詩和情詩的原因也在此。這從近年來市面上不斷出現「中國現代情詩選」，和什麼「當代詩人情詩選」等，可以得到有力的證明。

第二、有人說，詩是語言的藝術；一首詩的成功與否，其決定因素，就在語言的運用和表現。細讀「如夢令」的全部作品之後，我發現本書在語言的運用和表現上，有一種與衆不同的特色，可以稱爲楊拯華的語言。綜合言之，可分三點：

一、善用舊詩詞。詩人在本書五十九首作品中，除有十四首引舊詩詞爲副標題，暗示其作品的意趣外，更將大量的舊詩詞的語彙或意象，加以變化，溶入詩中，往往有羚羊掛角，不着痕跡之致。這是本書語言上的最大特色：例如「碧湖」中的「雖不曾浮棹而去 早已是幾度的煙波釣叟」句，便是化自王維「送綦母潛落第還鄉」詩中的「行當浮桂棹，未幾赴荊扉。」句，及綦母潛「春泛若耶溪」詩中的「潭煙飛溶溶，林月低向後。生事且瀰漫，願爲持竿叟。」句；又如「山林印象」中的「凡閒話桑麻的 都是知己」句，是出自陶淵明「歸田園居——其二」詩中的「相見無雜言，但道桑麻長。」句，及孟浩然「過故人莊」詩中的「開軒面場圃，把酒話桑靡。」句。再如「只有」一詩，其第一節「只有野鳥聲 才是雲開時的 絮絮不休」句，則是變自李白「獨坐敬亭山」詩中的「眾鳥高飛盡，孤雲獨去閒。」句；第三節「只有這樣 偶然值鄰叟才不是偶然」，是來自王維「終南別業」詩中的「行到水窮處，坐看起雲時。偶然值林叟，談笑無還期。」類此化古爲今的語句甚多，細心的讀者，當不難發現。

由於吸收了若干舊詩詞的語彙和意象而加以變化，成爲新的語言，因而使詩句簡潔、雅麗，讀來耐人尋味。這種化古爲今的方法，近數十年來，也有不少人實驗過，但不是食古不化，便是矯柔造作，很少有像楊拯華這樣運用得自然有致，而又不落俗套。

二、其次，在其早期作品中，也有不少大膽採用的新詞。例如「不是寂寞」的開頭：

而我必須記起幻滅時辰的侵略性
透視苔生城樓的速度
最美的原素也能在妳髮上虛張聲勢

「侵略性」、「速度」、「原素」、「虛張聲勢」等，原本都是非詩的語彙，溶入詩中便成了極具張力的詩的語言。他如「舞會的外一章」、「再度航行時」、「廣寒宮的傳說」等，都是此類語言的作品。這些作品因爲運用了較多的新穎語詞，有強烈的刺激性。缺點是句子長，不純淨。

三、在其最近的作品中，又出現一種新的趨勢，就是口語化與白描的手法。六十六年十一月份發表的「佛光山」和「萬佛庵」，六十六年三月發表的「鄉居閒情」等，都是口語化與白描手法相結合的代表作。口語白描是近年來中國詩壇的趨勢之一，將活的語言注入詩中，使詩更具活力。可惜很多所謂口語白描之作，都不免拖泥帶水，拉雜臃腫，很少有像楊拯華這樣，把生活的口語錘鍊到簡潔純淨的地步。試讀「佛光山」，便可證明，我所說的，決非過譽之詞。

朝山看佛像
幾個行香客
看出
自家真面目
確是清淨道場
一株菩提一句偈
偈語接引各方因緣
因緣了不了

不是問題
問題是
一說便俗的
禪境
怎樣說
才最上乘

關於詩的語言，詩人的看法，各有不同。有人強調詩的空間性，有人強調詩的時間性，各執一端，爭論不休。其實，詩是既具空間性，又有時間性，是一而二，二而一，缺一不可的。因此，今天我們的新詩，應該既是中國的，也是現代的；從建立民族風格上說，更應該強調中國為主，現代是副。語言是詩的媒介，是詩的具體表現。詩的語言，也應作如是觀。具體言之，我們決不能盲目追隨西洋的潮流，揚棄中國的傳統。相反地，我們的新詩必須植根於中國的泥土，一方面吸收中國傳統文化、文學為必須的營養；一方面也吸取西洋近代文學的技巧，作必要的借鑑。只有這樣，熱烈的擁抱中國，而又有兼容並納的雅量，中國的新詩（或者說現代詩），才能在表現現實生活上，放射中國文學的光彩。

謹以此讀後感為序。還請作者、讀者指教。

六十六年八月於板橋

我們的道路

·序「葡萄園詩選」

如果一份刊物也像人一樣，具有生命的歷程，那麼，從民國五十一（一九六二）年七月十五日發行創刊號的「葡萄園」詩刊，到本（七十一）年七月十五日，該算是已經走過二十年的路程了。二十年，在中國三千多年的文學史中，也許只是微不足道的一個小節而已；但在自胡適先生民八「嘗試集」以降的六十多年新詩發展史中，尤其是在臺灣三十年現代詩運動中，該是一段不算太短的歷史吧？

人生的意義，不在壽命的長短，而在對其所生存的時代和社會（小如家庭、大至國家、民族和人類）是否付出過犧牲、奉獻？犧牲大、奉獻多，就有意義和價值。否則，如果沒有犧牲、奉獻，縱然活了一輩子，也只是一個臭皮囊而已，等於白活。人生如此，文藝刊物又何嘗不是如此呢？

然則，二十年的「葡萄園」，對於近二十年的臺灣詩壇，究竟做了些什麼？是否付出過多少犧牲奉獻呢？我們從不譁眾取寵，自我炫耀。我們認爲，過多的塗脂抹扮，給自己臉上貼金，並不是什麼光彩。二十年來，我們只是平平實實，默默耕耘，盡一個園丁的本份而已。

當此「葡萄園」創刊二十週年，「葡萄園詩選」及「葡萄園」詩刊慶祝創刊二十週年專號，展示在讀者面前之際，我們願以至誠的態度，對「葡萄園」所走過的道路，作一次冷靜的回顧與自省，以求鑑往而知來。請文藝界前輩、詩人、學者、批評家、以及讀者朋友們，給予批評指教。

· · ·

如果一份刊物只爲了發表同仁的作品，便沒有提出什麼主張的必要。但「葡萄園」一開始便是有所主張的。

回憶二十年前，當「葡萄園」創刊之初，正值現代詩的晦澀風雲像低氣壓一樣，籠罩着臺灣詩壇的天空。現代詩幾乎已經失去多數讀者的同情，遭受許多批評和責難，陷入孤絕危疑的境地。如何挽回現代詩的聲譽，重新贏得讀者的信心，讓詩在讀者的心中發光發熱。這種隱然的，歷史的使命感，便在我們的心底昇起。因此，我們在「創刊號」中，便提出了以下的看法：

「爲什麼詩的讀者愈來愈少呢？對於這一問題，我們不願有所批評；但我們願意誠懇的指出：近幾年來，許多原本喜愛新詩的讀者，都是因爲覺得現代詩『難懂』，因而對現代詩感到困惑，失望，甚至望詩生畏，不敢親近。另一方面，許多現代詩的作者們，在創作時，往往想不到，或根本就無視於讀者『懂』與『不懂』的問題。這是許多作者自己也承認的事實。這樣，久而久之，詩人及其詩作與讀者之間的距離，也就愈拉愈遠了。

「因此，我們認爲：如何使現代詩深入到讀者羣中去，爲廣大讀者所接受、所歡迎，乃是當前所有詩人不可推卸的責任。我們希望：一切游離社會與脫離讀者的詩人們，能夠及早覺醒，勇敢的拋棄虛無，晦澀與怪誕；而回歸眞實，回歸明朗，創造有血有肉的詩章。」

同時，我們也明確的表明：「我們是一羣新詩的愛好者，對現代詩抱着積極的態度。今天，我們之所以要在詩刊銷路最不景氣的時候，來創辦這個刊物，也就是希望對現代詩的『明朗化』與『普及化』的問題，做一些倡議和推動的工作。在這裏，我們願意熱誠地把這個刊物貢獻給所有愛好現代詩的朋友們，使它成爲詩人與讀者之間溝通思想的橋樑；通過這座橋樑，把詩的讀者們帶進詩人創造的靈智世界。從而，使現代詩植根於廣大的讀者羣中，完成詩美化人生與淨化心靈的使命。」

顯然，這是臺灣詩壇第一次正式提出現代詩應走「明朗化」道路的主張。但因爲是首次提出，在編輯方針上，雖然提出了「歡迎一切有生命、有個性、風格明朗，或者含蓄而不晦澀的創作與翻譯」，和「特別歡迎討論現代詩『明朗化』與『普及化』問題的文章。」可是，如何使詩「明朗化」？「創刊詞」中並未做深入的討論。爲了深入討論「明朗化」的意義，我們在第二期的社論「談詩的明朗化」中，又作了兩點的申述：

第一、「詩的明朗化，依我們看，不是膚淺地遷就讀者的程度與興趣。……我們所談的明朗，是意指在一首詩裏，應該給讀者留下一些尋探的線索，在仔細的讀者探索之下，可以準確地進入詩的世界，明白詩人所要表現的世界是什麼；而不是一些文字的搬弄與排列，連詩人自己也難說出其所以然，一些模糊的概念與意象而已。」

第二、「我們不反對任何詩派與主張，相反地正欣喜於各家各派之同時並進。至於單調和統一，才是最枯燥和乏味的。不過，我們有一個要求，就是眞實。一首詩，如果眞有堅實的內容，眞有值得表現的東西在，它便沒有理由，要在什麼地方加以掩飾和做作，除非它由於虛弱，由於膚淺，由於有見不得人的『苦衷』或是無病呻吟等等，才故弄玄虛，才避諱明朗。」

由於「明朗化」的提出，是針對現代詩過度晦澀的病毒，而開出的一劑苦藥；使某些以晦澀爲時尙的詩人感到不是滋味。他們辯稱晦澀的作品是高深，是曲高和寡，明朗的作品是膚淺，是落伍，甚至譏諷爲「白開水」。爲了駁正這些似是而非的論調，我們又在八、九兩期，連續發表「論晦澀與明朗」、「論詩與明朗」等兩篇社論，着重指出：

第一、「晦澀是造成現代詩阻滯不進的最大原因，因爲詩人刻意追求晦澀的結果，至少帶來了如下的惡果：第一是現代詩已失去了它原有的讀者，現代詩的神廟，不管詩人如何自信其高大雄偉，只要它的基礎仍立於一個沙灘上，無疑地這個神廟，便終將倒塌下來，成爲後人憑弔的廢墟。第二是現代詩壇的大混亂，任何人卽使文字不通，都絲毫無礙於他成爲一個現代詩人，並且可以十分自大，因爲「不可解」正是一道方便之門，任何惡劣的詩人都可通過，而無損他的無能與淺薄。」

第二、那些認爲，「能解卽膚淺，晦澀則高深」，和認「明朗爲壞詩標誌」的論調，是相當可笑的。我們未聽說過一首好作品，會因風格明朗而受到責難。倒有許多批評家把明朗當作好詩的條件之一。至於晦澀，不管其作品的好壞，我們未聞有人加以讚揚，只有人表示遺憾，卽如艾略特也說我們只好『原諒』的話，何況這都是對好作品而言。」至於說「明朗如一杯白開水」的批評，更是令人吃驚的。「我們不知道，如果改用晦澀的形式，『白開水』是否就會變成咖啡或牛奶？如果有此可能，詩人豈不都是玩魔術的魔術師了！」

第三、「詩人如果還有藝術的良心、和一點是非觀念，我們以爲，剷除一個晦澀的毒瘤，讓現代詩回到明朗的風格上去，讓詩人做一種公開的競爭，應該是公平合理的事。」明朗之被提出，「完全是基於晦澀與做作的原故，假如沒有晦澀，事實上，也就無所謂明朗或不明朗了。」

第四、「一首思想艱深的詩，不能出之以明朗的方式我們無話可說，因爲我們無權要求這樣一個詩人，必須尋求明朗的表現方式，以遷就讀者。但是一個非思想艱深的詩人，故意出之以晦澀的方式，我們以爲是不眞實的表現。」「思想艱深的詩人，不足以爲害於現代詩壇，實可增加現代詩壇的光彩。但是問題是，現在的中國，有所謂思想艱深的詩人嗎？」

第五、「如果藝術不能超越客觀的條件，詩就不能脫離現實的人生。反觀許多現代詩人的作品，在盲目追隨新奇的心理作祟下，那種刻意晦澀故弄玄虛的表現方法，好像連鎖性的謎語，而又不肯爲讀者留下思維的線索，使人們失去對現代詩的興趣與信心，從而發生歧視，譏笑與懷疑。」詩刊和詩集，「需要讀者的愛護與支持，是不可抹煞的事實。我們不能以『曲高和寡』作爲盾牌，把讀者擋駕於千里之外，讓心血的結晶在書攤上忍受行人的冷眼與灰塵的凌污。……本社對現代詩明朗化的提出，正是針對晦澀而開出的一付淸醒劑，明朗並不是什麼藝術活動的單軌，而是開拓現代詩通往藝術高峯的廣闊大道。」

第六、「現代詩的墾植地應該是一個自由廣大的精神伊甸園，有崇山峻嶺，花草樹木，欣欣向榮的葡萄樹，含苞待放的玫瑰，接受星光的採訪，海洋的招喚；不論是明朗的，朦朧的美，在繆斯明眸的看顧中，共同追求詩的眞諦與純粹。現代詩決非少數自命爲心靈的貴族的特殊寵物，那種在虛榮的象牙寶塔上以超現實者自居的貴族時代，是早已不復存在的了，這種過時而腐敗的想法，似乎不應再佔據着現代詩人聖潔的心靈，更不是移去所有的門窗把自我關在暗晦冷僻的角落裏，更不必帶一付莫測高深的面具在詩壇上自欺欺人。藝術的火箭要以眞爲根據地，以善爲出發點，才能達到純美的世界。」

以上所述，是「葡萄園」創刊初期——前五年的基本主張：強調現代詩的明朗化，及詩的眞實健康的重要性。

與此同時，我們也發表了一些相關的社論，詩論和專題討論（例如詩與讀者，詩與時代，詩的本質、音樂、意境等。）外國詩的譯介方面，以剛由法國回國的胡品清教授的法詩譯介，爲系列性的介紹；其他英美德日作品的譯介，先後參與的有覃子豪、紀絃、余光中、周伯乃、桓夫、徐和隣、李魁賢等。因爲缺少整體的計劃，做的並不理想。

· · ·

「葡萄園」雖然大聲疾呼，現代詩應走明朗化的道路，應該具有眞實健康的內容，但現代詩的晦澀貧乏，並沒有斷然的改善。我們發現，這和詩的過份西化，缺乏中國文化的營養有關。於是我們在第卅一期（民國五十九年元月）發表了一篇「建設中國風格的新詩」的社論。我們痛切的指出：「有人批評徐志摩、李金髮和戴望舒那個時代的新詩，完全是西洋浪漫主義、象徵主義和現代主義的移植模仿；不幸，在我們這個時代，有些詩人，也是在追隨歐美詩人的腳踪，步人後塵，拾人牙慧，甚至以買辦自居而沾沾自喜。殊不知盲目的跟人學步，學得再高明，也只是二流三流的貨色。尤應指出的是，這一味模仿抄襲歐美詩人的技巧、忽視中國傳統文化與現代思想的實質，乃是本末倒置的做法。這種形式與技巧至上的詩，縱然技巧圓熟，外表看來，玲瓏透剔，充其量也只是些模擬品，一些貧血的，沒有生命的花朵。」

我們知道，這樣批評，幾近嚴酷，但爲了治病救人，不能不嚴加針砭，基於這一看法，我們曾熱誠地建議：「所有忠於中國的詩人，應該把凝視歐美詩壇的目光，轉回到中國自己的土地上；讓我們接受歐美現代詩的優點與技巧，而不爲其詩風面貌所左右、所迷惑；讓我們擺脫新的形式與技巧至上的謬誤；讓我們的新詩在中國的土地上紮下不可動搖的深根，來表現我們中國傳統文化薰陶之下的現代思想與現代生活的特質，以建設中國的新詩。」

「我們深信：這種植根於中國文化的新詩，這種表現屬於中國民族所有的現代思想與現代生活的新詩，這種與社會生活有着不可分割的親密關係的新詩，必將爲我們的廣大讀者所喜愛，使新詩在中國文學與世界詩壇上，獲得光榮的地位。」

爲了建設新詩的中國風格，在此後的幾期中，我們又對「現代與傳統的關係」、「對傳統應有的認識」問題，發表了幾篇社論。我們認爲傳統與現代，不是古與今，舊與新的對立，而是不可分割的連續體，有如長江黃河的上游與下游。重要的是，對於現在，應該加以把握和創造。因爲今日的現代，將融入明日的傳統。

對於詩的風格的討論，到此，已經暫時告一段落。

· · ·

「葡萄園」進入第十年之後，中國詩壇上從個人到詩社，出現了多次自私好名，人格掃地的醜事，爲了端正這種惡劣的壞風氣，我們曾在四十、四十三、四十七期，發表了三篇題爲：「看誰是眞誠純正的詩人」、「偉大詩人應具備的條件」、「品德修養是詩人的第一課」。那些自命「純正」「偉大」的詩人，做了些什麼醜惡的事，留待後世有心的史家們去考據，爲了溫柔敦厚的詩教，這裏從略而不提。

・　・　・

晦澀與明朗的論爭，一直持續了十年之久，到民國六十一年前後，中國詩壇的晦澀之風幾乎已經全部改變了方向——照詩人余光中先生六十年詩人節所寫的一篇文章來說，乃是：「近三四年來，這種晦澀之風已經激起了普遍的反動。這個反動表現於兩種相近甚或相疊的傾向，其一是反晦澀而趨透明，其二是反文言而趨口語。」接着，舉了許多詩人的作品以爲證明之後，又說：「我自己的詩也企圖做到口語上的透明。」又謂：「目前不少現代詩人在語言上漸漸趨於開朗。」不論是「反晦澀而趨透明」，或是「反文言而趨口語」，或是「口語上的透明」，或是「開朗」等等，和「葡萄園」所主張的「明朗化」，遣詞用字雖有不同，含義無甚差異，應是一目了然的。既然晦澀詩風已經漸漸趨向明朗，爲了不刺傷某些詩人的舊瘡疤，從四十八期起，我們索性停止了社論，有什麼話想說，就在「編輯室報告」中提一下就算了。

・　・　・

在「葡萄園」四十六期以前，爲了避免互相吹捧或攻訐，我們守着一個原則，就是不在詩刊中發表詩評。後來，有些新加入的同仁，認爲，我們這種做法，在宣傳工作日趨重要的今天，未免有些保守和迂闊。於是，我們修正了「不在詩刊中發表詩評」的原則，自四十七期起，開始發表比較持平客觀的詩評。但是，盲目吹捧或攻訐謾罵式的詩評，仍然加以拒絕，我們要對讀者負責。

「葡萄園」自四十八期之後，雖然不再發表社論，但對理論建設工作仍然十分重視。這從以大量篇幅連載李春生的長篇詩論「一個遊民的看法和意見」（自六十三年十月五十期開始，到六十七年五月六十七期結束，文長二十三萬字，後改名「現代詩九論」，濂美出版社出版），可以得到證明。這本論著的重要性，在於它是第一部以中國傳統思想爲現代詩建立完整體系的理論，而與一般移植西洋詩的理論截然不同。李春生也因此書而先後贏得葡萄園詩社的詩論獎，和中國文藝協會的理論創作文藝獎章。另外，徐哲萍教授的「論中國詩的重建」，和何錡章教授的「新詩總論」，也曾在「葡萄園」五十九期和六十六期開始連載，惜乎因爲作者太忙，未能完稿；後者且於七十一年六月六日病故，他的「新詩總論」勢難終篇，而令人痛惜。

六十四期之後，「葡萄園」改版，擴大篇幅，有計劃地推出了幾個專號，其中尤以「朗誦詩專號」和「新詩教育專號」影響頗大。筆者「寫給青少年的新詩評析」（後定名爲「新詩評析一百首」，先後由布穀出版社和黎明文化公司出版發行）在「新詩教育專號」及各報刊披露後，其他幾家出版社緊跟着也推出了「中學白話詩選」和「中學新詩選讀」，對青少年新詩教育的紮根工作，頗有幫助。

· · ·

二十年的「葡萄園」所走過的究竟是一條什麼樣的道路？筆者在國立臺灣師範大學「文風」

三十二期（六十六年十二月出版）所發表的「健康、明朗與中國——談現代詩的三個基本觀念」（「葡萄園」六十三期轉載）一文中所談的：中國的現代詩，應該具有健康的內容，明朗的風格，和中國文化思想的特質，可以說就是「葡萄園」二十年來的信念，和走過的道路。

「葡萄園」有自己的信念和道路，但文化是社會的公器，我們並不把它當作私有，相反地，我們希望有更多的詩人有這樣的信念，走這樣的道路。因此，筆者在上文的結語中便曾說過：

「如果有人要問：今天我們需要什麼樣的現代詩？我的答案是：我們需要健康的、明朗的、中國的現代詩。」

「如果有人要問：今天的現代詩應該走什麼樣的道路？我的答案也是：今天的現代詩應該走健康的，明朗的，中國的道路。」

· · ·

二十年已經過去了，「葡萄園」倡導現代詩走「明朗、健康、中國」道路的主張，對現代詩由晦澀回歸明朗，由貧乏虛無回歸眞實健康，由過分西化回歸中國植根泥土的過程中；在提供無私的園地，培植新詩人的默默耕耘中；在新詩教育的紮根工作中……，究竟付出了多少犧牲奉獻？發生了多少影響？用不着我們自己吹噓，留待歷史去做公平的裁判。只是當我們看到中國的詩風已經由晦澀走向明朗的這一基本趨向，知道我們的道路沒有走錯；特別是看到許多在「葡萄園」發表過作品，吸收過「葡萄園」營養的年輕一代的詩人羣，愈來愈多地有着傑出表現時，我們的內心便有着莫大的安慰。

當然，掏腰包，辦詩刊，我們的能力實在有限，想做的和已經做的，仍有很大的差距。譬如五十四年七月十五日「葡萄園」三週年紀念會，我們曾經頒發的「葡萄園詩獎」，後來便因財力無着，而未能持續下去。其次，因爲人事變動，偶而脫期；有時也爲金錢所迫、力有不迨，感到困擾。但這一切都不曾動搖我們的信念。

如果說「明朗化」是挽救現代詩「晦澀」病毒的一劑良藥、是一個歷史性的任務，那麼，今天這一歷史性的任務應該可以告一段落了。今後，我們希望，我們的現代詩能在今天已有成果的基礎上，提高創作的水準，追求完美的藝術表現，讓今天中國現代詩的花朶，成爲明日世界詩壇的果實。

七十一年七月《葡萄園》詩刊七十九、八十期合刊

從仁愛河出航

·序蔡忠修詩集「兩岸」

六月初，住在高雄市的青年詩人蔡忠修，將他的第二本詩集「兩岸」的影印稿寄給了我，囑為寫序。按照不成文的常規，爲人出書寫序，若非師徒親誼，必爲深交密友來說，可爲「兩岸」執筆寫序者，筆者必非最佳人選。但我接到蔡忠修的信、稿之後，卻未加深思，便一口答應了下來。

我和這位年輕詩人間的來往，純然是文字之交。記得三、四年前，蔡忠修開始給「葡萄園」詩刊投稿，而且數量之多，頗爲驚人，但因多屬精短之作，佔篇幅較少，頗令我喜愛。因此，在短短地一兩年之內，他的「歸」、「臉譜」、「愛」、「初啼」、「電熨斗」、「嘮叨的妻」……等十多首極富情趣的短詩，便都在「葡萄園」七十至七十五期中，展現了溫馨的風采。其中「歸」與「臉譜」，並被去年八月出版的「葡萄園詩選」所收錄。我們之間的交往，就是這樣，純然建立在編者與作者之間的雙向線上，正是淡如水的「君子之交」，旣不親密，也不熱烈。

但蔡忠修在我的心目中，卻眞的是一位「虛懷若谷」的謙謙君子。有時，如果我對他的某一作品，加以「挑剔」，或代爲修改一兩個字，他總會來信道謝一番。這種謙沖爲懷和接受批評的雅量，很令人敬佩。

其次，蔡住高雄，我在臺北，我們雖然神交數年，卻迄今尚未謀面。因此，作爲一位詩友，蔡忠修長得什麼樣子？我的印象幾乎是一片空白。此刻，我急欲知道和我相交數年的這位詩友的面貌。於是，立刻從書櫃中找出蔡忠修的第一本詩集「初啼」，在封底的左下角一張小小的半身照中，我看見一位圓臉、挺鼻，厚唇所流露的，一付忠厚友善的面孔。一股喜悅，流入我的心底。

思及近幾年來，我在「西子灣」副刊，每有作品刊出時，第二天就會收到「高市蔡」寄來的剪報，這份「莫以小善而不爲」的純潔的友情，怎不令人由衷地感動！

· ·

「兩岸」共收詩作四十八首，詩人以其性質的異同，分爲四輯：第一輯「兩岸」，十八首，自「瞎子」、「瘋子」，到「古都」、「唐人街」、「午夜牛郎」等，偏重社會性的描述與批判；第二輯「落葉的心情」，十七首，從「樹的哀傷」、「小草的哀傷」、「最後的遺囑」、「不能說」、「斷線的紙鳶」等詩題來看，便知多屬低調感情的抒發；第三輯「冬戀」，八首，是小我愛情的吟唱；第四輯「父親的手」，七首，是妻子之外的親情的詠頌。

細讀這四十八首作品，我覺得蔡忠修的詩，有三項特色優點，值得向大家推薦。

一、取材面廣——在多面紛陳的題材中，處處都流露出對社會的關懷與同情，陌上塵先生在「初啼」序中，稱詩人爲「關愛大地的吟者」，應是中肯之論。

二、善用比喻——比喻是文學的基本要素，在詩中尤其重要。譬如在「瘋子」一詩中，作者便是以「傳說本地唯一的畫眉／悄然銜走／那朵鉤人心魂的玫瑰／此後，你便是憂鬱的少年」，來比喻少年的失戀。又如「海叫」中，「生命在那裏？／生命有時也像／淒涼月下的／那把哀怨的胡琴」，以「哀怨的胡琴」比喻生命的哀傷等，都是很好的比喻。只是前者是暗喻，後者是明比。

三、在平凡的語言中，追求不平凡的表現——現代詩在十年以前，曾經有過一段晦澀的痛苦、當晦澀的語言被揚棄之後，如何以平白明朗的語言，表現詩的深意、詩的藝術性，便是今日一切詩人面臨的挑戰。蔡忠修在這方面，明顯地，已經有了相當的自覺。玆以本書的第一首詩「瞎子」爲例：

瞎子

如果地球是長長的街道

那該多好！
影子也不必如此費力地跟我
大玩捉迷藏的遊戲
在薄暮的燈下
尋找歸處

如果地球沒有狗腿子這碼事
那該多棒！
我那隻拐杖
就不會不知所措地嚷着
我的眼睛呢？
我的眼睛呢？

這首詩的語言是平凡的白話，但卻有不平凡的深意。試想人類生存的地球是多麼的複雜，人生的道路是多麼的崎嶇不平，社會上強凌弱、眾暴寡的事件，又是多麼的層出不窮而又無可奈何！在這樣的環境中，失明的盲人該有多深的不幸！相信任何讀者讀了此詩，都會有或多或少的感動。如果能更深一層去想想，本詩的「瞎子」，應該不只是指失明的盲人，他還可以是人類受苦受難者的象徵呢。

當然，本書也不是全然無懈可擊的，尤其是語言方面，仍有一些不經意，不自覺的慣性語句的重覆。例如：

說什麼也要開的玉蘭花（玉蘭花）

說什麼也不願吐露／令人心傷的秘密（拆船）

說什麼也不願落淚的貝殼（海叫）

說什麼也不會讓你得到自由（鸚鵡）

以及「什麼也不說」這類句子在好幾首詩中，都曾一再重複出現，如果稍加注意，便可避免。如何創造屬於自已的語言，形成獨特的風格，是所有詩人努力的標的，因爲它是詩的藝術性的重要表徵，願互勉之。

最後，也想順便談談「兩岸」這個有趣的意象：

「兩岸」這個意象，在詩人的心田中，經之營之，已有多年，這在其第一本詩集「初啼」的「河北路的流鶯」中，已見端倪。本書「兩岸」一詩的前半段原文是：

從河北路轉入河南路
夜色已深
兩岸路邊的海產店
將幾聲疏落助興的酒拳
也一起加入沸騰的油鍋
不營業的住戶們
早在夢鄉清洗煙塵
只有三鳳宮的哪吒太子
始終保持清醒

詩人以輕佻幽默的筆觸，將高雄市仁愛河兩岸的夜景刻畫得極富地方性和鄉土色彩，相信住在大高雄的讀者，必然會有更深的親切感。寓居高雄市的詩人，以「兩岸」爲本書命名，不知是否也有類似感想？

近年來，由於臺海兩岸政治制度的不同，各種建設發展趨向，也每多殊異，而成爲許多專家學者研究討論的熱門話題。詩是時代的預言，詩人是時代的先驅。但願我們感覺敏銳的詩人，能將我們的視野，從臺灣一隅，擴展到海峽兩岸的大地與天空，讓我們的詩思長出能飛的翅膀，從仁愛河出航，航向明日的盛唐，而唱出李白豪邁的詩聲：

朝辭白帝彩雲間，千里江陵一日還。
兩岸猿聲啼不住，輕舟已過萬重山。

七十二年九月十三日《西子灣》副刊

詩中的景・心中的情

・序晶晶詩集「星語」

寫詩幾近三十年，卻一直不曾出詩集的晶晶小姐，最近在友人的慫恿之下，終於，繼長篇小說「春回」之後，詩集「星語」也要出版了！我爲她，也爲詩壇即將增加一本好書而高興。

和晶晶相識，一轉眼，竟已二十八個年頭了。日前，她將「星語」的二校稿寄給我，囑爲寫序。我雖不才，但二十多年談詩論藝的友情，如昨日歷歷在目，哪有推辭之理！當然，更重要的，乃是她的詩，才情橫溢，幾乎篇篇都屬佳構，也確實値得靜下心來，仔細品讀。

先師李辰冬教授，評詩必先論人。準此，容先對「星語」的作者，略作介紹如下：

晶晶，本名劉自亮，河南羅山人，杭州女子高中畢業。三十八年隨母來臺，不久，考入一軍事機構，成爲一名非常優秀的女性軍官。因酷愛文藝，工作之餘，便開始在一份對內發行的報紙上發表新詩和散文。不數年，筆者也進入此一機構，先後和詩人劉非、黃藍青、晶晶，畫家張熾昌、吳鼎藩等相識，成爲時相聚晤談文論藝的好友。

五十一年七月，葡萄園詩刊創刊，筆者任總編輯，劉非、黃藍青、晶晶等人的詩作，遂在該刊發表。三人之中，劉非詩量不多，後來，興趣轉向評論，數年前，曾有評論集「長耳朵的窗」問世，近年又有「讀詩聯想」專欄，在葡萄園詩刊連載，頗受重視；黃藍青的作品，偏重人性批判，比較冷僻，未久輟筆，近年始再度出發；只有晶晶，不但作品較多，且持久而不衰。論其詩風，似乎不曾受到五十年代極爲流行的晦澀虛無的感染，而一直保持着中國詩學溫柔敦厚含蓄抒情的格調，可說是中國傳統文化與現代語言的恰如其分的結合。她的詩，泰半偏重於寫景和抒情，但不論是寫景或抒情，往往詩中的景，就是心中的情，情景交融，渾然一體，呈現境界的極致。而其語言的清麗雅緻，意象的精確豐美，或明朗，或含蓄，都能貼切自如，成就其獨有的風格與特色，而爲許多讀者所喜愛。她的「碧潭」一詩，便曾榮獲五十四年葡萄園詩獎。名醫師名攝影家耿殿棟博士，更曾多次在詩人的聚會中，當眾朗誦「碧潭」詩中的名句：「小舟如一把利剪／剪碎滿潭的詩篇」。六十九年筆者編寫「新詩評析一百首」，也將「碧潭」收入其中。

晶晶寫詩之外，也擅長小說和散文，十多年前，穆中南先生主持文壇時，曾在該刊發表過不少小說，其長篇「春回」連載後，並由文壇社出版了單行本，也獲得許多讀者的讚美。但她最喜愛的，實在還是詩。

晶晶的筆名，來自她的本名「自亮」，含有「自己發光發亮」和「亮晶晶」的意思。現在，又以「星語」作書名，更有其自喻的深意。

現在，就讓我們聽聽「星語」，到底在訴說些什麼？「星語」共分五卷，包括作品六十七首。

卷一、「碧潭」，十六首，多爲寫景之作。

卷二、「星語」，十七首，多屬抒情之章。

卷三、「窗外」，十二首，是窗外的另一世界。

卷四、「大地之歌」，十一首，偏重大我之頌。

卷五、「獻詩」，十一首，是時事雜詩之篇。

由以上的分類，可知晶晶寫作的題材，也就是寫作面，是相當廣濶的，她不但將眼前的景象「碧潭」、「吊橋」、「曇花」等吟詠成詩；或透過詩人的慧眼，將自然景象的「雲」、「天」、「山」、「水」等，組成「窗外」另一系列的世界；或經由詩人的想像，移情的作用，使「星語」、「樹語」、「蟬歌」、「海戀」，藉以發抒詩人內在的感情；而且也能面對歷史文化，寫出諸如「鼎」、「與書爲伴」、「大地之歌」等，極具思想深度的作品；更能擴展視野於國家和世界，爲七十年元旦升旗而詠「國旗」，爲大中至正的中正堂而頌「獻詩」，爲國際友人索忍尼辛遠道來訪而吟「千里情誼」，爲美國太空梭進入太空而歌「比翼雙飛」。這種由小我擴向大千世界的視野，對女性詩人來說，尤其是難能可貴的突破。

誠然，寫作題材的如何選擇，和主題的如何把握，和作品的優劣沒有邏輯的必然性。同樣的題材和主題，不同的詩人寫來就有不同的表現。所以詩的優劣，撇開題材和主題，根本上應以表現技巧的優劣來判定。晶晶的詩究竟如何呢？我在前面已經約略論及，現在，試以「碧潭三疊」中的「暮」爲例，略加剖析。

暮

斜暉醉在枝頭
看夕陽在潭面織錦
湖水把翠
薄雲含煙
長天碧水與共
任環立的山峯
默默攬住一泓澄澄的秋
虹橋高臥
扁舟泛遊
挽不住漂泊的西風

也揮不去濃濃的鄉愁

表面看來，好像是一首純然寫景之作。其實，詩人所要表達的，並不是「斜暉醉在枝頭／看夕陽在潭面織錦／湖水挹翠／薄雲含煙／長天碧水與共」，所謂碧潭夕暮的景色之美。這只是音樂的前奏，或戲劇的過場而已。當「任環立的山峯／默默攬住一泓澄澄的秋」句子出現，這個「秋」字已經有了暗示。再進而由外景的「虹橋高臥／扁舟泛遊」，引出的「挽不住漂泊的西風／也揮不去濃濃的鄉愁」，才是詩人想要表達的心情。那「漂泊的西風」，正是詩人心境的象徵。而「西風」來自大陸故鄉，又怎能揮去「濃濃的鄉愁」呢？全詩十一句，可以說前面的九句，都是舖排的過場，都只是爲了呈現最後的二句「挽不住漂泊的西風／也揮不去濃濃的鄉愁」而已。而「湖水挹翠／薄雲含煙」，「任環立的山峯／默默攬住一泓澄澄的秋」，這些意象、語句，既是傳統的，也是現代的，豈不就是中國傳統文化與現代語言的結合嗎？再看「夏之組曲」中的「樹語」：

樹語

同樣是造物的兒女
我們選擇了另一種方式傳統

以綠色的語言
綠色的愛
謳歌沉默的生命

年輪是心上的皺紋
錄刻種族的春秋
生命原本是奉獻
何必流血?何必戰爭?

以第一人稱擬人的手法，讓原本不會說話的樹木，替詩人發表宣言：「以綠色的語言／綠色的愛／謳歌沉默的生命」，揭示「生命原本是永恆的奉獻／何必流血？何必戰爭？」的意志。「綠色」是樹木的本來面貌，也是和平的象徵。因宣揚和平，自然就反對流血，反對戰爭了。尤其結句，在「生命原是永恒的奉獻」之後，突然出現「何必流血？何必戰爭？」這樣叩人心弦的警句，有如神來之筆，給人以極大的震撼。

晶晶對詩句和意象的經營，常常在行雲流水中，噴湧火花飛瀑的妙句，讀起來既痛快，又發人深思。例如：

鋪展無窮的生命力
於原始的山頂
它們是一羣固執的戀鄉者
在活着的日子裏
從不流浪

——「森林組曲」

存在於杯中的
是另一個宇宙
渺小得可以一口呑下
寬廣得可以容納你躲避任何風暴的襲擊

——「飲者」

秋來時
便觸及那一片冷冷的清輝
是餅不能解思念之饑

是鏡照不見變奏的江河
夜夜清醒在你的憂鬱之下
仰視你的蒼白
諦聽你的沉默

——「月」

能有機會再次品讀這樣的作品，並爲這樣的作品寫幾句由衷的感想，怎能不爲詩人的非凡成就，以及愛詩的朋友，可以卽將增添一本亮晶晶的「星語」，而獻上一份誠摯的祝福呢？

七十三年九月二十二日《新生副刊》

涓涓滴滴盡是情

・序莊雲惠詩集「紅遍相思」

前輩詩人理論家覃子豪先生在「抒情詩及其創作方法」一文中，曾經指出：「詩的特徵，就是在於抒情，詩如果沒有抒情的成分，也就沒有了詩的本質。沒有詩的本質的詩，無論形式怎樣完美，字面如何美麗，音調如何鏗鏘，仍然不是詩。」情詩是抒情詩的一種，也是非常重要的部分。是以在臺灣近三十年來，新詩或者被稱爲現代詩的發展過程中，雖然有些以現代爲時尚的詩人，或者自命爲關懷社會的批評家，常常以譏諷的口吻，貶抑抒情詩和情詩爲「落伍」、「濫情」，甚至斥責爲「毒藥」、「罪過」，但以抒情詩和情詩著稱詩壇的胡品清和席慕容等詩人，多少年來，卻仍然以各種不同的方式，抒她們的情，寫她們的情詩，而不爲所動。年輕的女詩人莊雲惠，亦復如此。

莊雲惠是晚近崛起的女詩人、女畫家。其詩作大部分發表於香港時報「文學天地」專刊，以及國內「中央」、「青溪」、「秋水」、「葡萄園」等雜誌詩刊中。民國七十四年詩人節，曾獲中華民國新詩學會頒贈優秀青年詩人獎。她的畫作師承詩人畫家王祿松，年前，曾與其老師王祿松，攝影家林詩、安世中等，在臺北、臺中、花蓮等地，舉行「大自然詩畫巡迴展」，頗獲好評。本文介紹的，是其即將由文史哲出版社發行的詩集「紅遍相思」。

「紅豆生南國，春來發幾枝？勸君多采擷，此物最相思。」王維這首有情人無不喜愛的絕句，可能就是「紅遍相思」的出處和寄意吧？只是在「紅」字下面加上一個「遍」字，使原本形容詞的「紅」字，一變而爲動詞；讓原本靜態的「紅」，一變而爲動態的「紅遍」；進而使「紅遍相思」這個鮮活的意象所涵蘊的象徵意義，也就倍感生動而不俗了。

「紅遍相思」是一部清麗不俗的抒情詩集，而且其中大部分都是情詩。一般人都知道，情詩在現代詩中，幾乎是一種禁忌，許多詩人都有不屑或不肯爲之的心態，偶而寫一兩首，也只是當作遊戲文筆；像胡品清、席慕容等不避諱情詩而享令譽的詩人是不多見的。莊雲惠的作品，雖然大部分發表於香港時報，好像不願和臺灣某些詩風正面相碰似的，但當作品結集問世時，便必須坦然面對了。

愛是生命的泉源。如果人生不能沒有愛，便不能沒有情詩；因爲情詩所表現的就是愛，只是必須透過文學的藝術形式而已。這樣說來，情詩對人生自有其重要的意義，關鍵在於作者所呈現的作品是否能感動人？是否有其藝術性。既能感動人，又具有藝術性的作品，自然就有存在的價值。試讀下面這首詩：

圓的心音

我不是塞外的牧人
逐水草而居
我是江南的村姑
傍山湖而立。

傍山湖而立
以此為定點、為圓心
你的半徑
走多長、離多遠
我的圓就大

甘心做江南的村姑
畫山湖為定點

當你踏月歸來時
遠遠就能望見
一盞燭光在守候

「圓」是完美的象徵。三段式的結構，層次井然。詩人以第一人稱的方式，在第一段就表明：「我不是塞外的牧人／逐水草而居／我是江南的村姑／傍山湖而立」。以「傍山湖而立」的堅定，與「逐水草而居」的游移不定相對比，暗喻愛情的堅毅。第二段以「定點」「圓心」與「半徑」「圓」的對比及其不可分離的關係；也是寫作方法上的所謂「破題」。第三段以「當你踏月歸來時／遠遠就能望見／一盞燭光在守候」作結，不說人在守候，而以「一盞燭光在守候」，便有含蓄不露之美。至於爲什麼守候？爲誰守候？也是不言而可喻。

現在，再看另一首：

分不清你從那一條航道來
整個天空
都是我的渴盼

這樣浩大的穹蒼
我仰首　靜觀　聆聽
聽到心靈悸動的聲音

迎納着九重天的喜悅
迎納着四荒的驚惶
我心靈的天空
有雲色變幻

——「迎你」

這是另一種守候。因為分不清守候的人要「從那一條航道來／整個天空」，便都成了詩人的「渴盼」。面對着「浩大的穹蒼」，詩人忍不住要「仰首　靜觀　聆聽」，但什麼也沒有看到，聽到；聽到的只是詩人自己「心靈悸動的聲音」，充分表現出戀愛中的人，那種癡癡的守候，卻不見伊人的倩影，所引起的那種患得患失的心情。一旦她所守候的人出現時，內心便有「迎納着九重天的喜悅」，如果久候不至，心中自然會產生如同「四荒的驚惶」。而結語：「我心靈的天空／有雲色變幻」，也有含蓄不盡之意。從欣賞的觀點來看，「迎你」與「圓的心音」相比，

「迎」詩的修辭似乎更爲凝練，意象也更爲繁複而浩大，讀起來也更覺耐人尋味。

愛情固然富有夢幻的成分，但不幸也是眞實的人生。而在眞實的人生道路中，固然有時路途平坦，風和日麗，有時也不免會遇到崎嶇坎坷，狂風暴雨；反映到詩中，自然會有各種不同感情的呈現。「紅遍相思」所呈現的內涵，便是詩人內在心靈千變萬化的外顯。試讀下面的詩句：

當我
參透你眼眸的深意時
卻叫我
和淚入夢

——「悟情」末段

你是我的最初
也是最後
是我一天的循環
也是終生的皈依

——「縈思」末段

淡淡　看落繁華
漠漠　走在無垠
拾一張紙
寫一首含悲的詩
然後　焚燬
讓灰燼化作泥土的養分

——「無端」末段

從熱望轉為怨懟
從怨懟變成焦慮
纏繞的結
如何從等待的密網中掙開喲！

——「涓滴」之三

屬於缺憾
我將含笑彌補

屬於美好
我願含淚祝福

——「洗禮後」結句

如果有一天
在我們不得不分手時
不要頂着漫天陰霾　話別
不要忍着無邊痛楚　解釋

——「若要分手時」末段

上引六首詩的片斷，有初度觸動愛情的喜極而泣；有相愛終生的誓言；有將生命化作春泥猶護君的另一種表白；有身陷情網祈求解脫的掙扎；有犧牲自己含淚成全的祝福；更有設想到，如果有一天不得不分手時，如何話別的悲傷預言，大有春蠶到死絲方盡，涓涓滴滴盡是情的風致。這是詩人純情至愛的靈語，又何嘗不是萬千讀者戀愛者所欲表達而又無法表達的心聲！

最後，讓我們來讀讀風格完全不同的「祈禱」一：

請賜我汪洋般浩瀚的胸懷
包容狂嘯的風暴
請賜我陽光般亮麗的心靈
撫慰霜雪劫後的大地
請賜我山嶽般聳峙的意志
面對生命蒼茫的視野
歷數日子中的美妙與創痛
向光明的未來
展望，期許……

這是「紅遍相思」的最後一首詩，顯然也是全書的結語之章。就其內容而言，不但有結束過去比較狹隘單純的小我之情，更有預示將來，以更爲寬廣的胸懷，面對生命中更爲遼濶的視野，創作更豐富更優美的詩章。如果以往的寫作技巧，尙有未盡成熟，未盡完美的地方，在爾後創作的歲月中，必將有更多更大的進步和豐收。相信，這也該是合理的期待。

七十六年九月二十九、三十日《臺灣副刊》

敬報師恩昊天情

·序涂靜怡「師生緣」

涂靜怡的第八本書「師生緣」就要出版了，她要我在書前寫幾句話當作序文。我想：這大概是因爲我和她的老師古丁先生是二十多年前的老友，對他們師生的情誼有較多的了解吧？

古丁是臺灣五、六十年代一位十分傑出的詩人，也是「葡萄園」詩社早期的健將之一。五十四年即以一部一千二百行的敘事史詩「革命之歌」，贏得第一屆國軍新文藝金像獎長詩首獎的最高榮譽。五十六年又以「新文藝論」的十四篇系列論文，贏得第三屆國軍新文藝金像獎的文藝理論獎。其中尤以「革命之歌」，是以極具現實時代意義的近百年國民革命史爲題材，通過高度的藝術手法，予以人格化形象化的創造，不僅完成了一部震撼詩壇的作品，爲現代史詩揭開了新頁，而且也樹立了詩人不可動搖的地位。

古丁是個內心剛毅，外表木訥的人，不苟言談。但若遇到投緣的朋友，也能侃侃而談，辯才無礙。在「葡萄園」詩社內，由於我們兩人的見解比較接近，友情也比較深。當他連得第一、三兩屆的新文藝金像獎之後，曾極力鼓勵我也拿出作品去參加。當時，我因情感受到一次嚴重的傷害，情緒非常低落。但在古丁多次寫信的鼓勵下，我也終於振起精神，以半年的工夫，完成一部二千二百行的長詩「這一代的樂章」，在五十七年獲得第四屆國軍文藝金像獎的長詩獎。之後，古丁和我，都沒有再參加過這項獎的徵文。但是，據我所知，古丁卻多次應邀參與空軍寫作指導小組，輔導空軍官兵及眷屬從事上項文藝獎的創作，並有多人因而得獎。

古丁也非常熱衷文藝批評和文藝理論的建設。他常和我談起，臺灣的文藝之所以沒有多大進步，原因雖多，但最重要的，乃是缺乏純正嚴肅的文藝批評，他寫「新文藝論」，在報紙副刊寫專欄「筆壘集」，以及後來出版「截斷眾流集」，便是最好的註腳。他也多次和我研究，如何辦一份高水準的「文學批評」刊物，對臺灣文藝界的歪風，提出公開嚴肅的批評，以導正並提高文藝創作的水準。這種見解確是一針見血之論，十分高明。我也有同感。但因我們兩人當時都是現役軍人，基於法令所限，都沒有申請辦雜誌的資格，而且也沒有經濟能力，只好作罷。後來，他又想到一個辦法，就是先辦一份類似「讀者文摘」的刊物，定名爲「書報菁華」，等賺了錢之後，再來辦「文學批評」。我覺得，以我們兩個不懂經營之道的詩人，想要辦雜誌賺錢，絕非容易。如果爲了創辦新的雜誌而離開「葡萄園」，又覺得對不起同仁，所以我未表同意。古丁卻意志堅決，再加上一些別的因素，古丁遂於六十二年九月，以通告函的方式，退出了「葡萄園」。

這是「葡社」發展史上的一大憾事。

我知道，古丁是想要有新的突破，新的發展。

人生的際遇，好像冥冥之中，有某種安排似的，實際上，在古丁退出「葡萄園」之前，因其擔任中國文藝函授學校批改老師，由批改作業的關係，而與滿懷文藝熱情的函校學生涂靜怡，早已結下了文字緣。古丁以其敏銳的觀察，他看出這個氣質純潔的女孩，如同一塊新出土的璞玉，只要予以適當的琢磨，必能光芒四射，大放異彩。於是，就在這種既可有所突破發展，又能琢磨寶玉的理想期盼中，一份由古丁掌舵，涂靜怡負責實際編務，綠蒂提供經費的「秋水」詩刊，便在六十三年元月一日正式誕生了。

古丁曾說，涂靜怡是一位天生的詩人。事實上，這句話也不是過譽之詞。她既具詩才天份，又肯虛心努力，加以詩人理論家古丁的多方指導與鼓勵，涂靜怡不但把「秋水」編得有聲有色，而且在創作上，也一步步地表現出其非凡的才華，繼六十四年出版其處女詩集「織虹的人」之後，又在六十七、六十九年分別以「從苦難中成長」、「歷史的傷痕」，榮獲第十四屆國軍文藝金像獎及中山文藝獎，其成就應可與其師古丁的「革命之歌」後先輝映而媲美。涂靜怡也因爲寫了這些愛國感人的詩篇，也和其師古丁一樣，贏得了愛國詩人的雅號，實在是當之而無愧。

六十九年初，當中美斷交激烈衝擊中華民國，一些認識不清的民眾，不免感到迷惘徬徨，甚至悲觀失望的時候，古丁決定要創辦一份以政論爲主文學爲副的雜誌，以鼓舞海內外中國人的民心士氣。涂靜怡爲了回報其師的栽培，不但全力投入此一工作，而且也把中山文藝獎的獎金拿了出來。於是，在六十九年十二月一日，一份振奮人心的「中國風」（實際上，古丁的終極目的，仍是想藉政論的影響力，達到推展文學批評和提高文藝創作的願望）雜誌便應運而出。可恨！天不假年，七十年元月二十七日，在一次意外的車禍中，古丁猝然而逝，只出了兩期的「中國風」，也不得不宣告停刊。

古丁的逝世，不但使中國詩壇喪失了一位傑出的詩人，而且也使中國文藝界喪失了一位極具正義感的批評家。對於十年來倚之以師以父亦友的涂靜怡來說，更是莫大的打擊。許多詩友們都以爲，古丁走了，「秋水」詩刊喪失了掌舵者，恐怕也要遭受停刊的命運吧？

誰也沒想到，一向羞怯柔弱的女詩人涂靜怡，正如她在「從苦難中成長」詩中說的：「我是一個堅強的女孩，我的沉靜的氣質，是靈淑的山水和母親的謙德賦予的」。她發揮了無比堅強的毅力，不但協助其師母古丁夫人及其男女公子，將古丁埋葬在新竹市天主教公墓，而且發動全國文藝界人士，在臺北市耕莘文教院，爲古丁舉辦空前盛大的追悼會，倍極哀榮。

涂靜怡也是一位感恩圖報信守言諾的人。她記得，古丁生前跟她說過，如果有一天他死了，希望涂靜怡爲他編「全集」（詳見「師恩難忘」篇）。她雖然當時說「不要，不要！」心裏卻承諾了。因此，辦完喪事和追悼會之後，她便開始搜集和整理乃師的作品。又透過各種管道，向有關單位申請補助，文友詩友們也紛紛捐款預約，不足之數，她又不惜標會負債，終於，在乃師逝世一年半之後的七十一年六月詩人節之前，將一部包括三巨册一千二百多頁的「古丁全集」出版了。接着，又洽請黎明文化事業公司，爲乃師出版了一本「古丁選集」，完成了乃師最大的願望。如今，國內外許多圖書館，都有「古丁全集」和「選集」的珍藏，其文學生命將繼續光照人間，古丁地下有知，亦當含笑九泉了。

此外，古丁策畫創辦的「秋水」詩刊，在涂靜怡的全力投入下，仍繼續出版發行。尤其數年來，她又先後出版了「怡園詩話」（評論集）、「我心深處」（散文集）、「飲水思源」（朗誦詩選集），和黎明版的「涂靜怡自選集」，不數年，又出版了四本各具特色的書，如果加上即將出版的「師生緣」，前後將出版八部作品了。值得稱道的是，她在每一本書中，都不忘感謝她的老師。就以去（七十五）年九月出版的「涂靜怡自選集」爲例，她在「自序」中，便曾極其坦誠地說：

我也常常在想：像我這樣一個平凡的女子，能得到這麼多的獎勵，固然是靠自己付出了相當的心血和努力；但另一方面，更重要的，乃是，在我寫作的道路上，曾經有一位了不起的好老師，他細心地教導了我十年，雖然他已在五年前離開了這個世界，但我無時無刻不在懷念他。當我今晚執筆寫這篇序文時，仍要滿懷感激地說：沒有古丁老師，就沒有今日的我。

涂靜怡這種飲水思源，感恩懷報，以各種優異的創作，來報答恩師栽培的行為，不僅是現代文學史上令人欽羨的美談，也是現代生活中不可多得的高貴品質的表現。

涂靜怡幼失怙恃，跟隨並不疼愛她的養母長大，小學畢業後，便被迫外出謀生。但她勤學自愛，努力向上，以半工半讀，完成了高中學業。因愛好文藝讀函授學校，有緣結識乃師古丁，而走上了文學創作的道路。論其個性，則溫柔保守情感內斂。與詩人古丁結識之後，一則找到了一位文學寫作上的好老師，十分慶幸；同時，在內心深處，似乎也得到了一份從未享受過的父愛的補償，十年的交往，自然而然地培植了一份深厚的眞情。這種亦師、亦父、亦友的眞摯情誼，十年來，涂靜怡以其保守內斂的個性，很少對外表露。但當古丁猝然辭世之後，涂靜怡的心靈，有如遭受到強風暴雨的襲擊，情感的窄門猝不及防地被沖開之後，內斂的深情像洶湧的浪濤，便再也無法抑制，而滾滾奔流起來。涂靜怡在「秋水」詩刊連載了五年多的「師生緣」，以書信體向乃師傾吐的種種悲歡離合的話語，毋寧是辛酸血淚的結晶，也是作者十多年來文學生涯外一章的心靈與生活的呈現，更是有情人寫給相敬相親相契者的至情至性之文，值得所有的有情人去閱讀，去感受。是為序。

七十六年九月六日《臺灣副刊》

生活，是詩的泉源

·序麥穗詩集「孤峯」

有「森林詩人」之稱的詩人麥穗兄，最近一口氣與采風出版社簽了兩本新書的合約：一是散文集「滿山芬芳」；一是新詩集「孤峯」。氣魄恢宏，寫作豐收，可敬可賀。因爲幾個月前，我在「采風」出了一本「水碧山青」詩選集，跟「采風」主持人小說家姚家彥兄接觸較多，對麥穗兄二書的出版，無意間擔任了中介的角色；簽約時，適巧我又在場，於是，麥穗兄就要我爲他的詩集「孤峯」寫幾句話當作序文。雖然論馬齒，我比麥穗長兩歲；若論詩齡，麥穗兄卻比我起步早二年，當四十三年我還在日記簿中做詩的體操時，麥穗兄已和另一詩人季予合作出版過詩集「鄉野散曲」了。爲他的詩集寫序，我那有資格？但麥穗兄爲人謙和誠厚，爲我一向所尊敬，對其作品，也頗多喜愛，談談感想，權充介評，也未嘗不可。因此，也就未加推辭，而欣然承諾了下來。

首先，讓我們來讀讀他的主題詩「孤峯」：

兀自聳立
於天地之間
只要有萬山簇擁
不求草的被護
樹的濃蔭
任風任雨
任霜任雪
都改變不了
我嶙峋傲然
之姿

顯然，這是以山喻人的手法。這種兀自聳立於天地之間，任風雨霜雪都改變不了的嶙峋傲然之姿，正是詩人自我人格的寫照。詩人以此詩的題目爲其詩集的書名，應有這層暗喻的含意。

細讀「孤峯」詩集，並重讀詩人六十八年出版的「森林」詩集，我發現在這兩本集子中，直接吟詠山林的作品，如「置身山中」、「武陵之秋」、「登面天山」、「登獅頭山」、「大霸尖山的月夜」（以上「孤峯」），「墾丁之歌」、「阿里山之歌」、「明潭之夜」、「遊角板山」、「森林」（以上「森林」）等，不下十數首之多；再加上與「孤峯」同時出版的散文集「滿山芬芳」，我們不難察覺，詩人對山林的意象，似有其特殊的感情，這大概是詩人數十年來，一直服務於林業單位，且有很長一段時期住在深山密林之中，日夕與山林爲伴，不知不覺地，沈浸濡染的深厚感情所致吧。這是我的第一點感想。

雖然，詩人麥穗對山林有其特殊的感情，也爲山林吟詠了不少的篇章，但是否因此我們就可以把麥穗界定爲一位純然的山林詩人呢？答案是否定的。這從「孤峯」和「森林」兩部詩集中，純粹寫山林的作品只有十分之一的數量可以得知。實際上，麥穗作品的層面是十分廣闊的，即以「孤峯」而論，全書分五卷：卷一、「永不磨沒的痕跡」十五首，寫的都是生活中直接間接接觸的人物；卷二、「都市生活」二十首，全與都市大眾生活有關聯；卷三、「孤峯」十一首，偏重個人內在生活的感受；卷四、「一季暖暖的陽光」十六首，是與季節有關的外在生活；卷五、「無形古跡」二十首，多是個人的遊記行腳。不論是生活中直接間接接觸的人物，或與都市大眾有關的生活，或個人內在生活的感受，或與季節有關聯的外在生活，或是個人的遊記行腳，都可以歸納到生活的範圍內。總之，一句話，生活應是麥穗作品的泉源。這是我的第二點感想。

第三，我想談談麥穗作品的特色與風格。從「森林」和「孤峯」附錄的「作品年表」可知，麥穗自一九五二（民國四十一）年五月三十日，寫出其第一首詩「夢中」，迄今已有三十六年之久了。其間，一九六三年三月，到一九七四年一月，大約十一年沒有發表作品，不知是工作太忙？還是對當時現代詩過分晦澀難懂虛無蒼白的風尚不能忍受而以停筆爲無言的抗議？但停筆十一年之後，重握詩筆，繼續寫詩的麥穗，卻沒有受到現代詩晦澀虛無之風所污染，而依然保持着他那清新明朗的風格，試以復出後所寫的「遊角板山」爲例：

深深地藏在山裏的
一簇風景
小街一段
亭樓一角
是畫的佈局
我來此賞畫
卻變成畫中人物

點綴着山水的一隅

——「森林」詩集六七頁

這首只有八行四十五個字的小詩，文字簡練，像一幅簡明的素描風景，畫中只有小街一段，亭樓一角，頗有幽靜之美。詩人來此，目的是欣賞風景，卻變成畫中人物，點綴着山水的一隅。像畫家一樣，詩人只是將畫面呈現在讀者面前，他沒有說這幅畫如何幽靜，也沒有說詩人內心是多麼怡悅，但慧心的讀者，必能有其自己的領悟。

「孤峯」是近數年來的新作，應該更能代表麥穗的詩風，現在，再來讀一首：

一季暖暖的陽光

如果你向我有所索取
朋友
我只能給你
一季暖暖的陽光
因為風已呼嘯着遠離

霜也漸漸失去了昔日的
晶瑩
滿天佈滿了陰霾
陰霾
是一片拂之不去
惱人的愁緒
這時你不正需要
一季燦爛的
暖暖的陽光

麥穗的詩就是這樣，自然樸實，不加雕琢。當滿天陰霾，愁緒惱人時，他就及時地給人「一季燦爛的／暖暖的陽光」，這般的溫柔敦厚。

與工業現代化相隨而來的環境汚染問題，近年來一天比一天嚴重，敏感的詩人更不能沉默。麥穗在「都市生活」的十三首組詩中，便忍不住採用了諷刺的手法，只是他的諷刺也是十分溫柔敦厚的，甚至帶着幾分幽默的意味：「幾乎被人忘了／還有我的存在／感謝挖土機／常常把我翻出來亮相／提醒來來往往的行人／你踩的仍然是／泥」（泥說），雖然是這般溫柔的諷刺，但也能深深地刺中讀者的心靈，而達到喚醒讀者及時反省的功用，詩若言志，該也是這樣吧？這是我的第三點感想。

綜合而言，作爲森林詩人的麥穗，對山林有其特殊的感情，是完全可以理解的。但他的詩卻不爲山林所拘限，詩的觸角伸向生活的每個領域，生活所及之處，無不有詩。生活，是其作品的泉源，我願稱其爲生活的詩人。自然樸實，不加雕琢，是其作品的特色；溫柔敦厚，富有深意，是其作品的內在特質；清新明朗，平易近人，是其作品的外在風貌。特色，特質，風貌，加起來，也許就是作品的風格了。這是我對麥穗作品總括的感想。喜愛新詩的讀者朋友，不知你以爲然否？

七十七年四月十八日《臺灣副刊》

寓居紐約客，難忘故鄉情

·序「李佩徵詩選」

李佩徵，何許人也？在今日的臺北文壇或詩壇，眞正瞭解他的人，恐怕不會超過兩打。原因是，他雖然寫詩，也出版過「小船之歌」等幾本詩集，並曾擔任過「葡萄園」詩刊社長及名譽社長，但因性近孤僻，厭惡社交，和葡社以外的詩人作家，幾無接觸；尤其晚近八、九年來，寓居紐約市郊，國內知道他的人，就更少了。

詩人李佩徵，河南信陽人，民國九年出生。幼讀私塾，論孟詩經，多有涉獵。後入信陽中學，畢業後，隨父在漢口經商。民國三十八年，大陸變色，隻身流浪來臺，仍以營商謀生。四十四年間，入臺大夜間部，選修文學課程，開始習作詩詞書翰。五十一年七月，「葡萄園」詩刊，在臺北創刊，被同仁推選爲社長，開始發表詩作。未久，因事業受挫，而一度輟筆，並辭卻社長。六十四年初，事業好轉，重握詩筆，繼續創作，並回葡萄園詩社，擔任名譽社長，旋卽重任社長。六十八年，自臺北商場退休，赴美定居。七十四年，辭謝社長，改任名譽顧問迄今。

李佩徵的孤僻，在詩壇上，恐怕也是絕無僅有的。他的作品，除了「葡萄園」之外，不在任何詩刊發表。有一次，我將他的「庭院踱步」，抄寄「中副」發表，把剪報寄給他，他來信說，他的詩只在「葡」刊發表就好，不必在其他報刊，佔別人的篇幅。又有一次，「亞洲現代詩集」編者來信，邀他提供作品，因爲要翻日文和韓文，時間緊迫，我替他選了「潑墨之雲」三首，並去函相告。他來信說：詩旣寄出，那就湊份熱鬧吧。言外之意，也是並不十分贊成。七十一年第五屆世界詩人大會在舊金山舉行，我建議他就近前往出席，他也婉言拒絕。

民國六十六至七十三年間，佩徵兄先後出版了「小船之歌」、「旅美詩抄」、「潑墨之雲」、「雕刻家的石像」等四本詩集。這四本詩集，全爲二十五開精裝，並附有若干彩色插頁，在詩集中頗有豪華的風致。但他認爲自己的詩，不會有多大銷路，只送國內外各大圖書館，而不在市面發行，令人可惜。尤其「小船之歌」和「旅美詩抄」，且爲中英對照者，譯者爲師大美籍教授馬壯穆 (John M. Mclellan)，譯筆之佳，前輩詩人鍾鼎文先生譽爲，在臺灣不做第二人選。收到贈書的詩人作家，無不大加讚賞。「潑墨之雲」爲手迹本。「雕刻家的石像」是純中文本，附有我的一篇「李佩徵作品的欣賞」，選評了他的十五首作品。

本（七十六）年七月十五日，是「葡萄園」詩刊創刊二十五週年，我在六月底，由采風出版社出了一本「水碧山青」詩選集，作爲對「葡萄園」二十五歲的獻禮。我建議佩徵兄從前述四本詩集，和近年來已發表，但未結集的作品中，加以精選，出一本普及版的「李佩徵詩選」，在市面公開發行；他回信欣然同意，並囑我代為連絡出版社。又因以前的四本詩集，都是由我代為編輯、寫序、校對等，這本書的序文，仍然囑我來寫，老友相託，我也視為義不容辭的榮幸。

這本「李佩徵詩選」，是作者由其四本詩集，和最近幾年已發表但未結集的作品中，親自選定的精選集，共計作品一零七首，按照發表年代，分編五卷。除第一卷選自「小船之歌」的二十三首，為民國五十一至六十六年在臺灣的作品之外，其餘四卷八十四首，全是六十八年赴美之後的成果。綜合而言，這本詩選，含容了作者二十五年新詩創作的里程。

一般來說，李佩徵的詩，二十五年來，一直都是循着明朗抒情的道路穩步前進，大的方向，沒有太多的改變。但就內涵及詩風的表現而論，似乎可以歸納為三個不同的時期：民國五十一至五十三年為第一期，詩多浪漫情懷。如「紫羅蘭」、「毋忘我」、「落日」、「溪流」、「橫溪」等都是此類作品。試以較短的「毋忘我」和「溪流」為例：

嬝嬝地綻開在我的心中
妳蘊含着深邃詩意的藍啊
像星空照我無眠

妳之一蕊一瓣都浸我入醉
在晨昏顛倒的瓶中
我搖曳着
不識那一瓣是我，那一瓣是妳

——「毋忘我」

溪流啊
妳以晶瑩的眼波
流盼於我
這使我酩酊的目語
像一首散塔蘆淇亞快樂的船歌

——「溪流」

兩詩都洋溢着浪漫主義的情懷，前者以花擬人，似含又露的，表達了那份「像星空照我無眠」，「浸我入醉」，對於異性的戀慕之情。後者文字精鍊，表現技巧也相當成熟，將「溪流」

比喻爲女性「晶瑩的眼波」，已經夠浪漫迷人了，又讓那「晶瑩的眼波／流盼於我」，怎能不使人陶然入醉呢？尤其動詞「流盼」，一語雙關：「流」的「溪」，「盼」的「眼波」，確切而生動。由「溪流」的「眼波流盼」，使人陶醉，才能有「使人酩酊的目語」的比喻。並進而將「使人酩酊的目語」，非常出人意外的，聯想到「像一首散塔蘆淇亞快樂的船歌」，那樣遙遠、空靈而聖潔！因爲「散塔蘆淇亞」這首流行於意大利那波里的民歌，實際上，是一首對那波里保護神聖·蘆淇亞的讚美詩。如此說來，「溪流」也該是一首讚美異性的情詩吧。

第二期，是詩人停筆十年之後，於六十四年重握詩筆，再度出發，至六十八年初出國之前的作品。此一時期的作品，已經相當程度地，超越了浪漫主義的情調，漸漸趨向理想主義的道路，理性與感性的成分有着相對的增減變化。這種理性和一般的所謂只提供先天概念的知性不盡相同，它是智慧、意志和想像的綜合，詩中所欲表現的，則是理想主義的，未來與永恒的探索。「鷹」、「雪人」、「長春樹」、「喜馬拉雅山」、「維娜斯塑像」等，都是這類作品。試以「雪人」爲例，或可由一斑而窺全豹：

一個不會被溶化的雪人
像白色的化石，屹立在雪地上
翹首雲海

遠眺白雲舒卷的美姿
而日子不過是從白雲隙縫中灑落下來的
一串串的光華
在我的身邊，日復一日的踱來踱去
我滿頭，黝黝的黑髮
不知是受白雪或白雲的感染
也一日一日的兩鬢斑白了
啊，也許我就是那雪人
以陽春白雪塑造的
像一個白色的化石
不會被溶化
直到永恆

雪人是人的象徵。雪人會被溶化，正如人會死亡。但詩人在這首詩中，卻創造了「一個不會被溶化的雪人／像白色的化石，屹立在雪地上／翹首雲海／遠眺白雲舒卷的美姿」。因爲「遠眺白雲舒卷」，自然會想到白雲蒼狗，歲月易逝，而聯想到「我滿頭，黝黝的黑髮／不知是受白雪或白雲的感染／也一日一日的兩鬢斑白了」。但這種無奈與感傷，並不能挫折詩人的志氣。所以，他在結語中說：「啊，也許我就是那個雪人／以陽春白雪塑成的／像一個白色化石／不會被溶化／直到永恒」。這不會被溶化的雪人，應該就是詩人的自喻，及其所追求的永恒價值的象徵吧。

而「維娜斯塑像」，則是此一時期小詩的極品：

佇立於藝術的頂峯
沉默，且以燃燒的眼眸
凝望希臘
凝望永恆

全詩只有二十五個字，但卻表現得極其完美而深刻，不能多一字，也不能少一字。「佇立於藝術的頂峯」，只一句便把維娜斯塑像在藝術上的偉大成就，非常突出鮮明地呈現了出來。而這也是人生的最高理想與境界。以「沉默」，表現塑像的特質，加上「燃燒的眼眸」，便將佇立沉默的塑像，寫成有思想有意志的人了。末兩句：「凝望希臘／凝望永恒」，把時空從一點推展到遙遠與無限，也把詩的境界擴展到無限的廣遠。但維娜斯何以要「凝望希臘／凝望永恒」呢？留給讀者無盡的遐思。詩的含蓄之美也在此。

第三期，是詩人六十八年二月，自臺北商界退休，赴美定居，迄今十三年間的作品。這部份作品，數量最多，在本書中，佔有四分之三的篇幅，二、三、四、五卷都是。在這個時期，詩人由臺北市的西門鬧區，隱居到美國紐約布魯克林的郊區，讀書寫作成了他生活的中心。寫作的題材，也極其廣濶，從「雪屋」、「雪林」、「新澤西的鄉村」、「伊甸園的素描」、「庭院踱步」、「紐約湖畔」，到「在紐約街頭」、「摩天樓」、「國會園景」、「潑墨之雲」等，幾乎任何景物，都能納之入詩。不論寫鄉村或都市，表現的大都是歸隱田園，或是「大隱隱於市」的隱逸情懷。例如：

一切的天籟，都是田園交響的樂曲

桃紅李白

柳浪聞鶯

紅葉滿山林

白雪落荒城

且聽它們都在唱着快樂的清歌
大自然的琴啊，充滿了美妙的樂聲
一個孩提的笑
一片落葉的飛
在我心弦上，都有一聲聲的默契

這是「伊甸園素描」的第二段，明寫外在的自然世界，暗述內在心靈的感動，詩人認爲，「一切的天籟，都是田園交響的樂曲」。詩人不只是眼睛看：春天的「桃紅李白」，夏日的「柳浪聞鶯」，秋夕的「紅葉滿山林」，冬夜的「白雪落荒城」；而且以心靈諦聽，「它們都在唱着快樂的清歌」。他讚美，「大自然的琴啊，充滿了美妙的樂聲」。甚至，「一個孩提的笑／一片落葉的飛」，在詩人的心弦上，「都有一聲聲的默契」。外在世界的一動一靜，已和內在心靈契合爲一了。再如：

春天來了
宇宙滿盈着奧秘的氣息
即往波士頓觀海

或往費城賞花
不為什麼所縈懷
只這樣的盼望着
和平的蓓蕾
綻放出新生的花朵來
——「在布魯克林」第二段

早晨，徘徊在
小園的樹下
採了幾枝初綻的花
回家之後，取一卷書
坐在窗前的沙發椅上
欣賞幾首愛默森的小品
還沒有讀狄瑾蓀
也沒有看早報的新聞

但是，只一轉瞬
窗外，那幾隻晨鳥
便翩翩地飛去了
我只能把一片紫氣的翎羽
撿來，夾在書頁裏

——「晨之鳥」

在這些詩中，詩人表現的，幾乎盡是韜光隱逸的生活情調。但詩人是否眞的如此灑脫，而沒有心靈深處的任何感傷嗎？答案卻是否定的。因爲詩人畢竟仍是黃皮膚黑頭髮（如今已經鬢髮斑白了）的中國人，美利堅畢竟不是詩人的國土，所以在不少詩中，依然流露着詩人思念鄉國的情懷：

紐約大樓插天不盈尺的好景
終不是我的國土
而修竹秀拔的林園
離我已是很久很久了

如今，我行吟在美國

——「他鄉」

此刻，新澤西的原野
很像故鄉之冬那樣淳樸
我在這裏
幾乎忘了這是異鄉的日子

——「新澤西的鄉村」

故鄉啊，踏雪吟詩於妳的胸懷
將有幾許里程？

——「鵬」

到今天我才嚐到人生滋味
莫如飲我故鄉井中水

——「井水」

在詩人幾乎以全心靈擁抱異國自然風光的同時，在某些作品中，仍然自覺或不自覺地，流露出難忘故鄉泥土的情懷，表面看來，似乎有些矛盾；其實，這正是中國人特有的思想。歌頌自然屬道家出世思想的表現，懷念故鄉是儒家入世思想的顯露，任何中國人沒有不受這兩種思想影響的。今年已經六十多歲，出國只有八、九年的李佩徵，其思想當然仍是根深蒂固的中國，只是儒道兩家思想的比重，會因時間空間的不同，而有所調整而已。詩人的眞誠可愛，大概也正在此吧。是爲序。

七十六年十一月二十七、二十八、二十九日《青年日報》

後記

去（七十六）年三月間，「龍中青年」（我所服務學校的校刊）的兩位小記者，對我作了一次專訪。其中，有一個同學問我：「老師，請問您今年有沒有出版新書的計畫？」

「我打算今年出版兩本書：一本詩集，一本評論集。」

但是，這話一說出口，我就有幾分後悔了。原因是，詩集和評論集，都不是什麼暢銷書，我雖寫作二、三十年，也出版過幾本書，跟出版界卻沒有什麼密切的關係，有誰願意冒險為我出書呢？如果自費出版，出兩本書，至少也需要十幾萬元的本錢，不是我這個靠薪水養五口之家的人所能負擔得了的。

然而，話已說出了口，又怎能不兌現呢？我一面整理作品，一面開始和出版界連絡。剛巧，不久，我應邀赴南部參觀南橫鐵路中央隧道工程，與小說家也是采風出版社負責人的姚家彥先生同車，談話中，我順便提到，目前想要出詩集的事，沒想到，他立刻伸出了友誼的手。而且說做就做，六月底前，已將我的第三本詩集（實際上，是包括早已絕版的兩本詩集，和近十多年來未結集作品的精選集）「水碧山青」出版了。今天，這本命名爲「横看成嶺側成峯」的評論集，也由三民書局關係企業東大圖書公司，列入滄海叢書，即將出版，使我一年前開出的支票，總算一一兌現，而保住了言出必行的信用。在此，我要先對「采風」和「東大」的負責人，表示由衷的謝意。

這本書最初的構想是，包括詩論、詩評、詩序、詩話、詩教等五個單元，是一本涵蓋較廣的新詩論評集。但稿子整理之後，我發現，這樣至少要容納三十五萬字才行，篇幅太長，尤其對於不喜歡理論的讀者，說不定還會造成倒胃口的傷害。所以，幾經考慮，只選了可能對讀者多少有些幫助的，以詩評和詩序爲主的作品三十篇，構成現在的面貌。

這三十篇作品，所評所序的，包括詩集十八、詩選三、全集一、詩論一、詩評一、詩話一、譯詩一、散文四。以寫作時間來說，除「評古丁『獻給祖國的詩』」，「評陳敏華詩集『水晶集』」、「『天涯詩草』品」、「『覃子豪全集』介評」等數篇，分別寫於五十三、六十、六十一、六十五年，是十年前作品外，絕大部份都是最近幾年的作品。每篇多是三、五千字，或七、八千字，最長的一篇是「『覃子豪全集』介評」，大約四萬五千字左右，對這位已故前輩詩人的生平、創作、詩論等，有比較深入系統的介評。刊載這些作品的報刊，包括中央副刊、中華副刊、新生副刊、西子灣副刊、新文藝副刊、臺灣副刊、臺時副刊、大眾副刊、淡水河副刊、正氣中華副刊、文壇月刊、文訊月刊、智慧月刊、師友月刊、葡萄園詩刊等。在此，容對這些報刊雜誌的編輯先生，說一聲：「謝謝！」

這本書對某些讀者來說，也許不免有些失望，因爲他們心目中的大詩人大作家，在這裏卻付之闕如。原因很簡單，那些大詩人大作家，他們的名氣已經夠高，他們的頭上頸子上手上，已經戴着掛着捧着，夠重夠大夠多的桂冠花環花朵，用不着再來錦上添花了。我寧願做一點類似雪中送炭的工作，對於年輕、有作爲、有潛力，又肯努力上進的新生代詩人，固然要不吝掌聲來鼓勵；對於默默耕耘，不求聞達，雖有相當成就，卻不被重視的中年詩人，同樣也要給以應有的評價。至於四、五十年代被稱爲臺灣詩壇播種者的前輩詩人覃子豪先生，五十二年十月逝世之後，經由以鍾鼎文先生爲首的覃子豪全集出版委員會各位先生十二年的努力，包括三巨冊一五二〇頁的「覃子豪全集」，終於六十四年十月全部出版。經覃子豪先生一手栽培而成名的詩人，絕非少數，卻沒有誰肯花點時間，費點心血，爲這位大師的傳世之作，寫篇評論，廣爲介紹，寧不令人感歎！我之所以願爲許多詩人許多作品寫評寫序的動機在此。

寫作很苦，寫評論更苦，不但要多方收集資料，仔細閱讀；還要在紛陳複雜的作品中，予以綜合歸納，深入分析，比較批判，指出其優點、特色，或缺失，希望對讀者和作者，都能多少有些助益。

在寫作的過程中，雖然有時因熬夜過度，弄得腰痠背痛，甚至引起高血壓，吃藥打針受折磨。但當這些作品發表之後，得到作、讀者的廻應，或是發生了某種影響——譬如「評古丁『獻給祖國的詩』」發表後的次年，古丁便更進一步寫出了榮獲國軍第一屆文藝金像獎長詩第一名的「革命之歌」；「『覃子豪全集』介評」發表後，國內外多位詩人教授（包括香港大學教授丁平先生）來信索取影印本，或作文藝史料，或作大學教材；詩人胡品清將「讀胡品清詩集『玻璃人』」，收在她的「另一種夏娃」詩集之後，當作「附錄」；「現代詩理論的探險」發表之後，詩人李春生將他的「現代詩九論」，修訂為「詩的現代與傳統」，經教育部核定取得了大學講師的資格；「評白靈的三首長詩」發表後，這位虛心的詩人，根據筆者的批評，在爾雅版「大黃河」的詩集中，已將「黑洞」一詩的「前言」刪除；其他許多詩人作家，不論是相識或素昧平生的，都因為這些文字緣，而成了要好的朋友，更是出乎意料的收穫。今天，東大圖書公司不計成本和銷路，決定以高品質出版此書，應該也是值得稱美的社會回饋吧。

最後，我也不敢忘記，多年來，愛護我指導我，給我許多鼓勵的詩壇前輩、我的師長、學長，以及切磋詩藝的詩友們，請接受我的致敬和感謝。

一九八八年四月二十日中和半山居

滄海叢刊已刊行書目(八)

書名	作者	類別
文學欣賞的靈魂	劉述先	西洋文學
西洋兒童文學史	葉詠琍	西洋文學
現代藝術哲學	孫旗譯	藝術
音樂人生	黃友棣	音樂
音樂與我	趙琴	音樂
音樂伴我遊	趙琴	音樂
爐邊閒話	李抱忱	音樂
琴臺碎語	黃友棣	音樂
音樂隨筆	趙琴	音樂
樂林蓽露	黃友棣	音樂
樂谷鳴泉	黃友棣	音樂
樂韻飄香	黃友棣	音樂
樂圃長春	黃友棣	音樂
色彩基礎	何耀宗	美術
水彩技巧與創作	劉其偉	美術
繪畫隨筆	陳景容	美術
素描的技法	陳景容	美術
人體工學與安全	劉其偉	美術
立體造形基本設計	張長傑	美術
工藝材料	李鈞棫	美術
石膏工藝	李鈞棫	美術
裝飾工藝	張長傑	美術
都市計劃概論	王紀鯤	建築
建築設計方法	陳政雄	建築
建築基本畫	陳榮美 楊麗黛	建築
建築鋼屋架結構設計	王萬雄	建築
中國的建築藝術	張紹載	建築
室內環境設計	李琬琬	建築
現代工藝概論	張長傑	雕刻
藤竹工	張長傑	雕刻
戲劇藝術之發展及其原理	趙如琳譯	戲劇
戲劇編寫法	方寸	戲劇
時代的經驗	汪琪 彭家發	新聞
大衆傳播的挑戰	石永貴	新聞
書法與心理	高尚仁	心理

滄海叢刊已刊行書目(七)

書名	作者	類別
印度文學歷代名著選(上)(下)	糜文開編譯	文學
寒山子研究	陳慧劍	文學
魯迅這個人	劉心皇	文學
孟學的現代意義	王支洪	文學
比較詩學	葉維廉	比較文學
結構主義與中國文學	周英雄	比較文學
主題學研究論文集	陳鵬翔主編	比較文學
中國小說比較研究	侯健	比較文學
現象學與文學批評	鄭樹森編	比較文學
記號詩學	古添洪	比較文學
中美文學因緣	鄭樹森編	比較文學
文學因緣	鄭樹森	比較文學
比較文學理論與實踐	張漢良	比較文學
韓非子析論	謝雲飛	中國文學
陶淵明評論	李辰冬	中國文學
中國文學論叢	錢穆	中國文學
文學新論	李辰冬	中國文學
離騷九歌九章淺釋	繆天華	中國文學
苕華詞與人間詞話述評	王宗樂	中國文學
杜甫作品繫年	李辰冬	中國文學
元曲六大家	應裕康 王忠林	中國文學
詩經研讀指導	裴普賢	中國文學
迦陵談詩二集	葉嘉瑩	中國文學
莊子及其文學	黃錦鋐	中國文學
歐陽修詩本義研究	裴普賢	中國文學
清真詞研究	王支洪	中國文學
宋儒風範	董金裕	中國文學
紅樓夢的文學價值	羅盤	中國文學
四說論叢	羅盤	中國文學
中國文學鑑賞舉隅	黃慶萱 許家鸞	中國文學
牛李黨爭與唐代文學	傅錫壬	中國文學
增訂江皋集	吳俊升	中國文學
浮士德研究	李辰冬譯	西洋文學
蘇忍尼辛選集	劉安雲譯	西洋文學

滄海叢刊已刊行書目(六)

書名	作者	類別
卡薩爾斯之琴	葉石濤	文學
青囊夜燈	許振江	文學
我永遠年輕	唐文標	文學
分析文學	陳啓佑	文學
思想起	陌上塵	文學
心酸記	李喬	文學
離訣	林蒼鬱	文學
孤獨園	林蒼鬱	文學
托塔少年	林文欽編	文學
北美情逅	卜貴美	文學
女兵自傳	謝冰瑩	文學
抗戰日記	謝冰瑩	文學
我在日本	謝冰瑩	文學
給青年朋友的信(上)(下)	謝冰瑩	文學
冰瑩書柬	謝冰瑩	文學
孤寂中的廻響	洛夫	文學
火天使	趙衞民	文學
無塵的鏡子	張默	文學
大漢心聲	張起鈞	文學
回首叫雲飛起	羊令野	文學
康莊有待	向陽	文學
情愛與文學	周伯乃	文學
湍流偶拾	繆天華	文學
文學之旅	蕭傳文	文學
鼓瑟集	幼柏	文學
種子落地	葉海煙	文學
文學邊緣	周玉山	文學
大陸文藝新探	周玉山	文學
累廬聲氣集	姜超嶽	文學
實用文纂	姜超嶽	文學
林下生涯	姜超嶽	文學
材與不材之間	王邦雄	文學
人生小語(一)(二)	何秀煌	文學
兒童文學	葉詠琍	文學

滄海叢刊已刊行書目(五)

書名	作者	類別
中西文學關係研究	王潤華	文學
文開隨筆	糜文開	文學
知識之劍	陳鼎環	文學
野草詞	韋瀚章	文學
李韶歌詞集	李韶	文學
石頭的研究	戴天	文學
留不住的航渡	葉維廉	文學
三十年詩	葉維廉	文學
現代散文欣賞	鄭明娳	文學
現代文學評論	亞菁	文學
三十年代作家論	姜穆	文學
當代臺灣作家論	何欣	文學
藍天白雲集	梁容若	文學
見賢集	鄭彥荼	文學
思齊集	鄭彥荼	文學
寫作是藝術	張秀亞	文學
孟武自選文集	薩孟武	文學
小說創作論	羅盤	文學
細讀現代小說	張素貞	文學
往日旋律	幼柏	文學
城市筆記	巴斯	文學
歐羅巴的蘆笛	葉維廉	文學
一個中國的海	葉維廉	文學
山外有山	李英豪	文學
現實的探索	陳銘磻編	文學
金排附	鍾延豪	文學
放鷹	吳錦發	文學
黃巢殺人八百萬	宋澤萊	文學
燈下燈	蕭蕭	文學
陽關千唱	陳煌	文學
種籽	向陽	文學
泥土的香味	彭瑞金	文學
無緣廟	陳艷秋	文學
鄉事	林清玄	文學
余忠雄的春天	鍾鐵民	文學
吳煦斌小說集	吳煦斌	文學

滄海叢刊已刊行書目(四)

書名	作者	類別
歷史圈外	朱桂	歷史
中國人的故事	夏雨人	歷史
老臺灣	陳冠學	歷史
古史地理論叢	錢穆	歷史
秦漢史	錢穆	歷史
秦漢史論稿	刑義田	歷史
我這半生	毛振翔	歷史
三生有幸	吳相湘	傳記
弘一大師傳	陳慧劍	傳記
蘇曼殊大師新傳	劉心皇	傳記
當代佛門人物	陳慧劍	傳記
孤兒心影錄	張國柱	傳記
精忠岳飛傳	李安	傳記
八十憶雙親 師友雜憶 合刊	錢穆	傳記
困勉強狷八十年	陶百川	傳記
中國歷史精神	錢穆	史學
國史新論	錢穆	史學
與西方史家論中國史學	杜維運	史學
清代史學與史家	杜維運	史學
中國文字學	潘重規	語言
中國聲韻學	潘重規 陳紹棠	語言
文學與音律	謝雲飛	語言
還鄉夢的幻滅	賴景瑚	文學
葫蘆・再見	鄭明娳	文學
大地之歌	大地詩社	文學
青春	葉蟬貞	文學
比較文學的墾拓在臺灣	古添洪 陳慧樺 主編	文學
從比較神話到文學	古添洪 陳慧樺	文學
解構批評論集	廖炳惠	文學
牧場的情思	張媛媛	文學
萍踪憶語	賴景瑚	文學
讀書與生活	琦君	文學

滄海叢刊已刊行書目㈢

書名	作者	類別
不疑不懼	王洪鈞	教育
文化與教育	錢穆	教育
教育叢談	上官業佑	教育
印度文化十八篇	糜文開	社會
中華文化十二講	錢穆	社會
清代科舉	劉兆璸	社會
世界局勢與中國文化	錢穆	社會
國家論	薩孟武譯	社會
紅樓夢與中國舊家庭	薩孟武	社會
社會學與中國研究	蔡文輝	社會
我國社會的變遷與發展	朱岑樓主編	社會
開放的多元社會	楊國樞	社會
社會、文化和知識份子	葉啓政	社會
臺灣與美國社會問題	蔡文輝 蕭新煌主編	社會
日本社會的結構	福武直著 王世雄譯	社會
三十年來我國人文及社會科學之回顧與展望		社會
財經文存	王作榮	經濟
財經時論	楊道淮	經濟
中國歷代政治得失	錢穆	政治
周禮的政治思想	周世輔 周文湘	政治
儒家政論衍義	薩孟武	政治
先秦政治思想史	梁啓超原著 賈馥茗標點	政治
當代中國與民主	周陽山	政治
中國現代軍事史	劉馥著 梅寅生譯	軍事
憲法論集	林紀東	法律
憲法論叢	鄭彥棻	法律
師友風義	鄭彥棻	歷史
黃帝	錢穆	歷史
歷史與人物	吳相湘	歷史
歷史與文化論叢	錢穆	歷史

滄海叢刊已刊行書目(二)

書名	作者	類別
語言哲學	劉福增	哲學
邏輯與設基法	劉福增	哲學
知識・邏輯・科學哲學	林正弘	哲學
中國管理哲學	曾仕强	哲學
老子的哲學	王邦雄	中國哲學
孔學漫談	余家菊	中國哲學
中庸誠的哲學	吳怡	中國哲學
哲學演講錄	吳怡	中國哲學
墨家的哲學方法	鐘友聯	中國哲學
韓非子的哲學	王邦雄	中國哲學
墨家哲學	蔡仁厚	中國哲學
知識、理性與生命	孫寶琛	中國哲學
逍遙的莊子	吳怡	中國哲學
中國哲學的生命和方法	吳怡	中國哲學
儒家與現代中國	韋政通	中國哲學
希臘哲學趣談	鄔昆如	西洋哲學
中世哲學趣談	鄔昆如	西洋哲學
近代哲學趣談	鄔昆如	西洋哲學
現代哲學趣談	鄔昆如	西洋哲學
現代哲學述評(一)	傅佩榮譯	西洋哲學
懷海德哲學	楊士毅	西洋哲學
思想的貧困	韋政通	思想
不以規矩不能成方圓	劉君燦	思想
佛學研究	周中一	佛學
佛學論著	周中一	佛學
現代佛學原理	鄭金德	佛學
禪話	周中一	佛學
天人之際	李杏邨	佛學
公案禪語	吳怡	佛學
佛教思想新論	楊惠南	佛學
禪學講話	芝峯法師譯	佛學
圓滿生命的實現（布施波羅蜜）	陳柏達	佛學
絕對與圓融	霍韜晦	佛學
佛學研究指南	關世謙譯	佛學
當代學人談佛教	楊惠南編	佛學

滄海叢刊已刊行書目(一)

書名	作者	類別
國父道德言論類輯	陳立夫	國父遺教
中國學術思想史論叢(一)(二)(三)(四)(五)(六)(七)(八)	錢穆	國學
現代中國學術論衡	錢穆	國學
兩漢經學今古文平議	錢穆	國學
朱子學提綱	錢穆	國學
先秦諸子繫年	錢穆	國學
先秦諸子論叢	唐端正	國學
先秦諸子論叢（續篇）	唐端正	國學
儒學傳統與文化創新	黃俊傑	國學
宋代理學三書隨劄	錢穆	國學
莊子纂箋	錢穆	國學
湖上閒思錄	錢穆	哲學
人生十論	錢穆	哲學
晚學盲言	錢穆	哲學
中國百位哲學家	黎建球	哲學
西洋百位哲學家	鄔昆如	哲學
現代存在思想家	項退結	哲學
比較哲學與文化(一)(二)	吳森	哲學
文化哲學講錄(一)(二)(三)(四)	鄔昆如	哲學
哲學淺論	張康譯	哲學
哲學十大問題	鄔昆如	哲學
哲學智慧的尋求	何秀煌	哲學
哲學的智慧與歷史的聰明	何秀煌	哲學
內心悅樂之源泉	吳經熊	哲學
從西方哲學到禪佛教—「哲學與宗教」一集—	傅偉勳	哲學
批判的繼承與創造的發展—「哲學與宗教」二集—	傅偉勳	哲學
愛的哲學	蘇昌美	哲學
是與非	張身華譯	哲學